青青旱河

应国光　著

人民出版社

参加全国知青代表团回访北大荒留影（1993年6月11日）

时任江滨农场场长张承厚在温参加温州知青支边40周年活动，
代表江滨父老乡亲向10团温州知青联谊会赠送《这是一片热土》
版画（2009年5月16日）

同连队的温州知青（1971年）

回访江滨农场（2016年8月）

"五·七"大学同学合影（1976年）　　1970年初摄于绥滨县城

作者（1970年）

江滨农场与温州知青共同捐建的"知青亭"
矗立在黑龙江畔的"三间房"

"五·七"大学时带队在11团实习
左二为作者（1975年）

参加"双代会"留影
（前排左一为作者
1971年3月7日）

与北京知青石肖岩（中间）、
上海知青刘金城（左一）合影
（2011年8月）

温州（2014年5月）

参加纪念开垦北大荒50周年纪念活动合影（2008年）

《青青旱河》　（美术家张光亮老师油画作品　2017年1月）

1976年摄于连队礼堂　时任21连连长

2016年夏回访江滨　旱河畔留影

回访北大荒合影（左一为原任21连指导员于喜江，作者原任21连连长 2008年6月）

与连队哈尔滨知青合影（2008年）

时任农垦总局部门领导（现任农垦总局副局长）王立荣看望温州知青（2007年）

与原连队老职工合影（2008年）

农垦总局副局长王立荣（前排右五）等有关领导接见温州知青回访团（2016年8月 哈尔滨）

温州知青参观农垦总局北大荒博物馆（2008年）

温州知青镜泊湖留影（2007年）

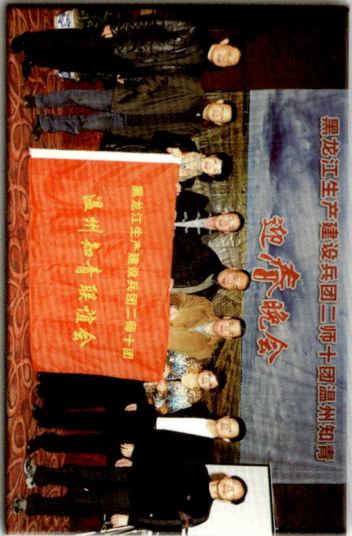

星土地的情缘——温州知青赴黑龙江生产建设兵团二师十团支边40周年纪念

2009年5月16日

黑龙江生产建设兵团二师十团温州知青迎春晚会

联谊会部分成员合影
（2012年春）

原21连知青战友来温游览江心屿
（2011年夏）

10团温州知青新春联谊活动 （2017年春）

原场长张采厚到温看望温州知青

与宝泉岭管理局及江滨农场领导合影（2014年5月16日）

与原场长顾坚合影

与现任农场长顾保合影

10团温州知青联谊会组织者

2014.5.16温州

迎春联谊活动 （2016年春）

战友活动 （福建湄洲2012年5月）

京津沪哈鹤温6城10团联谊会会长齐聚温州

宣布6城知青联谊大会开幕 （2014年5月16日温州）

黑龙江生产建设兵团二师十团六连温州 2014.5.16

原连队温州战友天安门广场合影（2016年9月）

少年时代（1965年）

陪同父母游览布达佩斯（2009年5月）

欧洲旅途小憩（2009年5月）

女儿在日本奈良唐招提寺留影（2016年）

送女儿到厦门大学读书留念（1999年）

目　录

十年磨一剑的感念与眷恋

（代序）

我与应国光同志相识恨晚，却很投缘、感情笃深。如今读过他回眸北大荒的文稿《青青旱河》，又凭添了对他的几分敬重。

作品再现了他在北大荒十年苦辣酸甜的生活，再现了他在风霜雪雨中自强奋进的跋涉。其中既有直抒胸臆的亲情、友情、恋情，又有对那些刻苦铭心的生活的感念与思索。斐然的文采、凝重的情感令人感动。但我更敬重的是他回眸历史的大气、扬弃的视角和积极的心态、心境。

北大荒的十年，国光有过挫折，受过伤害，甚至有过"一死了之"的念头。但在回眸当年中却没有伤神的叹息，更不怨天尤人。有的是自己如何在艰难困苦中砥砺前行的心路与感悟，有的是黑土地呀，"为你苦为你累，却总觉得欠着你"的心臆。

昔日黑土地的秃山荒岭，杂草丛生，令人不屑一顾甚至厌恶，即使 1993 年夏日重访第二故乡的时候，北大荒的山川荒野也并不那么亮丽。但是在回眸中，国光尽收眼底的却是如诗如画的美景。北大荒的老师傅、老贫农不都很"文化"，也有诸多缺憾，但国光却很善于扬弃：弃其糟粕，取其精华，念人之恩不计人"过"。收入视野展示于人的都是他们对自己的"再教育"的恩德。让美景愉悦身心，让美德效人修身。收获正能量，受益终身，传递给社会，功德无量。

历史总是叫人惦记，渐老及已老的人往往爱说起"七百年谷子八百年糠"，但愿说起来的时候津津乐道于谷香且养胃养人之美之恩，少论或勿论糟糠之非之"过"，如此道来既可怡人亦可悦己，笑面人生乐享生活，岂不快哉！

国光重情重义，但我最不能忘的是他回北大荒时，与十八位（十七位温州一位上海）荒友跪拜北大荒的义举。这是千金难买的"大礼"。这一"经典绝唱"的一幕必将永远留在北大荒人的心中。

感恩之人可敬，大义跪拜北大荒之辈以及那一代人可敬！敬礼——曾经在黑土地上奋斗过的温州知青战友！你们把最美的青春年华献给了黑土地，你们把城市的文明带给并提升了黑土地，你们在黑土地上创造那一部可歌可泣的史诗，必将千古流芳。你们以辛勤汗水浇灌过的黑土地写下了你们的丰功伟绩，必将永垂史册。

国光嘱我代为大作写"序"，岂料信手写了个读书心得，如蒙不弃，权作"代序"罢。

吕维峰

黑龙江省人民政府副省长

原黑龙江省农垦总局党委书记

2017 年 7 月 5 日

三 间 房

提起黑龙江，就会想起北大荒；说到江滨农场，就离不开三间房。在我 10 年的知青生涯中，三间房在我的心中留下了深刻的烙印和美好的遐想。

话说三间房

江滨农场场部东北 10 多公里的黑龙江畔，有一个铭刻历史文化记忆的小小村落。两幢黄色的小楼，伫立在绿荫掩映中，显出独特的韵味；几排红色的砖房，排列在柞树林前，诉说历史的变迁。村后的黑龙江水，日夜不息地滚滚东流。这个地方，人们管它叫"三间房"。那么，这个地名源于何时呢？

三间房，黑龙江南岸的一个自然港湾。古代就有人到这里游居渔猎采集，近代有人常住，便成了一个居民点，后来形成一个屯子。据载，清朝末年，绥滨镇有位叫贾长山的中年人先来此地定居，后来人家渐聚渐多。民国时期，这里成了附近百里与苏俄民间贸易的一个口岸，很是兴隆热闹。老屯子里有百十来间房屋，常住的有七八十户人家，加上"跑腿的"，人口约有 500 多；有 3 条街道，4 家商铺，2 个饭店，还有赌场、客栈，来往商贾络绎不绝。

就这么一个小小的民贸口岸，方圆百里的大豆、土产，都从这里卖往江北。一到冬天，这里就更热闹了，人来车往，人欢马叫，大豆堆得像个小山似的。后来，小日本侵占咱东北，封锁了中苏边界，切断了与江北的民间贸易，这个屯子从活跃走向沉寂，人们纷纷离去，房屋逐渐倒塌，很快就衰亡了。最后，这里只留下了尤、张、宋三姓鳏夫，住在一间马架相依为命，并以打鱼求生。马架被人们称为"三姓房"，后来叫白了，"三姓房"便成了"三间房"。

先民们开发荒原，江滨地界有了老三屯，1956年迎来了山东青年支边垦荒队，1960年萝北农场12分场在三间房建打鱼队，1969年打鱼队划为7连，1977年改称副业队。不过，人们对这两个称呼好像有点陌生，一提"副业队"或"打鱼队"，听的人一般都习惯地补充一句："噢，是三间房啊！"

春到江两岸

我第一次走近三间房，还是到10团（原江滨农场）后第三年的开春。我奉命随拖拉机组帮助边防军开荒，就在三间房附近。帮助部队开荒是比较轻松的，夜里不干活，白天两班倒，而且伙食好。特别是使我有了充裕的个人支配时间，这在当时是非常难得的良机。

北国春天的早晨，寒意甚浓。我裹着老棉袄，独自漫步在岸边土堤上。春天的气息，渐渐传遍了历经半年冰封的土地，厚厚的积雪，开始在春风里慢慢融化。黑龙江上的冰块，已开始断裂、分化，在湍急江水的推挤下，前呼后拥，向东缓缓漂去。

由于三间房的江面正处在一个大拐弯处，前面的冰排冲不过去，被堆叠在岸边，逐渐形成了三四米高的冰墙，场景十分壮观。可后面的大小冰排却在江水猛烈的冲击下，继续一往无前地向前冲击，经过无数次顽强的碰撞冰墙，不时打开一条狭窄的江中缺口。举目望去，前头突围的冰排又进行一次新的集结，伴随震撼的碰撞声，浩浩荡荡继续前进，仿佛传来阵阵吼叫——开江了！

江北岸的天空湛蓝湛蓝的，飘着朵朵白云，层次分明的春色由浅绿到深绿，染遍了江边的灌木树林，高高耸立的瞭望塔，隐隐约约露出的红色的房顶，构成了一幅诱人的自然风景画卷，格外喜人。但我不敢更多地欣赏下去，长期的形势教育使我时刻绷着一根弦：千万不要忘记，美丽的画卷里隐藏着凶恶的敌人，"老毛子（苏联）"亡我之心不死。

江南岸是江滨农场的三间房，前面不远处堤侧用木制品筑成的白色三角形"355"号航标架，显得格外醒目和庄严。堤坝上冒出了春天来的最早的青青的小草，堤下湿润的一望无际的荒原上，披上了一层淡淡的绿装。野花在春风的沐浴下竞相登场，有我知道的白芍、赤芍、黄花菜、盘龙参等，还有我不知道名字的许多野花，有白色的、蓝色的、紫色的、红色的，争相齐放，争奇斗艳，美妙极了。

不远处山丘边的水泡子，鸣禽在咕咕地叫着，不时有野鸭被什么声音惊动，扑楞楞飞向天空。放牧的姑娘一股脑儿朝那里奔去，继而传来咯咯的爽朗笑声。想必她们又捡到了一窝野鸭蛋，回去可享受一顿美餐了。

远方鲜红的拖拉机，在温柔的春光中伴着熟悉的轰鸣声，缓缓而行，所牵引的五铧犁卷出条条黑黑的泥浪，使作为开垦者的我感到特别得兴奋。

太阳越来越高了，我突然感觉到该去换班了。不过，我实在不想走出这春天的景色，在回归的小路上，心中不由自主地吟出一首诗来：

在这里，我听到了江水在歌唱；

在这里，我闻到了泥土的芳香；

在这美丽的黑龙江畔，

我遇到了一群美丽的放牧姑娘；

在这迷人的三间房，

我的心在飞翔……

神圣国境线

在那中苏关系异常紧张的时期，处在国境线上的三间房就是反修前哨；就是捍卫祖国神圣领土的桥头堡。尤其到了冬天，双方剑拔弩张，时刻有发生战争的危机，气氛好恐怖。

我团（原江滨农场）地处黑龙江畔，我所在连队虽然不是武装连，但离三间房不足 10 公里，当然要时刻保持高度警惕，随时准备参加保卫边疆的战争。我们这些热血知青，每人都有一颗强烈的爱国之心，人人都争着写决心书，不惜为保卫祖国神圣不可侵犯的领土而血洒疆场。

那时白天的黑龙江上，每天都有老毛子（苏联）的巡逻艇、水翼艇，来回穿梭，空中有武装直升机不时地在低空掠过。到了夜晚，对岸贼亮贼亮的探照灯不停地划破夜空，有时还有不知从哪里发出一连串或红或绿的信号弹，飞向宁静的星空，又急速划落下来，把人们的神经整得紧张兮兮的。冬天封冻后，实际上就是陆地完全连接了，要想侵入对方，便无地理障碍，不论人员、车辆，还是坦克、装甲车，都可直驱而入。当时都说苏联在我边境地区陈兵百万，随时发动侵略战争，联想起来难免心惊胆颤。

为了应对可能发生的战争，连队平时除进行战争形势教育外，还有常规的军事训练，并要求每个战士要学会一些简单的俄语，如"缴枪不杀""这是中国领土！""你已越界了""马上滚回去"等等，还有就是不停地进行夜间演习，也就是"紧急集合"，有时甚至一个晚上好几次，闹得人不敢脱衣服，也不敢解背包。

紧急集合，要求夜里在3分钟内穿衣打背包跑到操场上集合。记得有一次，前一天半夜已经进行过紧急集合，大家都认为今晚一定平安无事了，于是没什么准备。但我刚进入梦乡不久，一阵响亮的军号吹响了。按规定不能点灯，帐篷里黑灯瞎火的，顿时乱作一团，有打不起背包的，有摸不到棉衣、找不到帽子的，有穿错鞋的，有没穿袜子的。一时间，你抢我的，我穿你的，好歹能跑出去就行。

集合完毕，指导员严肃地通报一下"敌情"，然后就进行夜行军。当时正是三九严寒，北风呼啸，好冷啊！大家不知道方向，也不知道目的地，在没小腿的雪地里深一脚浅一脚走啊、爬啊，急促的呼吸和外面的冷气相融形成冰霜，挂满了嘴边、鼻子下，慢慢地眼睛的视野也模糊了，刺骨的北风肆无忌惮地冷飕飕侵入出汗的肉身，立马使人感觉冰冰凉浑身发抖。就这样来回折腾好几个小时，累得人半死，终于又返回了连队原地，才宣布演习结束。

回到帐篷点亮了煤油灯，大家互相一看，不由都卟哧笑了起来。我穿的鞋和左铺串位了，棉衣和右铺串位了。不过一比对面铺的小刘强多了，他的背包散了架是抱着进来的，裤带也没系，不知他是怎么过来的。现在回想起来还很可笑，不知当时真的打起仗来，我们会怎么样呢！

卸煤遭老罪

三间房，是一个天然码头，当年冬季全团取暖用煤都是在这里从船上卸下来的。那时没有机械卸煤，人工卸煤也就成了每年码头最热闹的场面和最辛苦的劳力活。

卸煤时节一般在夏末秋初，连队接到团部卸煤的任务，都要派出连队的精锐兵力，个个都是嗷嗷叫的棒劳力。卸煤当天，各连一大早就集合完毕，乘坐轮式拖拉机，车上打着红旗，带着各种卸煤工具，唱着嘹亮的革命歌曲，斗志昂扬地汇聚到三间房。大家的共同任务就是在最短的时间内，把眼前煤船上的几千吨煤用人背肩扛到岸上的煤场上。

各连卸煤大军精神抖擞，明的都在忙活，暗里却在较劲，都想自己连队第一个完成任务，那可是无尚的荣光和骄傲，所以大家鼓足干劲，拉开架势，开始卸煤。

投入卸煤的人都要全副武装，女的用头巾包头，男的用衣服包上头，衣袖围着脖子一绕一扎，脚上穿上高腰的农田鞋，以防止煤末子掉进衣领和鞋里磨破皮肤。虽然这种装束使人发闷透不过气来，但别无选择。背一趟煤，肩上重量约七八十斤，要走3块仅30厘米宽超过30度坡度的跳板。我估算一下，每一次卸煤平均每人至少要背1500公斤的重量和走4公里以上的路程，对人的体力、耐力、心理的磨炼程度是可想而知的。刚开始一段时间还能支撑住，只是汗水湿透衣裳，脸上一片漆黑。慢慢的，肩膀肿胀、皮肤磨得生疼，有时还渗着血，两条腿像灌铅一样不听使唤了。

但参加卸煤的人都很明白，必须要挺住，越拖后越累。有时大家齐心合力，四五个小时就胜利完成任务了，有时到中午时分，任务还没完成，只能饭后再干了。而饭后再干，滋味就大不一样了，背一次煤肩膀就加重痛一次，走一次跳板就觉得人在打晃、腿在打飘，难受得很。但也要咬牙挺下去，这是死任务，当天再晚也要完成，否则谁也不能回连，从来没有隔天再干的先例。

记得有一次，我们连队率先完成任务，个个欢欣鼓舞，欢呼雀跃。大家飞快登上轮式拖拉机，高声唱起了《打靶归来》，在其他还没完成任务的连队人群前面，招摇过市，凯旋而归，那个高兴劲别提了。可回到连队，刚才还生龙活虎、神气活现的同一帮人，人人神情疲惫，个个模样蔫吧。大家你扶我搀地下了车，走起路来东摆西摇。老职工还好，家里有家属等着伺候，那知青就惨了，一个个脸也不想洗，饭也不想吃，齐刷刷地趴在炕上，一动也不想动。

我也非常累，但还是想脱掉衣服洗一下再上炕睡，顿时感到肩膀火辣辣的疼，一看肩上衣服已磨破，肩膀一大片红肿，磨断的棉线已陷到肉中，就赶紧找到卫生员，要她帮我上点红药水，那红药水一抹伤口，痛得真是难以忍受，眼泪止不住滑落下来。可我马上意识到要咬牙挺住，要不就配不上是坚强的兵团战士。

但话也倒过来说，卸煤遭罪累死人，不过每次大家还是争先恐后怕落下。因为这种累活会有各项"奖励"：要进步的知青趁机要表现一下，何乐不为；有的人要利用卸煤可以会老乡、见老友，机会难得；逞强的年青人还能到黑龙江玩一下水，其乐融融。尤其是每逢卸煤那天的午餐，就一定会改善伙食，菜包子、肉包子、糖三角，管够！真的很解馋很过瘾（当时就有一青年一顿吃了 17 个包子，从此落下了个"菜包子"的雅号）。还有卸煤的次日休假一天！这样的"待遇"谁不想分享，这样的"美差"谁会错过呢?

吃顿大鳇鱼

南方人，特别是像我们生长在海边江畔的人，十分喜欢吃海鲜。我常戏称自己是属猫的，几天闻不到腥味就食饭无味。初到 10 团（原江滨农场），我听说三间房靠在江边，那里有打鱼队。黑龙江盛产大马哈鱼、大鳇鱼、鲤鱼、白鱼等，江河里还出产名贵的"三花五罗"等，何愁吃不到鱼呢。仅这一点，也使我心里直痒痒，也常对三间房充满向往。但随着时间的推移，这种欲望被彻底粉碎了，从而使我这种嗜好被"强制"改变了。

计划经济时代下，自己产的粮不能留、自己养的猪不能杀，要统一收购、统一配给，那打鱼队打的鱼自然就不能随便卖了，要由团里统一调配，而让人心里不得劲的是，通常我们农业连队每年只能分到一次鱼。那时在老家吃鱼像吃青菜萝卜一样方便，但在连队那些年，既使你结婚办喜事，也不一定能捞到鱼，得托门子找路子。我们唯一能沾到腥味的就是海带烧汤，每个星期还能吃到顿把，可量太少，所以渐渐地在知青中流行着自编的脍炙人口的喝汤令：

　　汤、汤、汤，几片海带漂中央，眨眼工夫就捞光（因为大食堂10来个人围一桌吃）；
　　汤、汤、汤，早上喝汤迎朝阳，晚上喝汤看月亮……

由于吃鱼的机率太少，所以对吃鱼渴望日益叠加。那一年秋天，忽传今天连队有鱼分、有鱼吃，全连狂喜，奔走相告，就好像过年一样的快乐。连长早已根据团部供应股分配的单子精细盘算，每户能分多少鱼，留多少给食堂供知青吃。

突、突、突，运鱼的胶轮车来了！幸福的时刻来临了！连部的大喇叭传来振奋人心的声音："职工同志们，大家请到大食堂门口分鱼了！"实际上大食堂门口早已排满了长长的队伍，一个个伸长脖子，眼睛放出贪婪的光芒，急切地等着鱼分到手。可以说，那天整个连队充满了欢乐，整个连队的上空飘着温馨的"鱼香"。

那次我连分到的是大鳇鱼，晚上食堂吃红烧大鳇鱼，我们每人分到一大碗。人逢喜事精神爽，知青们按捺不住解馋的兴奋，有人提议：回宿舍吃，到小卖部买白酒去！几大碗鱼凑在一起，可真是珍稀的一顿"鱼宴"啊。有人提议划拳行酒令，好！一片拥护声。我夹了一大块往嘴上一送，噢，好吃，好鲜啊！其实连队烧鱼很少用姜，烧出来的鱼还略带腥味。但这并不重要，重要的是我吃到鱼了。

三间房航标指示牌

　　也许是吃鱼梦想成真，也许是做鱼原汁原味，虽说不能尽兴过把瘾，但也享受了名贵江鱼之美味，感觉一点不比母亲烧的鱼味道差。顿时想起儿时吃的鱼，那些年每当进入渔汛旺季时，家里时不时拿黄花鱼当饭吃（当时只有几分钱一斤）。中午，母亲都给每人烧上一条2斤左右重的黄花鱼，可好吃了，虽说既解馋又过瘾，但再好的东西吃多了就腻了。可今天不一样，一年只有一顿啊！酒过多巡，大家都似乎有些醉意了，鱼也吃得差不多了，开始喝鱼汤了。

　　对面炕的知青小张喜欢喝鱼汤，要喝别人面前碗中的鱼汤。有人就说："剩下的酒你都喝了，所有汤就都归你了。""好，一言为定！"他毫不含糊地把全桌剩下的酒全倒进肚子，当然鱼汤也没剩下。不久我看小张脸由红转白，继而不舒服上炕躺下，不一会儿就趴在炕沿呕吐起来。我在一旁给他倒上一杯水，拍拍他的后背，吐完了就会好受些。知青小李在炕边嘟囔着："酒量不大就少喝一点，你看，鱼都吐出来了。"

　　时过境迁，如今的三间房，再不是旧模样。它已是人们观光休闲的好地方，附近的名山口岸前几年就开始中俄边境游了，人工卸煤早已被机械化所代替。我所述说的三间房的故事，也许让人难以想象，令人难以置信。然而，这是真实的历史，是三间房的历史。

垦荒者之歌

　　知青下乡，作为亲历者，记忆无疑带有一种沉重感。难怪爱伦堡在《人·岁月·生活》中写道："谁记得一切，谁就感到沉重。"如果我们为了记忆感到轻易而去变动的话，那么这种记忆有何意义呢？所以返城多年来，时常在路上散步时，在与友人聚会时，在参加支边纪念活动时，甚至在国外旅游时，都会围绕一个主题，从不同的角度，走进那段岁月，触摸心底的记忆……

　　知青走进北大荒，都必定在那个特殊的时代、特殊的环境里，接受特殊的磨炼和严酷的考验，必须闯关，思想关、生活关、劳动关，逐步适应生存的环境。特别是劳动关，知青刚刚跨出校门，离开城市，个个幼稚可拘，"文化大革命"的洗礼，并没有使他们茁壮成长，田里的庄稼都分不清。那时的我，个小体弱，一米六的个子，84斤的体重，和沉重的北大荒农活呈现出强烈的反差。但在那个年代，这种反差是不可能难倒下定决心、不怕牺牲、排除万难、去争取胜利的知青，他们就是响应毛主席的号召，怀着一颗炽热的红心，到边疆去，到最艰苦的地方去，到祖国最需要的地方去的，在那个激情燃烧的岁月里，知青们相信没有任何困难不能克服。但在严酷的现实中，终于尝到了生活的艰辛，各种体力劳动的重负，所以一些知青慢慢地磨去他们天真的革命意志，终于被北大荒艰苦的环境所击倒，以各种理由和途径返城了。但大多数知青在大返城浪潮到来之前，还是经受住了考验，他们和一代代北大荒垦荒者一起，踏着前辈的足迹，为开垦北大荒、建设北大仓的历史使命做出了应有的贡献，不惜牺牲自己的青春甚至生命，奏响了一曲曲可歌可泣的垦荒者之歌。

和泥脱大坯

我们下乡头两年，分配在新建农业连队，先是新建4连，后又新建21连，建点、撤点、再建点。每新建 个点，生产、生活都是零起点，生活环境与老连队相比，艰苦的程度难以想象。吃住行仨字，对初来乍到的知青来说，与想象中的可谓天壤之别，尤其是头三年只能搭帐篷当住房，夏热冬寒，又闷又潮，许多人得了风湿腰腿疼，真是从没遭过的罪。

组建生产建设兵团，除了准备打仗，就是边生产、边建设。对10团的新建连队来说，生产就是开荒，建设便是盖房。而解决住房呢，需求大、底子薄，砖瓦供不应求；又因洼地土质和现存条件，不适应修建当时推广的"悬窑"烧砖带取暖，唯一救急的办法便是自力更生建造拉合辫土坯房。这是东北农村传统特色的房屋，自然就离不开和大泥、脱大坯。在东北农村有名的"四大累"活计中，和大泥、脱大坯铁定占居其中两项。

和大泥、脱大坯，使用工具简单，干活工序也简单，但还得实干不蛮干，边干活边琢磨，也就熟能生巧了。不然，人累得要命不说，工效和质量也大打折扣。当时脱大坯一个人一天的定额100块。脱大坯劳动强度很大，两三天咬牙挺过去，但连续10天恐怕就扛不住了。尤其女知青多半为完不成定额而抹泪诉苦：累得睡觉上不去炕，早晨起不了床。有精明的女知青便找强悍的男知青"搭档"，于是人们纷纷仿效。

俗话说，"男女搭配，干活不累"。脱大坯的作业效率明显地比单干时高得多，人的潜力也因此被挖掘出来了。

且不说脱大坯，先说和大泥。东北农村住拉合辫土坯房的人家，每年秋天准备越冬，少不了扒炕、抹墙这些活计，自然就离不开和泥。和泥就地取材，用土也有讲究，黄土和的泥，抹在土墙上光滑结实，耐雨水冲刷。黄土脱的大坯，坚固耐用。

抹墙用泥，先挖土备料，浇水润土，撒上细碎的麦秸，一层一层如法炮制。而后用二齿钩捣搅、倒堆，然后穿着靴子或光着脚去泥里反复踩踏。泥稠了就加水，稀了再拌土，直到合适为止。这道工序非常累人，为了脱好坯，采用黄泥土，再加上麦秸，因土粘，二齿钩拉不动，脚踩入都拔不出来。加上可恶的蚊子、小咬，还有瞎蜢，轮番过来围攻，实在受不了只能用自己的泥手猛力拍打自己的大腿甚至自己的脸，有时累得不行，一屁股坐到泥里，人都站不起来。和好的泥一般当天不用，需要饧上一天，与和面发面是一个道理。第二天再浇水，用二齿钩再倒一遍，用四股叉再翻拌，这泥才好用。抹在墙上溜光锃亮，太阳一晒，墙面干了，能抗住一年风雨雪霜的侵蚀，来年秋天再抹墙过冬。

脱大坯自然与和大泥分不开，虽说没有抹墙用泥那么讲究，但工序相差不多，毕竟和好泥才能脱好坯。只是备料掺入的是长五六寸的羊草，羊草作筋比麦秸强度好得多，大坯不易折断。

土坯有两种，一种是炕面坯，铺炕用的，脱坯的工艺要求相对高些；另一种叫大坯，盖房子垒墙用的。脱坯一般都在连队周边，先找土质适合的地方，再就近选平整的场地。一般以班为一组，也有2—3人为一组的。男女搭配，多半是女同胞备料、脱坯，男同胞和泥、供泥。

同时，预先想好脱坯走向，一般条形摆开，用薄木板做成长方形的坯模子（使用前先打磨光滑，用水浸泡，才不易粘泥）。脱坯时，使劲抠起一坨坯料，用力摔进土坯模里，两手左右使劲扒拉，拳头将四个角挤压瓷实，脱出的坯才有棱有角，用手掌蘸点水将坯泥按实、摊平、抹滑，呈中间低于四边的下弧形，再将坯模子提起，方方正正的一块土坯就告成了。

新脱大坯平卧晒上两天，外干里湿，要将其原地翻立起来便于干透。此时最怕下雨，一场大雨可能前功尽弃。再晾晒两三天，就可以立坯码垛了。先立着摆一层做垛底，然后平放一排，留出空隙以便通风，随着梯形逐渐收缩往上码，直到顶层剩下一块为止，三角形的土坯垛就码成了，两侧用草盖上，就不怕雨浇了。

我初步计算，脱一块大坯，湿时足有 20 多斤，从取土、和泥、供泥、脱坯、晾晒、码垛起码要六个工序以上，每次 20 斤，就要 120 斤，而且有的工序要反复几次，每天任务 100 块，所以经过人手的重量在 1 万斤以上，可见劳动强度之大。因此，和大泥、脱大坯，收工回到宿舍，全身都是泥巴，汗水湿透衣背，腰酸背痛，两腿灌铅，双手无力，感觉全身骨头散了架，都先得在炕上歇一会儿，再洗脸洗衣服，吃饭都没有味口。脱大坯的劳动强度，现在回想起来还有点打怵，可当年就这么扛过来了。

建"拉合辫"房

2016 年夏重返江滨，我站在老连队的泥草房前，感到特别亲切，眼前的四幢泥草房就是我们在 40 多年前盖的家属房，至今还在，不能不说是一个奇迹。

刚到北大荒，看到的住房很长见识，既有红砖房，也有土坯房，还有砖砌房基、屋顶盖瓦、土坯垒墙的"穿鞋带帽"房，再有是一种泥草房，老垦荒管它叫"拉合辫"，乍一听不解其意，看外墙像土坯房。后来，我们在新建点亲手盖起了第一幢"拉合辫"，才明白了其中的"真谛"。

连队里有 1956 年的垦荒队员，也有 1958 年的转业官兵，在他们眼里，"拉合辫"房绝对是职工住房建造的一个进步。当年垦荒队员来江滨安家落户建新庄时，住过临时应急的有门无窗的"窝棚"。搭建"窝棚"，是先砍树棵子支起个三角形的架子，盖以树枝茅草，压上一层土，窝棚的外部就成了。再在里面挖出一条 1 米多宽、半米来深的通道，形成了一个"凹"字。两边凸台铺上树条子、茅草，对面大通铺也就完成了。新落成窝棚里能住十几个人，一个新庄不足 10 个窝棚。可见那时垦荒队员生活环境的恶劣。

相对老一辈垦荒队员我们幸运多了，也许是沾了部队编制的光，我们来到北大荒，没住过垦荒初期的"马架"，也没住过"窝棚"，而是住了三年多的棉帐篷。到了第二个新建点后，连队为了改善职工住房条件，就计划盖"拉合辫"房子了。

"拉合辫"房子就是利用野草泥土建造升级换代的住房。这种住房是早年东北的地方特色，所采用的也都是就地取材、传统工艺，是逐步向砖瓦住房过渡的产物，说穿了就是泥和草盖起来的房子。

建造"拉合辫"住房，除了框架门窗用木料外，其主要材料是野草。这野草虽说是就地取材，但颇有讲究。秋后，荒草甸子里长满了 1 米多高的多年生野草，茎叶泛黄未枯，笔直挺立，其中以大叶樟、小叶樟为最佳，这种草相对粗壮柔韧，又平滑无毛，还不易腐烂，用来编墙苫顶最合适。人们常用的羊草，与之相比就逊色多了。

我们挥动大苫刀、镰刀，把成片的野草割倒打好捆，装上马车拉回连队，码成垛只等开工盖房。然后在老职工的带领下，按照建造"草图"，挖地基、立房柱、竖房架、钉檩条，于是一栋 8 间屋的"框架"竖立地基上。接着就在离"框架"10 米开外地方，东西挖两个深半米多、宽 1 米、长 2 米左右的泥地，接着往泥地里倒土倒水，拿二齿钩不停地来回捣泥，搅烂成稠粥样的泥浆。

"和稀泥"成功以后，野草作为主角终于登场了。我跳进近腰深的小坑里，捋胳膊挽袖子，把草均等地分成一把一把，放进泥池里来回翻滚，让草"吃"足裹满泥浆，再提起拧成辫子状，挽成一个"又"字形，这就成了编墙的"砖"了。起先，我的技术还不到家，学着操练起来，把草辫拧成了既不像油条，也不像麻花，却溅得一脸一身泥浆。干此活连上个厕所都不方便，实在忍不住，才起身匆匆洗手，匆匆完事。

编墙是个技术含量比较高的活儿。把一根根"辫子"铺到地基上，两边各 1 人把一端，按墙体 1 尺多厚度，同时向上折前一辫，依次编一层，中间填一层干土，找平不留空隙。转角处层与层、辫与辫要相互"咬"住，上下连结成一体，墙面避免凹凸不平。当墙体编到 1 米高时，要在太阳下晒两天，使之坚固后，再继续编墙。

整个房子的四面墙壁，就这样用泥草编织起来了。一眼看去，俨然是一道道绘制的花边图案。不仅墙壁是草辫拉成的，连房盖也用泥缮子排成。当墙体编至房柱高时，要再晒几天，让墙体自然下沉夯实，而后再进行"封顶"——钉椽子、铺柳条屋面、抹苫背泥、披苫房草、做好房脊背。值得一提的是，建房者的手艺好赖、水平高低，直接决定了"拉合辫"房的使用寿命。

建造"拉合辫"房的最后一道工序是抹大泥。干这活有点意思，先把泥团噼里啪啦地使劲摔到墙面上，然后用手掌把粘在墙上的泥团抹平凹处。有位老垦荒告诉我说："这样墙面干透了也不会干裂，才能冬暖夏凉呢。"后来才知道，"拉合辫"与土坯房一样，若要寿命长，整修要跟上，年年入冬以前，外墙抹上一层泥，保温也保护。这种泥不能太干，也不能太稀，和得恰到好处，才能抹得上去。

新建造的"拉合辫"房子，屋里刷成雪白的墙壁，若不是亲手建造，还真看不出是什么材料建成的。或许炉火太旺，火炕太热，满屋散发着一股泥土味和野草香，仿佛睡在了荒草甸子的怀抱里。"拉合辫"建造成本低，保暖性能好。在寒冷的东北，这种泥草房，当年是老屯子住房的首选，如今是老屯人心里的留恋。住过的人都知道，由于土和草的传导性能比砖瓦差，中间又有许多空隙，冬天屋内墙面不结霜，可谓冬暖夏凉。当一幢幢"拉合辫"房子起来后，连队旧貌换新颜，原来我们从团部回连队，打老远望去，只看见孤苦伶丁几个帐篷，现在几幢"拉合辫"房子纵横排开，房顶烟囱耸立。如果说过去是一个垦荒点的话，现在真有一个村庄的模样了。我们终于有了一个像样的家，一个自己建起的家，洋洋得意，好不高兴。

虽然第一批建设的"拉合辫"房子都分给了老职工，知青没有任何意见，这些老垦荒队员拖家带口"闯关东"也很不容易，而今住上新房子，每家房后还有菜园子，自己想吃啥就种啥，生活过得安乐。没过两年，知青们的住房条件也彻底改观了，而且是跳跃性地住上了崭新的砖瓦房。当搬进新房的那一刻，心情是多么的开心！虽然屋里几乎没有任何设施，一幢房没有一间洗手间，但有一个主要的原因就是：房子也是我们自己建造的！这就是建设者的骄傲和欣慰！

铲地起大早

北大荒4月初化冻，随即开始播种。春虽来得迟，天却热得快。夏日的早晨两点半天就开始蒙蒙亮了，傍晚到8点天色才完全黑下来。由于日照时间长，庄稼出苗后，生长速度很快。夏天是一年中最忙的季节，也是农工最累的日子。

6月中旬，玉米苗已有半尺来高，正是夏锄时节。东北铲地的锄头，形似展开的折扇。铲地，将长锄把往前伸，锄板离地不超过10厘米，锄入土后往后用力拉"夹板锄"。在松土的同时，草根被切断，由阳光晒死。见到苗间的杂草和多余的幼苗，就用锄头尖角抖挑剔除。

知青头一次接触锄头，不知道如何用它铲地，有的甚至还分不清草与苗呢。连里的老职工告诉我们铲地的要领，还要我们将刚领到手的锄头开刃、磨光，以便提高铲地效率。这时，锄头就像是战士的枪，我们面临的是夏锄第一仗。

凌晨两点半，窗外响起尖锐的起床哨声。虽然我们有思想准备，晚上比往常早入睡，但毕竟年纪轻轻的，这么早起床还很不习惯。一个个睡眼惺忪，有的还打着哈欠，很不情愿起身穿衣服，拿着锄头走进铲地队伍，来到了铲地目标的地号。

北大荒的地号，不见有田埂，也望不到边，长度有数千米。农工下地干活，铲地、收割、掰苞米啥的，都论垄说话。当天任务是玉米锄草并间苗，这不，每人一垄一个来回 6000 米以上，回来再吃早饭。哎，空着肚子，别说铲草间苗，空手走也累人，但必须是要完成的。

我们扛着锄头一人一垄站好，跃跃欲试。农工排长重复一遍铲地要领，话音刚完，在垄前等不及的知青，就拉开架式照葫芦画瓢地干开了。

连队统计跟在后面，不停地喊叫："拉夹板锄，别漏锄了。"忙乱之中，我们见草才锄，疏忽了松土，不是一锄挨一锄。人们称这为"漏锄"，说是"铲地瞎胡混，漏地不漏人"。还有就是苗间草比较难剔，若用力过大，会将玉米苗一起剔掉。我们初次使用锄头，在手中有点不听使唤，动作也不协调。为了追求速度，要么草漏铲，要么铲伤苗。

毕竟是刚出校门跨入农门，虽说初生牛犊不怕虎，但半个小时后，我们落在了后面。领先的是一帮老职工，他们两边夹板锄，飞锄剔草间苗，节奏明快，动作娴熟，甚至谈笑风生，铲地对他们来说是小菜一碟，非常轻松，知青自然望尘莫及。早上 6 点多钟，我们总算回到了地头。这时老职工都已吃好早饭，在连部前谈笑风声。由于饥饿和劳累，早餐狼吞虎咽，就着菜汤咽下好几个窝头。想起马上又要下地干活了，一点力气也没有。

夏天的北大荒，白天气温较高，又因早晨起床早，上午 7 点多继续扛着锄头去铲地，直到傍晚 6 点多才收工。看起来铲地很简单，对城市知青来说，一天下来觉得很累。第二天起床时，浑身上下都酸痛。起床哨声在催促，我们撑起酸痛的身子，勉强爬起来，又开始新的一天劳动。

整个夏季我们都是咬着牙过劳动关。铲离连队近的地，还能回来吃饭歇会儿，远的地号就不行了。尤其是团里统一部署夏锄大会战，就必须"早上两点半，晚上看不见，地里三顿饭，外加大批判"。这就是当时的真实写照，我深有体会，并曾作为组织者坚决予以实施。

连队的地号，小的几十垧，大的上百垧。铲地打个来回要半天，不要说劳累劲，就是忍耐劲也够我们磨炼的。记得中学时，人们把农民种地称为"修理地球"，我感到这个说法新鲜，且诙谐生动。这回下乡当农民种地，才觉得用"修理地球"来形容农民饱含正能量的劳作，真是再贴切不过了。铲地的日子，我们握着锄头，盯着苗和草，汗水淌下来，擦把汗时，稍稍直下腰，又赶紧出锄，怕被人拉下。重复的动作，固定的节奏，连续的运转，我们似乎成了一个机器人。铲地如此，收割亦如是。

头上顶着大太阳，田间满地都是人，"方便"之事变得很不方便，放眼几百米绝无遮蔽物，唯有大干快锄，往前到地头解决。喝水也成了难题，送水的人挑两桶水，不可能从这头挑到那头，即便有此心，挑到半道就让人喝得见了底。干渴有时比饥饿更难忍。有一次人实在渴极了，就在地头找到一汪水坑，趴着可见水面浮着草叶，水中还游动着蝌蚪，无奈中吹去浮草，闭上眼睛吸两口，暂时解一下渴，现在想起来还恶心。

夏锄会战动辄上百人，每人一条垅，一股劲地往前铲。说实在的，铲地的劳动强度并不大，就是太耗时间，我是个急性子，不适应干磨蹭活。一个大男人干简单的铲地活，落在后头有点丢脸。我又是好强的人，为了不落后，还要领先于人，就得加快频率，付出自然就大。长时间每一锄都能保持深度，是需要体力和毅力的。有一回，眼瞅着人们渐渐走在我的前头，我十分着急，本想加快速度，又怕没这能耐。好在我的班长是老农工，碰巧在我右边那条垄，他就主动帮我铲掉我左边的半条垄。渐渐的，我们一起赶上了前面的队伍，到了地头，他笑了笑说："铲地快还不算能耐，割地快才见真本事。"想想也是，割麦子割大豆，刀不到它不倒，但铲地有时还可以偷工减料。也许刚才他猜透了我的心思才帮我，我的脸刹时红了起来。

晒场交响曲

新建连队总要把修建场院作为一项重要的基本建设，场院包括晒场，还有粮库、仓库等。作为连队最大的空地，场院多在连队驻地之外，公路边上。

麦收拉开序幕后，晒场便开始热闹起来了。这不，车来车往，入场出库，机器轰鸣，人声鼎沸，马嘶牛吼……连队的职工家属除了下地干活外，差不多都集中在晒场上。场院主任是位有经验的老职工，安排得井井有条。卸车装车的、出风扬场的、摊场翻晒的、灌袋过秤的、揪肩扛麻袋的，入囤出粮库的……场面热闹欢快，紧张又不失轻松，繁杂又不失有序。场院的夏秋是沸腾的，经过一年的等待，它盼来了自己的盛宴。

晒场最轻松的是摊晒翻场。从地里运回来的小麦铺满晒场，人们迎着太阳光用木掀"起垄"，不停地来回翻场，让阳光均匀地照射在"麦垄"上。经过两三天太阳的暴晒，麦粒由淡黄变为金黄了。保管员用仪器检验麦粒的干燥度，而场院主任则是咬麦粒、测水分，只听得"啪"的一声脆响，便着手安排出风去杂、灌袋入囤了。在晒场干活，时不时灌一鞋窠子麦粒，很不得劲。南方知青习惯光着脚干活，脚丫子踏在小麦上，那感觉好极了，脚踩在不薄不厚的小麦上，舒舒服服的，特别是麦粒从脚趾缝间挤出来的感觉，真的是任何一种足底按摩无法比拟的。

晒场最壮观的是出风扬场。扬场机通电一喂料，喷吐出的小麦气势如一道金色的彩虹，从空中洒落地面又似一场金黄色的"麦粒雨"。老职工家属们冒着"麦粒雨"打扫帚，留下籽粒饱满的，扫去瘪粒麦头子。这也是技术活。我也曾走进麦粒雨中，打扫帚的活干得不咋地，但从空而降的麦粒打在身上、头上、脸上，感觉怪怪的，说疼不疼，说痒不痒，倒也有几分刺激。

晒场最紧张的是抢场。当地有句农谚"六月天，孩子脸"。麦收最怕的是老天经常变脸下阵雨，有时是一天几次摊场又几次收场。更多的时候，偌大的晒场已经铺满了小麦，正在太阳底下翻晒着，突然刮来的一片云骤然降雨，满晒场的人要立即行动起来。小山般的麦堆好办些，人们打开拉过大块苫布遮盖上；摊晒的小麦最麻烦，人们手忙脚乱地又推又扫，实在不赶趟了，就归拢成条状，用苇席盖上压边。还有就是吃午饭的时候，偏遇突然来雨了。于是，宿舍门口、食堂门口的哨子声、呐喊声此起彼伏，通知人们去抢场。连队所有人都会放下碗筷，包括后勤、畜牧人员和学校师生等，都会从四面八方跑向晒场抢场。

晒场最较劲的是扛麻袋。东北流行一个说法：是骡子是马，拉出来溜溜。晒场拉出来便是扛麻袋。初到晒场扛麻袋心里打怵腿打飘，后来一说扛麻袋就浑身来劲。为了让老职工知道城市知青也是好汉，时常就会为扛麻袋较上了劲，一定要分个高下，经常出现你追我赶的场面。装车不算啥能耐，走跳板才是真本事，但见一个个迈步走上足有二层楼高的"三节跳"，180斤的小麦压在我们稚嫩的肩上，才30厘米宽的跳板在脚下颤悠着，走到顶部抓住袋角，肩膀一扬，把满袋的小麦一道泻入囤里，然后像胜利者一样昂头走下来，好不威风。当时我的个头不算高，身板也不硬朗，但在扛麻袋这活上一点也不示弱，人家扛10袋，我决不扛9袋。人家麻袋装得满满的，我也一点不含糊，一直到收工。

尽管腿打软，腰酸疼得直不起来。

晒场的扬场不跟趟，就会安排打夜班。有月亮的晚上，我们吃夜班饭歇息时，会爬上高高的粮垛，仰卧在一片柔软之上，鼻息里全是庄稼朴素的香气。月亮就在头顶，照耀着秋夜的静谧，照耀着我们的心事。身后连队的灯火，扑面而来的温暖，我们把场院拥进自己的梦境里。

机务新天地

1969 年 5 月下乡到江滨，我一直在农工排里劳动，干着东北大地里千百万农民的农活：春播、夏锄、秋收，场院、脱坯、盖房、修水利等等。那些个辛酸苦辣的事儿自不用多说。1971 年初，连里将我调到机务排工作。虽然农工与机务只是分工不同，但毕竟有"上机务，下农工排"之说，而且农工是体力活，机务则是技术活。对我来说，不仅结束了农工生涯，还有一份隐形的荣誉，开始了我的机务新天地，我高兴得梦中也笑出了声，赶紧把这个喜讯写信告诉远在南方的家里。

我所在的机组 5 个人，车长、驾驶员、助手和俩学员，围着一台"东方红"（75）履带式拖拉机打转转。车长姓刘，山东文登人，人正直且本份，虽文化程度不高，但聪明记性颇好，工作认真负责，从不打马虎眼，尤其机车保养特较真儿。机车，在机组人员的心目中是"宝贝"，一见到它，有一种由衷的喜爱，也有一种自觉的责任。出车下地也好，例行保养也好，都特别用心。那感觉就像第一次戴上手表那样仔细认真，一切都严格地照规章办事，丝毫不敢马虎。

初上车时什么也不懂，还好刚上车不久，就被送到团部一个机务培训班学习一个月。在培训班上，一种后来者居上的情绪在激励着我，学习机务技术变得如饥似渴。上课的内容我必须学懂，不懂不过夜，常常晚上也讨教老师或同屋学员商讨。培训完毕时，我已初步了解了拖拉机的基本知识、发动机的工作原理、常见故障的分析和排除、定期保养及修理制度。回来后，理论一联系实际，加上温州人天生悟性强，使我对拖拉机和机具的技术掌握进步很快，不到半年我便从学员上升到助手，也就是说我也可以带班了。

开着拖拉机牵引大犁翻地，是我头一次独立操作机车作业，至今还记得那令人兴奋的第一犁！看着那犁垡的油光，闻着那沃土的泥香，喜悦与自豪，跃然脸上。开车拉着大犁荒野草甸开荒，唤醒在丛丛草木下沉睡了不知多少年的黑土，也颇有成就感，但更多的是艰苦。那盘结的草木树根，那纠结的沼泽稀泥，实在是太烦人了。本想顺顺当当地多跑几圈，可这些不知趣的东西时不时出来捣乱，沼泽稀泥会使机车打误，乱草树根会把大犁堵塞，不得不停车抠犁。若是在夜里或阴天，蚊子多得出奇，脸上手上，一撸一把。只好两人轮换，一人排除障碍，一人驱赶蚊子。有时被蚊子咬急了，就往脸上手上抹黄油或稀泥。这样虽然能挡住蚊子的嘴，可是闷热难耐，再一出汗，那个滋味，只有自己最有感受。

在机务排干活，我的适应能力较强。不到一年，开拖拉机除翻地、耙地等等外，如技术性较强的带播种机播种，牵引收割机收割，带改装的铲斗推土，我都能掌握要领，每次都能较好地完成任务，所以当年刘师傅就带我用拖拉机去帮助边防军春耕。这在当时也是很荣耀的事。

在机务排工作的那段时光，不但学会了机务操作技能，更学会了对待工作的态度和做人的道理。有一件事，虽然是小事，但却使我一生难忘，是刘师傅叫我给机车保养打黄油。那么多的黄油嘴我都统统打了一遍，唯独有一个黄油嘴怎么也打不进黄油，急得我一头汗水直冒。我心想，这儿是冷僻处，偶尔落下个黄油嘴没打黄油也是常有的事，所以我用黄油抹在这个黄油嘴上，表示已经打满了，打算蒙混过关。

过了一会儿，刘师傅过来了，见我在收拾黄油枪，顺口问道："都

江滨——我们美丽的田野

打过了？""嗯，都打过了。"但我心里直发虚。刘师傅平静地问道："真
的吗？那XX处的那一只黄油能打进去吗？"听到此言，我害臊得脸直
发烫，恨不得找块板砖拍自己的脑袋，使之清醒。我低声地说："刘师
傅，没有，那个油嘴没打进黄油。"刘师傅生气地说："你真会扯蛋，那
个黄油嘴已经坏了3天，我今天刚领回新油嘴，可你居然说打进黄油
了。小应啊，你糊弄我可以，但你不能糊弄机车，万一出了毛病，就是
因小失大。机械运转，润滑无小事。我们做事一定要讲认真，决不能马
虎过关。万一出大事，你我连后悔的机会都没有了。"一番话，如醍醐
灌顶，使我彻底觉悟。一番话，如警钟长鸣，使我受益终身。淳朴的话
语，一直铭刻在我的心里，使我牢牢记住，干工作就要认真。难忘的机
务排工作，给我后来树立正确的工作态度打下了坚实的基础，尤其是教
育我做真正诚实人的人生道理。

荒友情深

最近，有人在网上做了一个有趣的"游戏"，要求网民用一个字来形容中国社会，结果"虚"字点击率最高，这不由让人陷入深思。别的不说，仅从人与人的相处关系而言，我也有很高的认同感。不是吗？过去是"酒逢知己千杯少"，而今是"酒碰千杯无知己"，都被"虚"字灌进去了。

岁月酿造记忆的美酒，时间沉淀怀旧的情感。我还是怀念昔日的荒友、怀念荒友的情谊。荒友之间在艰苦岁月里、在特殊环境下建立的感情，是最淳朴、最真挚、最牢固、也是最感人的。为什么呢？这些年我一直在思考这个问题，很久才悟出其中一个道理，就是这种感情彻底脱离了一个"虚"字。

所以我一直很珍惜这份情谊，每当荒友相聚的时候，每当看到有北大荒内容的电视节目的时候、每当看报纸翻到和过去在东北时熟悉同地名、同名字的时候，都会感到尤为亲切。特别在重返北大荒的日子里，在夜深人静独自回想往事的时候，不知为什么人的精神就会一下子提起来，就会回忆起荒友们在一起的情形，就会一件件、一幕幕在眼前浮掠而过，心情久久难以平静。

挚友金清

金清既是我温州老乡，又是我中学同班同学，还是坐同一趟列车奔赴北大荒的。他大我两岁，中等个头，身体结实，性情豪爽，为人仗义，很有大哥的风范。

我们被分配到新建连，连里知青比例较其他连队高些，成了小社会的主流群体。各地知青刚集结在一起，年少无知，地域概念、老乡观念很强，谁也不肯让谁，谁也不能吃亏，时有不同地方知青因一点小矛盾发生打架斗殴。那时甚至还盛行一种风气，哪个连队老乡受气了，周围连队的老乡接到通风报信，就会倾巢而出前往助威和"讨伐"，从而引发打群架事件。

金清在知青中是有份量的人物，源于他的出手。所谓"份量"就是力气大，当时有力气就是"草头王"。一次一名老乡无缘无故被号称"摔跤王"的外地知青欺负了，金清气不过去找他论理，对方自恃人高马大、盛气凌人，一张口要和金清"较量较量"。金清毫不示弱，当即应战。结果三下五除二，利索地把对方翻倒在地，俯首称臣。我们在旁相互击掌，好不痛快。从此我们"狐假虎威"，腰板也挺起来了。于是，金清自然成了我们温州知青的主心骨、保护伞了。但他为人正直不欺侮人，绝对不是那种耍流氓无赖之辈，从不挑衅人家，出手也完全是"正当防卫"或"自卫反击"。

金清在连队也有很高的威信，源于他的实干。虽然在校时读书成绩一般（后来事实证明他读书也不赖，顺利毕业于天津大学），也不善言语，可干农活很快就成为一把好手。在那时你不好好干活，不干出点样子来，说啥也没用，想进步更没门。金清干活肯卖力气悟性好，动作利索不落后，和泥脱大坯甩开膀子就上，铲地拿大草蹭蹭总在人前，挖水井带头跳进冰冷水中，砌墙把墙头、出窑在前头，从不叫累、从不喊苦，看他似乎有使不完的劲、流不尽的汗。一次他割小麦指头被镰刀削了半片肉下来，轻伤不下火线，一包扎照样接着干。

如果说金清在知青中的名气是"打"出来的，那么他在连队里的威信是"干"出来的。他的突出表现很快得到全连上下的认同，下乡一年多的时间里，金清从战士提为班长，又升到排长。1972 年入党，他成为知青中的佼佼者和学习的榜样。1973 年夏天，他被高票推荐上大学（天津大学），成为我连第一个上大学的知青。天道酬勤，算是他 4 年"苦斗"的最佳报酬，我打心眼里为他感到高兴。

我和金清在连队共同渡过 4 年短暂的光阴，我们之间相处平淡如水，从来没有过华丽的语言沟通，也从来没有江湖的称兄道弟，却留下了胜于兄弟的深厚情谊，至今难以忘怀——

忘不了，山坡飘荡口琴声。

当西边天上晚霞将要消失的时候，我们一伙知青来到连队附近的小山坡上，他用那支上海出品的"敦煌"牌重音口琴，吹起了《草原之夜》《卡秋莎》《莫斯科郊外的晚上》《山楂树》《敖包相会》《牧羊姑娘》……悦耳的琴声和着微微的清风，飘荡在荒原的上空，吹掉了白天劳作留在身上的疲倦，吹散了埋在心中的乡愁和忧伤，使人顿感心旷神怡。可以说，这些经典中外情歌，我都是和着他的口琴声，在春天的小山坡、夏天的泥路上、秋天的旱河边、冬天的火炕上慢慢学会的。而在当年来讲，这些歌曲被归属"黄色歌曲""靡靡之音"，是绝对禁止吹奏吟唱的。幸好我们这帮人当中没有"告密者"，起码也算没有认错人吧。

忘不了，太阳晒热洗脸水。

在那同甘共苦的日子里，他处处以兄长的姿态关心我们、呵护我们：下地除草或收割，他先干完活总是马上转过身来接我们；收工回到宿舍，他不辞辛苦总会帮大家打洗脸水（打上井水先放在太阳下晒热）；他家里时不时寄来包裹，若有啥好吃的，他总是先让我们解馋，从来没比他少吃；老乡中有人生病时，他比谁都着急，赶紧跑去叫卫生员、忙乎张罗病号饭、炕头照应似家人……以至他离开连队上大学时，我们都为他高兴，也感到一种失落。

忘不了，油灯照耀生日宴。

有一天适逢我的生日，我想老家思亲人有些郁闷。为了安抚我，他去小卖部买了一个红烧猪肉的罐头和一瓶北大荒白酒，又去食堂要了几块咸菜疙瘩。在昏暗的煤油灯下，牙缸就是酒杯，火炕就是饭桌，盘腿就成坐椅，手指就是筷子，"生日之宴"就此开席。我们哥俩频频对饮，话匣子慢慢打开，皱眉纹渐渐散开。说话投机，酒饮微醺。我一激动，手中的玻璃罐头竟滑落摔碎了，掉在泥地的猪肉自然没法吃。他见状连声说没事，干脆来个"辣咸配"，更够劲！于是，我们一手端着酒，一手掐着咸菜，咸菜押酒，酒配咸菜，他哼着小曲，我轻声附和。酒喝完了，人也迷糊了，飘飘然进入了梦乡……看见少儿印象中湛蓝湛蓝的天空，上小学时经过的巷弄边潺潺的小溪，瓯江北岸那延绵的山脉天然形成的曲线，故园好美，谁不说俺家乡好呢！

忘不了，鹤岗送别两眼泪。

在他将启程上大学时，奉上了他那支爱不释手"敦煌"口琴，留下了他那把伴随数年的小镰刀，捧出了他那件充满温情的小棉袄。我执意要送他到100多公里外的煤城鹤岗，火车站台上伤离别的那一刻，两个男儿无语相视。从不落泪的他却止不住的泪水挂下来，而且你没有去擦。刺耳的汽笛声、缓缓起动的车轮，带走了远行的他，留下了孤独的我。此情此景犹如电影歌曲《驼铃》中所唱："送战友，踏征程，默默无言两眼泪……一路多保重。"

忘不了，包裹融情两地书。

到了大学校园的他，心依然牵挂着连队和老乡，时常来信问长问短，并不乏鼓励。在寒冬到来之时，还寄来了一件天蓝色新款腈纶绒衣，我捧在手里贴在脸庞，感觉热呼呼的，来自远方的温暖都在怀里了。现在讲起来不值一提，但在当时，可是高档服装，要花费一个月工资收入，绝对是奢侈品。后来我到天津看望他时，知道他平时也是节衣缩食，一天仅花几角钱的伙食费，真使我感到无比的内疚和感动。他在大学毕业后到四川一家保密厂工作时，还千方百计替我在内供商场买了一块"梅花"牌表，让我感触良多，至今感激不尽。

忘不了……

好人姚姐

我们连队有个鹤岗女知青，人称姚姐（说实在的我至今也叫不出她的名字）。老高三毕业，高挑的个子，圆圆的脸，白皙的皮肤，她的容貌算不上姣美，但脸上老挂满笑容，给人一种温和、亲切的感觉。

姚姐是连队知名热心肠人，特别乐意帮助我们这些小知青，在生活上为我们排忧解难。记得刚到萝北江滨这片黑土地时，别说不会干农活，就连生活自理能力都很差，洗衣服还能凑合凑合，但补衣服、缝被褥之类针线活，是一窍不通，入冬前翻洗棉袄棉裤啥的，就更犯难了。对男知青来说，这些活有劲使不上，急得我们直打转。更让人暗暗叫苦的是，我连温州老乡是清一色的男知青。男女没搭配，缝补自然累，找个帮忙的都没有。

记得第一次拆洗被子，一拆开就傻眼了，南方的被子里的棉胎，表面是用牵纱粗略地网起来定形的，然后用被里、被面四周一缝。但时间一长，牵纱容易断，棉花滚成团，棉胎便有了洞，不知如何办是好，只得求姚姐帮忙。她一笑，"早说嘛"。她先把棉胎铺开，拿出自己买的棉花，先是续上补洞，又使厚薄均匀，再用旧被里整体包上，引线走针，横竖行几趟定位，棉胎成了简易被子，最后缝上被里被面，缝上被头。被子"基础建设"到位，以后拆洗就方便多了！可她足足忙活了两三个小时。头几年，姚姐仅这些缝补之事，着实为我们花了不少心血。

姚姐家住鹤岗，家离连队就 100 多公里，连队一放假，她就可以回家。每当这时候，她就张罗开了："谁有什么事吗？"我们首先想到的就是请她邮信，因为从鹤岗邮信件要比江滨至少快两三天。在那个通讯不发达的年代里，邮封信到温州至少七八天。大家你几封、他几封，姚姐每次都得带上一大包，戏称自己是义务邮递员。返回连队前，她还要根据清单帮助我们买东西，就是一些日用品之类，她从来都没有少过一样，与其说是回家探亲，还不如说是帮我们去办事。当她回到连队，一帮知青就会蜂拥而至，就像等待她分战利品一样。她还会带几瓶自家做的大酱，里面还放了猪肉，特别好吃，时常被大家一抢而光，而此时的她脸上总是乐呵呵的。在我们眼里，她的形象和魅力，决不亚于过年才分派礼物的圣诞老人。

连队知青回家探亲，也都少不了麻烦姚姐，她的家好像成了我们的中转站，来回接送。我们探亲一般都在冬天，东北的人家冬天为了省煤，一般只有一间正房一铺炕，我们两三人一去，她家的人都会把"炕头"让给客人，自己一家挤在炕稍。我们都觉得很过意不去，但她的家里人显得特别热情，总是说到了这里就是家，不必客气。每次来客人，她家的"送客饺子迎客面"是少不了的，尤其是姚姐的手擀面条，味道真的好极了。但我们这些不懂事的愣小子，也真把她家当自己家，从不知道我们的到来给她家添多少麻烦，增加多少负担。

姚姐虽然不是大人物，也不是什么大名人，更没做出什么惊天动地的大事情，但她做的一件件一桩桩小事，都深深地留在我的脑海里。返城后，我们虽然失去了联系，但我心中永远忘不了好人姚姐，忘不了姚姐对我们的关爱和关照。我都会默默地祝福姚姐，好人一生平安幸福！

硬汉胜利

在哈尔滨市红旗大街省农垦总局旁的北大荒博物馆里，有一面庄严肃穆的"人名纪念墙"，上书"北大荒永远不会忘记"，那里刻着12426位永远长眠北大荒土地上的开垦者的姓名，其中知青部分就有我连的知青王秀兰。于是，让我想到赵胜利。两位都是天津知青，都是因病逝世的。他们的音容形貌，时常在我脑海里缓缓浮现，勾起我对他们的遥念和追思，尤其是那个老实人赵胜利，在我眼里是条硬汉。

赵胜利是我连知青第一高个子，超过1.80米的身高，而且身板魁梧，黑黝黝的脸膛，一口黄牙（塘沽水质的原因），常露笑容，脾气特好，在知青中口碑人缘都不错。我和赵胜利曾住一个屋，对他印象很深刻，也很敬重他，就因为他为人善良厚道。

赵胜利是一个很有抱负的知青，在全连大会上他决心扎根边疆干一辈子的表态，我完全相信他是发自肺腑的。干农活他十分抢眼，什么脏活累活抢着干，处处抢前头、要领先，就如现在的国安足球队一样"永远争第一"。我清晰地记得，他胸前每天都别着闪闪的团徽，仿佛时刻在激励着自己，任何力量都不可阻挡他前进的步伐。

也许赵胜利太想进步，太追求进步的速度了，像个"拼命三郎"一样，以至于他刚得肾炎时，根本不当一回事，根本没想到休息。他有股不信邪的劲头，不相信这点小小的毛病会危及生命。他照常出工硬挺着干，照常吃着大家同样的饭，照常省吃俭用往家寄钱，以尽孝子之心。连队批他假到天津治病，让我们想不到的是，病还没有好转，突然返回连队，依然苦撑在缺医少药的黑土地上。

一次工歇休息时，我俩坐在一条土埂上，我问他身体如何，他挽起裤腿，用手指头摁进小腿，一个深深的指坑老半天没弹起来，实际上病情较重了，我劝他要好好治病，他笑了笑说没事，已经吃药了。就这样时间一长，在医疗条件差、营养又不良、体力活又重"三管齐下"的打击下，病情很快加重，眼睛也明显浮肿起来，在连领导、老职工和知青们的一再催促下，才启程回到老家天津治病，但是已经错过了及时治疗的好时机，他再也没有回来，回到他还没实现梦想的黑土地。

我亲眼目睹赵胜利为了实现人生追求与病魔争斗的过程，是凶残的病魔慢慢地磨掉了他的锐气，击沉他理想的帆船，毁掉他青春年华，最后无情地夺走他年轻的生命。他留给我的印象，仍是一个硬汉。不过赵胜利可能至死也没有明白，他为何这么快就走完了短暂的人生旅程。赵胜利的进步之路，以生命为代价，以失败而终结，让人无不为之扼腕叹息。

不过现在回想起来，赵胜利英年早逝虽然可悲可叹，但也不足为怪。那个年代，缺乏生命教育，亦无安全教育，不缺激情燃烧，不怕苦

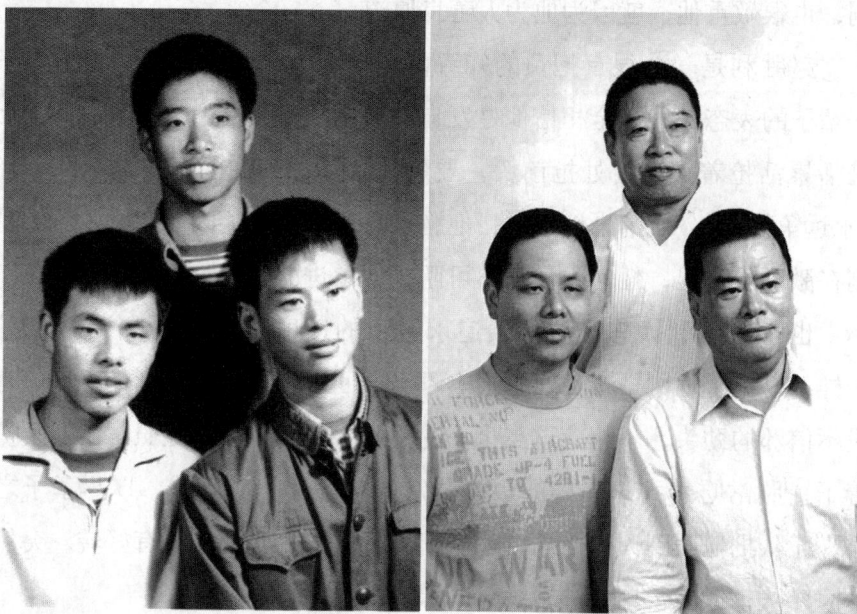

左图 1972 年 8 月 23 日摄于 10 团团部，右图 2008 年 10 月 15 日摄于温州，相隔 36 年的合照，中间是邵金清

不怕死。奔赴边疆的热血青年哪个不求进步？哪个想进步的青年不在为改变命运而抗争？而又谁会想到自己年轻的生命也会在病魔死神面前消亡，健壮的身体也会扛不住艰苦挑战而止步？下乡的知青哪个没有落下病呢？

走笔荒友情深，写了3位荒友的故事，我不敢说有何人生哲理可言，但从他们那里感受真实生活，却也悟出为人处世的道理，不为追求外物而失去生活的本来目的。

行文于此，不知怎的，想起河北邯郸有个地方叫黄粱梦，那里有座吕仙祠，到祠门口就能看到一幅对联：上联是"睡到三更时，凡功名皆成幻境"；下联是"想到百年后，无少长俱是古人"。

如今细细琢磨，仍觉得此联写得好。人说吕洞宾修行得道，道家很多地方讲"虚无"，这不是我们的积极人生态度。但是道教里头讲，你得谦虚，你得忍让，内无空寂之诱，外无功利之贪，你不要把有的事情看得太重，不要一门心思做一些无畏的争斗，才是美好的人生态度。这副对联似评说亦劝说，以道的信念健康身心。我觉得对我们现实生活当中的人，尤其是陷入功名利禄的人来说，还是管用的，能起到警示作用。

连队放假的日子

现在的人们真幸运，赶上了好时光，逢年过节放假，每周两天休息，还有带薪的年休，一些单位还额外给职工旅游假，能享受 100 多天的假期休息日，几乎占全年时间的三分之一。而当年我们下乡在东北的农场，虽说是全民企业、国家职工，但放假对我们来讲是一种奢望，除了过大年有 3 天固定假期，其余多半是大忙季节、大会战后的休整放假，就是在天寒地冻的大冬天，一个月不放假也是常态，全年累计放假不过 20 天左右，仅仅占当年职工规定假期的三分之一，所以大家对连队放假真是盼星星、盼月亮，充满期待。

连部宣布明天要放假，全连不论老职工、小青年，顿时欢声雷动，高兴得不得了，兴奋得睡不着觉。若不是那些年月亲身经历，恐怕是无法想象无法感受的。放假的欲望，来自一段时间农忙或会战的高强度消耗，来自精神紧张、起早贪黑、吃苦受累，来自一种对身心休整的强烈企盼。于是，放假便充满了诱惑和魅力，人们希望紧张的心情得到放松，禁锢的感情得到解放，劳累的身体得到调整，疲惫的状态得到缓解，一切的希望能在假期中得到满足……尽管有不少愿望不现实，但也盼望能有更多的休息日，因为干活太劳累，生活太辛苦，假日太难得。

放假也忙活

放假了，可以自由安排时间，首先想到的是睡，美美酣睡一觉。不用担心清晨起床号、半夜紧急集合，可以安安稳稳睡一觉，哪怕睡到中午起床也没人来管你。还了以往欠下的睡觉债，缓解了农忙大会战的疲劳，将自己紧张一段日子的神经、肌肉包括思想慢慢地放松下来。

放假了，有时间考虑搞个人卫生。干干净净擦个澡，忙忙乎乎洗衣服。大盆里泡满那些换洗的衣物，故作内行地揉搓漂洗。打来一盆一盆的清水，漂去的是我羞对的污垢。晾衣绳上，飘满白、黑、深蓝、草绿色，表面上煞是热闹。

放假了，有时间忙活吃，好好美餐一顿，享享口福。连队一般都会杀头猪改善伙食，猪肉的香味一直飘在食堂的上空，馋得人直流口水。若是放开了吃，一顿饭吃 1 斤肉，那是小菜一碟。哥几个吃食堂的肉菜，自己也开小灶加菜，爱吃啥就做啥，此时的自我感觉如同半个皇上。自己做的饭菜，感觉特别好吃，粮食酿的白酒，喝来上口不上头。吃完了，喝足了，很有一种惬意，觉得眼前的一切都是美好的。

放假了，有时间看本书，缓缓翻一页，不再寂寞。看书可以炕上一歪，或被窝一靠，不拘形式，咋样都行。有了空闲，喜欢整理一大堆属于自己的书，时常拿出来吹吹风晒晒太阳，然后有条有理将它们放进箱子里。炕友们每见之就啧啧不已。

放假了，有时间出趟门，首选去逛江滨场部，或者去肇兴老镇、绥滨县城。在连队这一亩三分地呆了老长时间，心里早就憋足了劲，想出去转悠转悠，哪怕逛逛场部也是美事。即使不买啥东西，走走看看也过瘾。连队到场部有 16 里路，最大的问题是交通。遇上运气好的话，能搭乘去场部的胶轮车、马车，较为方便；也可以跟老职工借用自行车，那得看你有没有这个面子，还得看他车子有没有空；要不然只好动用两条腿走路，启动自己的"11号车"。这个"自备车"，风雨无阻，随时出发，行动自由。虽说是累点，但一想到能去想去的地方，见到想见的人，说想说的话，何乐而不为呢?!

说起来是走一趟江滨、肇兴，人们会兴奋和激动而脸上放光，这是多日来向往要去的地方；说起来是逛一回供销社、邮电局、书店、招待所和照相馆等服务部，人们却觉得是去享受一下，甚至是去奢侈一把；说起来忙活一个月只挣32元钱，人们却抱怨一两个月以来没吃肉，借此机会去开开荤，祭祭"胃亏肉"的"五脏庙"。

放假了，有时间去串门，到兄弟连队去"探亲访友"，看望温州知青老乡。当然计划中要干的事情不少，一两天的休息也不可能将所有要办的事情办完，凡事都有个轻重缓急吧。初到农场时，每逢放假都会抽空去看望温州知青中的同学、好友，这是温州人看重的"老乡情结"。温州老乡尽东道之盛情，倾己所有库存货，热情地款待我们。大家挤在一起堆热热闹闹的，分享一顿丰盛的大餐，叙叙老乡情，扯扯山海经，摆摆龙门阵。一次串门，我们蹭吃喝解了馋，暂时去掉了乡愁，忧愁也没了踪影，似乎有些乐观了。

我有一个同学，与我同一列火车北上，分到江滨的兄弟连队。几年后他带信来说，准备结婚了，届时请我们一块儿来喝喜酒。真巧，我连放假的日期与他俩结婚的日期正好巧合。我们几个温州老乡到场祝贺新婚之喜，每人各凑5元钱。这在当时已是厚礼，新房布置得极为朴素，炕上并排摆着一对箱子、铺着两床被褥，门窗、墙壁和箱子上贴着"囍"字，才知道这是新房。一对新婚夫妇，除此之外啥也没有。当时物资极端匮乏，有些东西得慢慢地凑齐。

那年月的婚礼都非常简单，婚庆就是凑在一起吃顿饭，婚宴的菜肴也很平常，只是菜里肉多一点而已。比如，猪肉炖粉条、小鸡炖蘑菇、豆角炖排骨、红烧鱼、木须肉、大拉皮等。肉菜可劲造，白酒痛快喝。按道理说，同学好友娶媳妇成家，单身汉有了家的概念，应该为之高兴才是。说心里话，我是带着辛酸的心情吃完了这顿喜宴，又暗暗地为自己的老乡担忧，他今后沉重且枯燥的生活道路如何地走下去，甚至产生了一种莫名的怜悯。在北大荒结婚，就意味着有一种责任要你担当起来，直到永远。不过，结婚就意味着你有一个独立的空间，有自家的菜园子。连队分什么东西，你也可以有一份，而单身的职工、知青却无缘享受的。你回到家中，家中多了一人牵挂你、关爱你、心疼你，而住宿舍的单身汉，大多是那些"姥姥不疼、舅舅不爱的"人，自然没啥人关注和疼爱。

我这个同学是温州老乡中第一个在黑土地上结婚成家的。观不同的人，从不同角度，有不同心情。看着同学那欣喜的神态，似乎很有一种满足感。我们向他热烈祝贺，美好祝福，礼貌告别。而后，渐渐从热闹中冷静下来，细细品味着当时的情景，默默祝愿他过上幸福好日子。

照相绥滨行

离开温州故园已有半年了，思乡的情绪日益增长。望着南方，想着家人，想念父母亲和弟弟妹妹，不知他们可好。父母老是来信催我，叫我在北大荒拍一张照片，寄给他们看看，聊以安慰。1970年元旦前夕，连队宣布放假两天，我们六七个人兴奋得不得了，商量如何用好这放假机会，在萝北、绥滨两个县城中做选择，到哪里照一张相，以便寄家中，叫家人放心。最后决定，去60公里外的绥滨县城照相。

放假头天一早，天气非常寒冷，路边积雪很厚，我们步行1小时到场部公路边等过路班车，好不容易挤上了东行绥滨县城的大客车，经两个多小时的颠簸后到了绥滨县城。此时已中午时分，一行人没有光顾餐馆，首先直奔照相馆，麻溜地拍了一张又一张。大家忙活个人的照相，谁也没有想到拍一张集体照，作为青春年华的留念，因此造成终身遗憾。多少年后每每谈及，大家连肠子都悔青了。可历史不可能重新来过，这种遗憾自然无法弥补。

完成了日思夜想的照相，走进一家小饭馆午餐，然后又去逛绥滨县城。说是个县城，历史也悠久，其实与南方的乡镇差不多，不过一条街、几家商铺，但规模小、门类少，没有我们想买的东西。冬天的白天真叫短，不知不觉中已是下午3点钟了。猛然惊觉，今天的客运车没有了，一行人没能掌握好下午两点半最后一班返程车。哥几个光顾着高兴，光顾着溜达，却偏偏忘了这是在绥滨县。无奈之际，只能找一个旅社住下，明天再回吧。

当时我们一个月才挣32元，日子过得紧巴巴的，开销都得省一点，这其中还得攒一些探亲的路费。附近的旅社住一宿每人要8角，这也太贵了，我们又在县城边缘找了一家大车店，每宿才2角，行，就是它了。第一次在北大荒住店，我们带着新鲜感、怀着好奇心，小心翼翼地走进大车店。

所谓大车店，是东北最传统最简陋的旅社。大车是早年东北城乡最普遍的交通运输工具。大车店主要位于交通要道和城关附近，以方便赶大车在途中"打尖"和"歇脚"，为过往"车老板"提供简单的饮食和住宿，为拉车骡马提供草料，同时也捎带接纳不同行当的行路人，且价格很便宜。东北大车店的格局大同小异，店前用木栅栏围出个大院子；院门口插一大鞭杆儿当挂个幌子，鞭头随风晃晃荡荡的；院里空地是停车区，马车一辆挨着一辆停放着；马被拴在店后带棚子的马厩，马槽、拴马杆子前有人喂水喂料。人住在店里通敞大间，南北大通铺能睡20来人。看似人畜嘈杂，乱哄哄的，其实劳累疲困，看地便息。

人未进屋，先见一条脏兮兮的"棉门帘"挂在门口遮风挡寒，油里巴几的。刚一进屋，一股热浪裹着臭气直扑面刺鼻而来，脚臭、汗液、大蒜等怪味交织在一起，让人恶心得要吐。怎么办，若回头再去找旅馆，恐怕已满员，再说宿费已交，也不能在外面挨冻，咱知青啥苦没吃过，不就是熬这一夜吗?！大不了带回几个"双眼皮"的虮子、"长翅膀"的跳蚤和臭哄哄的臭虫罢了。于是，每人吃了两个馒头充饥，住进了这家大车店。

大车店住宿的旅客一个挨着一个睡的，被褥是店家的，八百年不洗一次，脏兮兮臭哄哄的。这里早上起来不叠被子，把被子与褥子一起往里一卷，卷到炕里堆在靠墙的地方，晚上往外一扒拉，放平就能睡觉。在这里住宿的是走南闯北有经历的赶路人，也是被当地人认为见多识广有能耐的人物，更何况这些男人又扎堆住在一起，所以睡觉前是最热闹的时候。大家天南海北地瞎聊，扯犊子来大悬，荤的素的一起来，各显其能，一个赛过一个。晚上的呼噜声是大车店的一绝，此起彼伏，一浪高过一浪。如果没有点好的心理素质和睡眠质量的人，还真是没法在大车店里睡。我们毕竟有大宿舍的经历，想着几天就能收到照片，心中充满了期盼，带着不尽的遐想，慢慢进入了梦乡。

次日早晨一觉醒来，不由暗暗叫苦，原来上半夜侃大山、打呼噜不消停，迷迷糊糊入睡，又饱受小虫子轮番进攻，浑身痒得不行，折腾到清晨才睡着，可一觉又睡过了头。上午7点钟，绥滨客运站今天唯一西行途经江滨的一班车，早已经发车跑得没影了。没坐上回江滨的客车，就意味着后果很严重，每个人都吓傻了，小脸蛋刷白，这次闯祸是躲不过去了。我们清楚，一是不能按时间返回连队，二是没有按规定请假外出（休息天外出也得请假）。这两条犯了哪条都是违反纪律，就会挨剋写检查；若是两条都沾上，麻烦就大了，就有可能挨处分。1969年冬天，中苏边境备战形势非常紧张，濒临黑龙江的江滨农场被组建为兵团第10团。在此背景下，超时归队、私自外出等行为，是绝对不允许的。

一旦想到处分的后果、违纪的代价，我们害怕了。于是一致决定，没有退路可走，今天就是步行也要赶回江滨去。步行回连队，那可是

60公里的路程啊！西北风呼呼刮着，迎风而行，像无形的刀子割着我们的脸。但我们心中唯一的信念，就是早一点回到连队，挨批评事小，受处分是天大的事儿。尽管天气寒冷，我们每人却都走得满头大汗，呼哧呼哧地大喘气。棉衣脱了，拎在手上；帽子摘了，也抓在手上。裤腿里直冒汗，湿湿地贴在腿上，很难受。仗着年轻力壮，一鼓作气，已走出了十几公里，只觉得口干舌燥的，嗓子眼里直冒火，只有在路边抓一把积雪解渴，在老屯子小卖部买了点饼干充饥。走完一半路程时，已是筋疲力尽，腿脚麻木打飘，有点迈不开步了，真想躺下来歇一会儿，可是不行，还得努力，还得拼命。大家互相鼓励、互相安慰，要再努力一下，坚持就是胜利。

公路上没见有客运车踪影，但时不时有卡车、胶轮车从身边驶过，我们无数次拦车搭载，但都失败了，谁也不愿意停车来"拉兄弟一把"。无奈之中出损招：让一人躲在道边装作重病号，急需拉到江滨医院，去晚了会有"生命危险"。终于，一辆带篷的嘎斯军车在急促的刹车声中停了下来。说实在的，关键时刻真的只有解放军出手相助。司机问明情况后，一挥手："上！"我们欣喜万分，千谢万谢，急忙上车，搭载着顺风车，一路奔驰。我问司机："那么多人都不停车，你也可以不停车呀！""不，我是看上你们胸前的毛主席像章。"哦，是这么回事。忍痛割爱吧，为了能早一点赶回连队，也只有做出这般牺牲了。

走路累得要命，搭车又冻得够呛，好在时间不长就到了江滨。这时太阳早已下山了，大家站在场部俱乐部前面，突然看到俱乐部门前挂着一块小黑板，写着今晚放电影。我记得是一部朝鲜电影《南江村的妇女》。虽然我们人很累、也很饿，但电影的诱惑力足以抵挡，太长时间没看电影了。大家不约而同地说：看！反正午夜前能赶回连队了。俱乐部里有暖气，我们经过一天的折腾，现在暖暖的俱乐部里看电影，太满足了，也就感到困倦。不知是谁还抽了一支烟，烟蒂掉在棉衣上冒火星，有人闻到棉花焦糊味就叫起来，他赶紧跑到俱乐部外头把棉衣脱下，抓了把雪将火压灭了。

看完电影赶回连队，黑咕隆咚的，我们想趁着夜色，悄悄地摸进宿舍，以免让连长指导员发现。走进宿舍，连长指导员早就在屋子里恭候了。只见连长虎着脸，冷冷地说道："明天一早，每人一份检讨，交到连部。"指导员也冷冷地说一句："行啊，都回来了，一路平安啊。"次日，每人一份检讨书，一个比一个写得深刻，齐刷刷交给指导员。此后的几天里，大会讲，小会批，这几人如何的无组织无纪律，喋喋不休，班里检查排里批评，反反复复，简直批得"体无完肤"了。

为了一张永远留念的照片，竟"无组织无纪律"跑到 60 公里外的绥滨县城，吃了那么些苦，受了那么些罪，末了还得写检查挨批评，值得吗？我至今还在思索。照片到手了，所有的委屈，所有的辛苦，统统抛到太平洋里去了。"值！"大家异口同声。

连队过大年

下乡到北大荒的 7 个月后，迎来了 1970 年的春节。颇有意味的是，这一年的日历牌上，农历没有大年三十，除夕是腊月二十九。除夕夜守岁，辞旧岁迎新年，这是我到北大荒以后的第一个春节。第一次离乡背井在异域过春节，想起唐代孟浩然的诗句："守岁家家应未卧，相思那得梦魂来。"心中充满了对家乡亲人的思念，盼望与亲人团聚的愿望油然而起，此刻思亲之心倍受乡愁的煎熬。

想起以往每到春节前，家乡的人们都会忙碌起来，过年是完成一件大事。日子虽然过得清苦些，但过年的气氛还得有。比如，家家户户忙活掸尘，趁着好天拆洗被子、更换床单，干干净净过个大年；适当添加一些新衣服，尤其孩子过年的新衣服，更是必不可少；年货也得准备些，少不了做年糕、捣糖糕、晒酱油肉、酱油鸡鸭和高粱肉、鳗鲞等，忙得不可开交。家里最忙的就是母亲，真是一年忙到头，忙到除夕夜守岁。全家人围坐在一起，茶点瓜果放满一桌，多半想讨个吉利的口彩：吃苹果平平安安，吃柿饼事事如意，吃长生果长命百岁，吃年糕年年高，吃杏仁幸福人，吃红枣春来早……

大年三十，本地的青年回家了，本省的知青请假了，只有京津沪温的知青留守在连队。按东北的习俗，过大年谁家不吃饺子?！这也是南方人学习实践的好机会，何乐而不为呢?！各地留守知青按住的宿舍分别合伙包饺子。擀面杖、面板是向老职工借用，饭碗、筷子是每个人自备，煮饺子的锅是擦洗干净的洗脸盆，包饺子的手艺是拜师学艺、现学现卖。人多好干活，饺子终于包好了，放在屋外冷冻，吃不了放在走廊的木箱子里，犹如一个天然的冷库。水开了，饺子煮熟了，大家围坐在炕上，分享自己的劳动成果。你夹一个我夹一个，吃得津津有味。有的夹不好怕掉，急忙伸出"五爪龙"（五个手指，温州人的戏称）；有的

2012 年在天津知青家里聚会

刚嚼了一半，马上吐了出来，原来是吃到牙膏馅，满嘴冒白沫；有的才咬了一口，赶紧捂嘴细找，原来是吃到钢镚馅，都是知青自编的恶作剧，窃喜好口彩……除夕之夜，各地知青欢聚一堂，边吃边乐，热闹非凡。

大家边吃边聊，谈笑畅叙，大讲自己家乡过春节的风俗习惯、趣闻轶事。东北的习俗，过年吃饺子，不能离开酒，说是"就饺子喝酒，越喝越有"。处于非常时刻，酒能助兴、壮胆；置身热闹的场景，酒也能贺喜、解愁。而在地处严寒地带，人们还习惯喝高度酒来祛寒。北大荒白酒度数高，被我们晕晕乎乎地灌进肚子，一股子火辣辣的难受，分明是解馋不解愁。连队过大年肉管够，今儿说是敞开了吃，人人都沉浸在吃肉的喜悦与兴奋中。就连孔老夫子亦如是，他出使齐国听古乐，叹曰"三月不知肉味"，可见"三月"远比"三日"严重得多。音乐与人如此相通，也有这么多伤愁。只有伤愁，却无怨恨，脱形而上，空寥博大。其实讲究精神，也得强调物质，清寒贫苦时吃顿肉，自然也是解馋不解愁。

酒食相邀为别岁，至除夕达旦不眠。大家就饺子喝酒，也奉上自己家乡的土特产，共享解馋守岁，咀嚼聊解乡愁。我拿出温州的"牛肉干"，传递着故园的气息；有的送来东海的"明甫干（墨鱼干）"，带来了家乡的味道；有的打开家里寄来的罐头，透出了亲人的温情。大家品尝之后赞口不绝，连称好吃。热热闹闹的，大家似乎忘记了忧愁。但酒能成事，也有误事。一旦喝多了，喝高了，就会失控，尤其是除夕之夜，守岁之时，几乎每个知青都在诠释着"每逢佳节倍思亲"，可谓淋漓尽致。有暗自落泪的，有大声骂街的，有絮絮叨叨的，有呼爹喊娘的。有个知青哭得天昏地暗的，屋子里空气仿佛都在这哭声颤抖中凝固了。这哭声飘出窗外，很快地在知青宿舍中传染了。都说男子有泪不轻弹，只是未到伤心处。在除夕晚上知青宿舍的哭海泪洋中，谁能笑话谁呢?!

"穷冬欲去尚徘徊，独坐频斟守岁杯。"此时的我也在想着父母亲和弟弟妹妹。我慢慢平静下来，披着棉衣推门而出。置身屋外，感觉寒气逼人，满天繁星，但见夜深人静，远处偶尔传来几声犬吠。我毫无睡意，脑海里全是家人，无法抗拒的心情。冷冷的星光下，我背朝北面向南，母亲的面容又悄然地浮现在我眼前，"爸爸妈妈，远方的儿子给你们拜年了，祝你们健康！"止不住的泪水，缓缓地流下。在寒冷的旷野中，我渐渐地感到有点冷，慢慢地抹去眼泪，转过身子，回到宿舍躺在被窝里，迷迷糊糊一直到天亮。

金满屯记忆

上学读地理时，提起黑龙江，首先会想到兴安岭的莽莽森林，松涛阵阵，白雪皑皑，还有北大荒冬天冰天雪地和秋天漫山遍野的小麦大豆……引起人们对黑龙江无限的遐想。下乡北大荒后，最喜欢听吕文科演唱的歌曲《走上这高高的兴安岭》，那抑扬顿挫、收放开阔、轻重缓急，听后令人如痴如醉，可以说至今仍无来者。先辈豪迈的吟唱，使这片富饶美丽的土地平添了几多魅力，更引发我对兴安岭的向往。

走进"金满屯"

1972 年的冬天，我有幸随着 10 团（江滨农场）临时拼凑起来的伐木队进军太平沟，终于来到这片心中盼望已久的土地——高高的小兴安岭，走进了金满屯林场。我们将在这里完成为期 3 个月的冬天伐木任务。也就是在那年的冬天，我和大山、森林有了最初的亲密接触，有了最初的情感。在这高高的老林子里，既感受了大山的细腻和阴柔，又领教了大山的粗犷和阳刚。

金满屯林场地处小兴安岭北坡，属低山丘陵地带，宽谷平台，山势和缓。它位于萝北县北部太平沟乡境内，距萝北县城 60 公里，东面为中苏边界的黑龙江，西南北三面分别与鹤北、大马河、太平沟等林场交界。林场地带植被为针阔混交林，主要树种有落叶松、红松、云杉，及水曲柳、柞树、桦树等。

在此之前，我对大山和森林不甚了解，大山深处是什么样我不知道。伐木队由各连挑选的"棒小伙"组成。兵马未动，粮草先行。伐木连早已安排先遣人员准备集体所需物资，从吃的到住的，样样俱全，包括面粉、猪肉、粉条等平时在连队很少吃到的东西。个人准备物品无非就是被褥、换洗衣服、日用品等，伐木队发给上山人员手闷子（棉手套）、纱手套、裹腿（绑腿）。临行之前，伐木连召开动员会，告诉我们山上生活条件十分艰苦，要求我们一定要克服困难，努力完成伐木任务。对于山上生活条件的艰苦，我无从了解，只能是一种概念化的想象，甚至还在心中多了几分神秘和浪漫，跟着大家满怀信心做了一阵表态之后，随着大部队坐卡车进了入山的路……

群山环抱，银装素裹，不时还有一辆接一辆装满原木下山的运材挂车从对面开过来。这对我都是那么的新奇，似乎我的双眼已经看不过来，左顾右盼，嘴上还哼着小调。有位上山伐过木的老职工看我兴奋的样子，不耐烦冷冷地看了我一眼说："消停会儿吧，这路还长着呢，深山老林的活，有你看的。"我很不了解，但也有了些许的拘谨，全身的兴致顿然全无，渐渐地感觉到了车辆的颠簸，伴我打起了盹……"到地方了，快下车！"司机大声招呼，待我睁开双眼的时候，也分不清自己是到了什么地方，瞅着像个新建点，眼前有帐篷，远处有木屋、地窖子。先遣人员热情迎接我们入住，热情犹如屋内的火炉般，令我至今难忘。几盏煤油灯的光亮映衬着昏暗的工棚，看不清每个人的脸。

走进金满屯，小兴安岭原始森林梦幻般的冬天景色使人陶醉。登临防火塔远眺，夕照下的黑龙江格外美，江面已经上冻，凛冽的江风把江面吹得干干净净，雪花被卷在空中飞舞。树上挂满了白雪，时不时落到人的身上。俯瞰夜幕下的林场，银色的世界一片寂静，林间的小溪水淙淙淌过，宛如奏起了轻音乐，使我想起了一首著名的唐诗——"明月松间照，清泉石上流"。地上积雪厚厚的，又松又软，浅地没过脚脖，深处没到膝盖。我下了防火塔，往工棚走去，西北风呼呼地卷过地面，刮过树梢，掩埋了动物的吃食。我似乎看见，狐狸、狗獾躲进各自洞里，小心窥视来往过客；狼、野猪满山转悠觅食，还得防躲猎人子弹；野兔雪地匍匐找食物，一不小心却成了人们的美餐；黑熊只好蹲在仓洞里，用舌头舔着脚掌度日；黄鼠狼吃不到小动物，就打算进屯子找鸡拜年；松鼠靠秋天收藏在树洞里的松子过日子，有时候还到枝头散散步，看望山林里忙活的伐木工人。

山里"纯爷们"

伐木队分成几个组，有的组采伐树木、打枝截梢成原条，或按长度造材成原木；有的组"倒套子"，将原木从山上运到楞场；有的组抬木头，在贮木场归楞包括装车；有的组后勤保障，食堂做饭、工棚取暖；还有检尺、统计、卫生员、司务长等。大家既有分工又有合作，各司其职有条不紊，皆是一环扣一环的操作流程，工作起来很有秩序。

伐木队，全体人员都是男的，成了大山里的汉子；林场，是男人的世界，成了硬汉集结的场地。行笔于此，不禁想到有一部电影《战争，让女人走开》，采伐、集材、抬木头也是如此，山里有不少习俗和规矩。自打我们进山开始，就有老职工跟我们叨咕山里人的规矩。比如，伐树留下的树墩子，是山神爷的座位，我们放山的人是不能随便坐的。还有每到一个陌生的地方，走路要用猎刀或斧子在树上砍记号，不然就容易迷路，山里人称为"走吗答"。一个当地老乡说，那年冬天他上山"倒套子"，有一个同伴雪后放晴外出下兔子套，遭遇大烟炮，找不到"走吗答"了，等大家找到他时，他已经被冻死了，死的地方就在离窝棚不远的山坡上。

走进山林里，有点空闲就到处转悠。避风的山窝处，野兽昨夜趴在那里歇息的压痕清晰可见，这山里的野兽还真不少。有时碰到暴风雪上不了山，哥几个就捉兔子，觉得特别有趣。兔子一见纷纷扬扬的大雪就发懵，我们发现后就拿棒子去撵，兔子在厚厚的雪地里拔劲，跑出不远就能逮住。打回来兔子，工棚里一阵欢呼，就地忙活煮熟了下酒吃，无奈"狼"多肉少，没吃两块就见底了。

当地有不少"二毛子"。由于历史、地理的原因，东北人习惯将苏联人称为"毛老子"，便将中苏边民通婚所生的混血儿叫作"二毛子"。"二毛子"长得特别帅，个头高，人强壮、性格豪爽，一眼看去就和我们不一样。他们林业工作经验丰富，时常传教如何采伐、集材等，挂马掌、倒套子、归楞装车等很是在行，也特别能干。说实话，从山上驾驭牛马拉爬犁往楞场运木头，人称"马（牛）套子"这已不是一般人能干的活了。倘若有人单枪匹马拉个小爬犁干同样的活儿，那就是最原始的"人套子"，没把力气、没个胆量，一般不敢摸那个活。因其危险和劳累，早已被淘汰，几乎绝迹江湖了。那日，我走进深山密林，看见有位"二毛子"拉着一根上吨重的原木，飞快地从滑坡上俯冲下来，吓得我赶紧退到边上，目瞪口呆，俯首佩服。

我被分配到贮木场干活，每天拿着抬木头的工具，除了归楞，便是装车，如是而作，日复一日。起初还觉得一切都是那么的新鲜有意义，不久以后那点激情便渐行渐远，空虚、寂寞、无聊陡然袭来，儿时的玩伴、家里的亲人，都只能是梦里相见……我的业余生活，从踩着工友的脚印踏积雪、观山林、看热闹，转为在昏暗的工棚内趴在床铺上看翻烂的报纸来打发时日，没有电灯和广播，没有便利的交通，和家里音信全无。每天就是工棚内那几张面孔，就是周而复始的那一种活儿。

采伐 "顺山倒"

　　旭日初升，开启伐木队全新的一天。采伐、打枝、赶套、集材、归楞、装车，每个人都在各自不同的岗位上忙碌着。采伐人员扎紧棉袄，打着裹腿，扛着伐木的手提油锯、大肚子锯，夹着打枝桠的大片斧，一个个猫着腰顶着刺骨的寒风，趟着齐膝的积雪，一步一步向采伐区挺进。嘎吱嘎吱的踏雪脚步声回荡在山林间，偶尔树冠上落下一团积雪灌进了谁的脖子里，就会听到他抱怨的骂声，引起同伴幸灾乐祸的大笑。

　　到了地方，按着所指定的树木开始采伐，于是机械油锯或手工大锯就开始"刺啦啦"地拉上了。这个锯口是按着选好树要倒的方向来拉。当两面锯口拉到剩下一点点连接时，这时就可停锯，边用手推着树，边扯开嗓子喊："顺山倒——"要是迎着山坡的方向，就要喊"迎山倒——"一棵一棵大树轰然倒地。一伙一伙的油锯声、喊倒声，在山林上空随风缭绕，阵阵回荡，打破了茫茫林海的寂静。

　　好几次听老职工兴致勃勃讲述伐木的种种趣闻和新鲜事，我心里直痒痒，也想试巴试巴。终于有了机会，上山找了一棵桦树准备放倒它拉回来烧火。我围着它转了一圈，琢磨了一会儿，看看叫它往哪边倒。说实话，我是头一回放树。听山里人讲过放树的种种惊险事，有什么"掏耳子""挂线儿"，也有"回头棒子""吊死鬼"，还有"搭挂""抽条""尥蹶子"，说最可怕的是"坐殿"，树伐透了它还不倒。反正他们讲得煞有介事，我们听得津津有味。这回是骡子是马总算拉出来溜溜了。

　　我半跪在地上，将树根下积雪扒拉扒拉，按要求地面上树根部只能留出一拳头高，比划比划便下锯开伐。弯把子锯噌噌地来回拉动，额头汗水吱吱往外直冒。伐树要的是一鼓作气，最忌讳的是拉拉停停，有个"二毛子"告诉过我的。大树在我奋力割锯下，树芯开始发出"咔咔"的声音，我也开始跟着紧张起来，但还是硬着头皮坚持，手锯片一下一下使劲拉着，"咔咔"声似乎变得更大，好像大树随时都会突然倒下。我再也坚持不下去了，大喊一声"满山骨碌"，一撒手就蹦了出去。"咔巴"一声，大树倒了。庞大的树冠扎进雪里，树干却高高地倒撅在那里。同伴告诉我，这就是人们常说的"抽条"。树根部还有一小部分未被锯拉透，便支撑不住树冠的压力，顺着树干劈开，把大树高高地支了起来。同伴们见我的狼狈样子，开怀大笑。还好，有惊无险。

集材"倒套子"

密林深入采伐区的原木东一根西一根、横七竖八躺在地上，还得把它们汇集到易于卡车运输的宽谷里的贮木场，集材距离一般为几百米，至多几千米，常修有简易集材道。从采伐区倒运原木到贮木场这段集材作业，俗称"倒套子"，也叫"上楞子"。林场上楞子用的是一种专用集材的拖拉机，人们叫"爬山虎"。而我们伐木连是没有这样大的设备，还得沿用传统方法"倒套子"，即驭手（车老板）赶马（或牛）拉爬犁套子来完成集材。

倒套子，也是林业生产中一项又苦又累又特殊的劳动，充满刺激和危险。不但需要车老板的勇气、体力和技能，还要具备临危不惧、化险为夷的本事。只有体质强壮、反应灵敏、有高超驾驭能力的车把式才能干得了、顶得住。即便是林业机械化程度很高的今天，许多林区机械替代了"套子"，但采伐或清林时，有些地形、坡度不适应"爬山虎"运行，还有一些林业机械不能及的地方，"倒套子"还是不可或缺的。那一年，我有幸得见"倒套子"的情景，至今记忆犹新。

上山"倒套子"的车老板，多数是有经验、能吃苦的老职工。不论天气怎么寒冷，路怎么难走，摆弄多大的木头，都觉得是平常事，小菜一碟；不管吃多大苦，遭多大罪，都是黑瞎子吃大枣——满不摘核（在乎）。上套子主要靠爬犁倒运原木，能充分发挥爬犁灵巧方便，利用冰雪可以自由滑行，来往自如的优越性。大家相互合作把原木抬到爬犁上，拴绳索绑住捆牢，接着给马（或牛）挂上夹套。一个人牵一匹马，一匹马拉一只爬犁，一只爬犁装一根原木，前后照应着下山，顺着覆盖积雪的山坡向下滑行。

一路行进，前拉后坐，左闪右躲，刚钻林缝，又绕陡弯，再过滑坡，眼瞅着常常吓出一身冷汗，更别说紧紧抓住缰绳的车老板了。好在这些常年赶大车的老把式，把爱马训练得又灵敏又听话，喊一声"驾"，就能奋蹄拉载，遇到了雪涡子也能拉出去；叫一声"吁"，就能立马停步，关键的节骨眼也能坐住坡。否则一不小心，爬犁容易被林子挂堵住，或者掉进雪坑，那便麻烦费老事了。而滑坡一旦马惊人乱，跌倒滚山，不死也丢半条命。有时候，并不是马拉原木前行，而是原木拱着马出溜。这时便会看到马使足气力，四个蹄子牢牢地扎进雪里，屁股后倾，两个鼻孔呲呲地喷着两股热气，硬是稳住了阵脚。来回一趟，马背上就结了一层白霜，那是出汗冷凝而成。车老板会轻轻地拍拍马背，给它擦擦结满白霜的脊梁，马也会昂起头，响亮地打几个响鼻。

我很佩服这些"倒套子"的车老板，他们不愧为老把式、老行家，干起活来没有丝毫马虎，不但煞楞、果断，又很稳当、巧妙，谁也不当孬种。赶套子下山时，为了减轻原木的冲力，增加安全系数，他们都是牵着马，横坡行走"之"字路，盘旋着下山；绕陡坡、躲树桩，谨慎前行，左拐右转，在通往贮木场茫茫冰雪中，蹚出一条弯弯曲曲的运材之道。

楞场"蘑菇头"

第一次见到山里人抬木头时的场景，尤其是铿锵有力的原生态号子声，我就被深深地感染了。后来才知道，人们管贮木场叫"楞场"，将标准长度的原木叫"榾子"，把原木堆成垛称"归楞"。抬木头俗称"抬蘑菇头"，使用4样工具：蘑菇头（两头细中间粗的尖杠）、掐钩、绳扣和扒门。抬木头归楞、装车时，用右肩抬的拿蘑菇头叫"大肩"，用左肩抬的拿掐钩绳扣称"小肩"。而老抬蘑菇头的，则得是大小肩、前后杠、掐钩、把门、喊号子，不管哪一样都能叫住人，便成了这帮男人的当家人。杠子压在肩上，时间长了，便会在后颈椎处形成一个肉垫子，这也是抬木头资历的资证。

抬木头时，根据原木粗细上杠。较细的就用4人杠，也就是两副掐钩；稍粗的则要用6人杠了，前边4人中间加了个"把门"；两人一对，前边两人为"头杠"，也叫"前杠"，在抬木头时起着掌握方向的作用；4人中后边一副杠叫"二杠"，也叫"后杠"。平时头杠、二杠肩上的分量差不了许多，而爬坡时，特别是装车上跳板时，二杠要挺着头杠向前走。遇到粗重的木头时，就得用8人杠了，也就是变成两个把门了，前一副掐钩的4个人俗称"拉头杠、蹲二杠"，头杠是整个一副杠的魂，二杠最沉，后一副掐钩的4个人俗称"耍龙"。

我被编在归楞装车组，因个人偏高，被安排后杠。每天早饭后，我们拿着工具走进楞场，那荡气回肠的抬木头号子，便又在这个山林中回响起来了。

"哥几个啊——嘿哟！"号头喊声洪亮，众人齐声雄壮；

"哈腰挂呀——嘿哟！"几副掐钩齐刷刷地搭在原木上；

"挺腰起呀——嘿哟！"随之众人运足了劲儿挺腰而起；

"往前走哇——嘿哟!"在和号子的同时,一齐挪步走;

"迈开走呀——嘿哟!"粗犷汉子抬头木头向跳板走去……

随着此呼彼应的号子声,大家齐心合力按节律走步,步调整齐一致。号子有基本模式,但没有固定内容,由号头临场发挥,天上地下,古人今人,似黄非黄,有素有荤,甚至还会拿杠友来插科打诨,让人赚了便宜也不能还嘴。号子在山林里依然回荡,高亢的声调没啥变化,但内容则成了这群极度劳累男人的兴奋剂。也许是"抬蘑菇头"劳动强度大、危险多,所以楞场号子具有高亢粗放、气势豪迈、压倒一切的特色。

抬木头这活儿与其他行当一样,约定俗成有规矩。两根十几米长的跳板,一帮人抬大木头,一旦起杠上跳板,唯有卯足劲头,服从号令,坚持把木头抬上楞堆或装到车上。抬杠其间,讲究团队精神,即便压得直勾勾腰、腿肚子直打颤,可以龇牙咧嘴、鼓腮瞪眼,但不能滑杠、撂杠,也不能出溜、踏空,更不能耍心眼儿、偷懒耍滑头。否则,就会"城门失火,殃及池鱼",轻则闪了他人的腰,重则要了别人命!

号子声声,有美感又有韵律,铿锵浑厚给人们鼓劲加油,诙谐有趣为人们驱散疲劳。号子声声,唤起远久的记忆,像一首雄壮而又慷慨的交响曲,似一幅单调却富感染的水墨画。我仿佛随着这原生态的乡音穿越时空隧道,那一段金满屯林区的生活场景又浮现在眼前。原来,虽然 40 年过去了,这种激昂的劳动号子,却一直留在我的脑海中,响彻在心灵的深处……

工棚"行酒令"

傍晚,在楞场抬了一天木头的男人们,带着一身疲劳困乏,从食堂打回饭菜,端回到工棚的大板铺上,哥几个围成一堆,守着一盏昏暗的煤油灯,每个人面前都摆着个大碗或刷牙杯子,那里边装的都是北大荒白酒。20世纪70年代初，商标纸背后盖有203字样的北大荒白酒味正好喝，不论60度还是65度，上口不上头，是萝北县境内的名牌产品，人称"赛茅台"。

东北人，尤其是林区男人，对白酒有着极特殊的感情。没有女人也许可以活着，可要是没有白酒，恐怕一天都活不了。这帮男人里，不管拉出哪一个来，都能喝酒，也敢喝酒，一顿弄个半斤八两的，简直就是小菜一碟。劳累了一天，扎堆喝小酒，吹牛侃大山，胡诌一把荤嗑过瘾，瞎整几个黄段子撩人，就是大家最享受的时候。

平常日子里，人们有事没事就好打个赌。赌输了的人，去买酒来请哥几个喝一顿。酒在人们的心目里，不仅可以驱寒壮胆，更要紧的还可以解乏壮劲。本来抬不起来的大木头，只要有人拿来一瓶酒，几个人分别闷上一大口，再听号头喊上一嗓子，就这么一拱腰，水缸那么粗的木头呼地一声就离了地，借着酒劲，听着号子这么一喊，抬着就能向前走。还有更叫绝的，有一回8人杠抬了一下没起来，看热闹的人一阵奚落一通臭骂。号头心里有数，就让下去两个人，变成6人杠。刚才觉得腿软的自己就下去了，而剩下的6个人，喝上几口酒，听号头一喊号，8人没抬起的木头，6个人就给抬走了。在场的人举胳膊抬腿，跟在后面连连叫好。在叫真儿时，就得上点情绪，也能拿得出劲，这才是纯爷们。

打赌喝酒上情绪，划拳喝酒更热闹。林区工棚是男人的世界，山上几乎每天有肉吃，这里自然大行酒道。不会喝酒的人，在酒仙酒鬼的精心培养下，久经（酒精）考验，终于百炼成钢，慢慢地也学会了划拳（行酒令）。我原来就喜欢喝几盅，进山后才知道自己酒量小，一喝上劲又停不下来，不但喝酒凑热闹，还想划拳比高低，于是就和这帮淳朴粗犷的男子汉扯嗓子，一块儿吼着"哥俩好哇""五魁首啊""三结义啊""八匹马呀"……大碗叮当，大口喝酒，一身豪气，皆在此中。到后来我的划拳水平大大提高，返城后和老黑（战友）喝酒来兴致时也划口拳，居然赢多输少。

微醺出门醒酒，但见一片漆黑，顿觉寒气逼人，走进隔壁工棚。哇呀，一屋子烟味呛鼻子、辣眼睛，热气裹着酒味、汗味直扑面而来，人们忙活喝酒划拳，满眼乱哄哄的场面，吆五喝六的划拳声，喝酒较劲的叫喊声，酒喝迷糊的哼哼声，汇成一片。我还以为到了电影中的土匪窝、山大王的寨子里呢。此时的工棚里，几乎个个喝得人仰马翻的，都成了酒鬼醉鬼了。东北喝酒划拳起码有两点好处，一是通过歇斯底里的叫喊而酒气挥发了不少，二是在不知不觉中酩酊大醉而睡个好觉。冬日夜长，山林里死一般寂静。大家挤在工棚里，喝酒吃肉，划拳助兴。有人借着酒劲，乐呵呵喊一嗓子样板戏选段，喜盈盈哼上几句山东小调，好像把疲惫全忘掉了。

与连队生活相比，这里可谓世外桃源。难得有几回如此放肆的时候，人们在这里释放着禁锢的灵魂。对我来说，是这一年中感到最惬意的一段美好的日子，尽管看上去像个土匪似的。冬季里的连队，除了刮大烟炮时不出工，平时难得休息一天，倒见一连串的大小会战，还有开不完的大小会议。虽说这里干活很辛苦，也很危险，但业余时间很快乐、很自由，也很哥们。没有风花雪月的浪漫，却多了团队精神的磨炼，因为山上是清一色的男子汉，是来自五湖四海的好弟兄。

好多年以后，人们谈及金满屯的日子，都认为当年只要过年不回家探亲，进山伐木是最好的选择：赚钞票多，伙食好，会议少，不就得了吗！其实，人不需要很多，活得越简单越好。

两次"送死神"

玩木如玩虎，抬木头可不是闹着玩的，风险无时不在。

那一天，归楞的活干得差不多了，还有最后几根木头需要抬上一个楞堆。我们有条不紊地随着号子，迈着步子，起劲地干着。也许快下班了，也许今天太顺利了，能早一点儿收工是大家的心愿，有的人无意中情绪有点涣散，警惕有点放松。

"哈腰挂呀——嘿哟！""往上走哪——嘿哟！"……一根8米的原木随着号子缓缓地移动，人慢慢地往楞堆的高处走去。正在跳板上要甩尾时，我的搭挡忽然踩滑步子，人一晃滑杠了。说时迟，那时快，肩上的蘑菇头唰地一下子甩过来，打在了我的额前上。我眼前只觉得金星在乱舞，身子在摇晃。眉梢被蘑菇头划破了，顿时鲜血直流，疼得我大叫了一声"啊"。幸好，此时已经抬到了位置，放下杠的时候，突然间的失手，只是加快了放下肩上杠子的速度。

见此突发事故，号头连忙叫道："卫生员，快快快，拿纱布……"他的声调都变了味，还带着哭腔。远处的卫生员听见呼喊声，急忙跑来，掏出急救包，帮我擦去血迹，撒上止血粉。包扎之后，连忙派车送到林场医院进行急救。医生清创后缝了4针，打了破伤风针。医生问我："疼吗？感觉如何？"我那时连痛带吓的，哆哆嗦嗦地讲不出话来，只是摇摇头，一脸的泪花在闪烁。

唉，大难不死，但至今给我脸上留下了一个永久的伤疤，给我一个深刻的教训。万幸啊，当时全仗着年轻力壮，在"轻伤不下火线"的鼓舞下，激情战胜了伤痛。

如果说第一次的事故是意外的话，那么第二次差点酿成的事故，就纯属于我的无知了。整天光是自己抬木头，也想去看看别的组在干什么。趁着这天楞场没活儿，我便满足一下自己的好奇心，去伐木组那儿转悠。顺着倒套子的辙印，我来到了林子边上，然后向山上走去。山上有的地方还能见到树叶子，怪不得东北是黑土地，多半是植物的腐殖质，厚厚的一层。茂密的森林里，看不见人影，只听得人声鼎沸，人欢马叫的。

正走着，猛听得一声大喊："顺山倒！"随后，一阵噼里啪啦地撞击其他树木的声音，又轰隆隆的一阵乱响，呼啸着朝我这个方向传来。我带着一脸的惊恐，回头一望，我的妈呀，一棵巨大的红松铺天盖地朝我这里倒下。原来这条路是禁止通行的，我却是个无意闯入者。早就听说过，万一遇放倒树木，千万得看准方向，不能乱跑。慌乱之中，我转身朝前面一个坑扑过去趴下。一个小坑不怎么大，再说我的身后还有一棵横向的倒木。已经不容我思索，那棵树已挟着风声，急速朝我砸了下来。

作画 东方

一阵"暴风骤雨"后，树林子安静极了。伐木的人以为我一定被大树砸死了，吓得两腿发抖。而我经受着铺天盖地的惊吓，早已尿了裤子，小脸吓得煞白。树木倒地之后，我已经被惊吓得爬不起来了。这个洼地正好可以卧下一个人，身后又有一棵大树挡了一下，不幸中的万幸，只是扎破了棉袄，背上有点皮划破。假如向其他地方扑过去，犯方向错误，那就完蛋了。

待风平浪静以后，我哆哆嗦嗦地扶着树杈子，晃晃悠悠地站了起来，半晌也说不出话来，觉得脑子里一片空白，剩下的只有惊恐与害怕。别人架着我，离开了这片大难不死的林子，送到工棚里，躺在铺位上，半天也没回过味来，也没缓过劲儿来。有人说：大幸、大幸，来点酒压压惊。好！一阵喊声，驱散心里的恐惧。接下来的几天，白天看到大树就会哆嗦，晚上梦见大树就会惊醒，甚至冒出一身的冷汗。

　　一个人的一生会遇到各种危险，有的侥幸躲过，有的避之不及。一个冬天的林区生活，两次与死神擦肩而过，自以为是最幸运的人，也留下了岁月背后的记忆，难忘惊险瞬间，至今恐怖惊悚。这是深刻的教训，时刻提醒我，安全意识第一，人的生命第一，失去的生命永远不会回来的。当伐木队宣布上山任务结束时，全连欢声雷动，我则百感交集。是啊，大难不死，必有后福。

　　我曾对我的年轻同人说，没见过北大荒的广袤，真是遗憾；没见过兴安岭的巍峨，仍然遗憾；没见过大森林的神秘，依旧遗憾。

母亲八千里东北行

小时候，家中经济很拮据，父母那点工资，除了管我们兄妹几个吃饱穿暖上学，还要赡养老人。尤其是母亲，尽管识不了几个字，可家中大小事都得管，真难想象她究竟咽下了多少艰辛，苦苦支撑着一个家，并把我们兄妹拉扯大……

母亲一生中经历了许多事，也有很多故事讲给我们听。而母亲八千里走单骑、黑龙江探望儿子的故事，我记忆最深刻，最让我震撼。于是，走笔回顾这一段"母与子"的往事。

探儿北上行

不幸的消息，用电报的方式，从黑龙江传到了温州，父母得知：支边的长子出大事了。他从七八米高的脚手架上不慎跌落下来，当场口吐鲜血，不醒人事，抬到医院被诊断为"从颈椎到腰椎多处骨裂"。"通知家属，病人有瘫痪的迹象，也有成为植物人的可能，还要做好最危险的打算。"医生的话客观无情，一句比一句要人命，也可看出伤势的严重性。

事情发生在1972年深秋的一天，北大荒18团（原友谊农场）85连的垒烟囱工地，他在高空作业时不幸一脚踩空跌落下来，立即被送到医院抢救。他是我的哥哥，于1970年下乡到北大荒。哥哥为人诚实，不善言语，不善交际。作为弟弟的我知道他的为人，不希望他下乡，于是我抢先报名到黑龙江，以便让他有周旋余地。然而下乡大潮汹涌而来，无法幸免，形势催促他也不得不告别家乡、告别亲人，下乡来到了18团。天有不测风云，人有旦夕祸福。他离家还不到两年时间，就遭受如此重伤，还将要面临成为植物人的可怕命运。

都说孩子是母亲的心头肉，此话一点也不假。孩子远离故乡，别离亲人，来到遥远的北大荒时，已让母亲牵肠挂肚，如今又惊闻他出了事故，尚不知严重到何种程度，就更使母亲忐忑不安，甚为揪心了。一封措辞含糊的电报，足以使母亲心惊肉跳。按温州习俗，若是长子出大事，家中没好日子。当年电报是唯一快捷的通讯方式。团部、连队给知青家属打电报，多半只有两种情况：一是立功报喜，二是伤亡事故。而知青给家里打电报，大多是告知回家车次，或接站时间。寥寥数字，简单明了。团部的电报是这样写的："因发生事故，请家属速来看望。"

什么工伤事故？儿子伤势如何？有无生命危险？一连串的疑问闪现在母亲的脑海里，怎么办呢？应家大儿子出事的消息很快就传开了，亲戚朋友、街坊邻居各抒己见，关切其中。当务之急是做出决定——北上与否？就在人们议论纷纷时，母亲决然地宣布："我去！"语出惊人。母亲的举措，不仅仅是勇气，也是担当，更是母爱的体现。因家中还有四个弟弟妹妹尚未成年，父亲工作离不开，且不善家务，除了母亲还有谁能担此重任呢，别无选择，也是无奈的选择。

母亲决定去黑龙江探望工伤住院的儿子，有人听了目瞪口呆，有人奉劝周密谨慎，有人提醒三思而行，人们见解不无道理。那个年代，温州人尤其是老人和妇女，走出温州的没多少，走出浙江的极少数，要到八千里之遥的东北更是凤毛麟角。对母亲来说，现实问题显而易见：

一是母亲从未单独出过远门，最远的一次出门，也是为儿子到某县城办一件自己想办的事，来回不到百里路吧，这也够折腾她了。二是母亲是个半文盲，仅是扫盲班水平，斗大的字不识几筐，如何看懂行车的路线、时间和站名的呢？三是母亲单枪匹马闯关东，车船中转五六次，跨越八九个省市，连个陪伴商量的人都没有，对她来说是何等的艰难。要遇到多少难题，每一步都是一场考验。

我从小就非常敬佩母亲，无论在家里还是厂里，无论工作还是生活，无论遇到什么样的困难，她是一个坚强的女性，从来不会低头屈服，也没有过不去的火焰山。这一次北上黑龙江也是如此，从未出过远门、识字接近文盲、单枪匹马出门的母亲，认为自己做了一件应该做的小事，而别人却认为是一件惊天动地的大事。母亲知道走的是一趟艰辛的路程，也做了必要的准备：出行路费的筹措，探亲物品的准备，以及粮票、干粮等，还有一张舅舅画的有字有画的"路线图"。当时舅舅还告诉她，若要问路求助，就找戴红袖章的人或者解放军，他们是可靠的人。

手捧路线图，只身闯关东，一路念子心切，一路千辛万苦。一周以后，母亲终于来到位于佳木斯东南集贤县18团，如愿以偿见到了日思夜想的大儿子，那使人揪心的儿子。我在不久后知道了妈妈北上的消息，心中一震，不禁感慨："妈妈，你真伟大，创造了奇迹，太佩服你了！"舅舅也曾对我说："你母亲不简单哪，真是太不容易了，那是非常人所为啊。"是啊，难怪古人也说，此道可道，并非常道。后来与母亲聊天，我引用一句上海话戏言："戆大不怕鬼。"母亲则说："谁说不怕鬼，这一周我都不敢合眼，心里紧张到了极点，遇到热心人指点，才如愿到达黑龙江的。"

我后来也问过母亲，当时是一种什么样的心情，促使一定要亲自到黑龙江看受伤的儿子呢？母亲淡淡地一笑："没啥，我只是怀疑你哥哥当时是否还在人世，或者早已经死了，而农场电报不说，是宽我的心，先叫我来看望，然后再告诉我。反正我放心不下，是死是活，我一定要看一眼。当时我的心一直悬着，忐忑不安，谁叫他是我的儿子呢!"

见母病榻前

儿子做梦也没有想到，自己的母亲竟然不远万里，只身来到自己身边。而母亲做梦也没有想到，她的儿子伤势竟会如此严重，只能静躺在病榻上，身上插着几根救治的管子，更没有想到伤势重到极点的儿子居然活了下来。当时我哥哥已转到当地最好的医院了，这里医疗条件十分好，是当时一般医院无可比拟的。然而母亲心里仍然十分担心：儿子会残疾吗? 会像植物人一样躺在床上吗? 今后还能站起来走路? 一连串担忧悲伤围绕着母亲，但她的脸上却显得很平静。母子相见无言，谁也没有想到母子相见竟是在这样的场合，内心充满了苦楚与辛酸。这真是一幕人间的悲剧，在场的人们百感交集。

我接到电报后，火急火燎地赶往集贤县境内的友谊农场（18团）医院，看到哥哥伤势严重，非常痛心非常焦急，也非常感谢我哥哥身边的温州老乡和各地荒友。他们对我哥哥照顾得无微不至，护理得周到细致，喂饭喂水、端屎端尿、擦身子、洗衣服……啥活都干；荒友还陪我哥哥聊天解闷，以解他的伤痛与寂寞，减轻他内心的痛苦，增强他战胜伤魔的信心，积极配合医生治疗养伤。营连领导十分关心，一路陪伴照顾，经常守候在病榻前。母亲到达农场后，领导曾安排一位温州女知青来安慰我母亲、照顾我母亲的生活，但被母亲婉言谢绝了。

据护理人员说，哥哥刚入院时，浑身伤痛难忍，心情烦燥苦闷，一直情绪低落。就在哥哥情绪低落到极点的时候，母亲风尘仆仆，来到病榻前。母亲的细声细语，母爱的温暖使哥哥烦躁的心情渐渐平静下来；母亲从早到晚守护在病床前，安慰鼓励他坚强些，要树立起战胜伤病的信心，一定能够康复的。哥哥的护理人员也深感欣慰，夸我母亲很有能耐。从此，哥哥的情绪明显好转，时不时有了笑容，也能积极地配合医护人员，还有了起身下床、脱离拐杖的愿望。

哥哥在母亲的鼓励下，积极配合医护人员治疗，终于脱离了危险期。母亲看到儿子已经闯过了难关，至少已经没有生命危险了，她可以放心地走了，剩下的事情，交给医疗护理人员去完成。此时，哥哥还依旧躺在病床上。我感到十分的迷茫，不知该怎么办。母亲对人们说："谢谢大家日夜照应，你们辛苦了！单位只给我一个星期的假期（不包括路上的时间），我该回去了。"当然，我也知道，母亲是一心牵挂两头，顾及了东北重伤的儿子这一头，仍放不下另一头江南久违的家庭，家中还有未成年的子女要她照顾。母亲对哥哥说："你有老乡和医生的照料，我放心了。我不能在这里呆更长的时间。"其实，母亲的放心，仅仅是指儿子没有生命危险；而对儿子日后的人生旅途，母亲仍满怀担忧。

母子三人分别时刻，我有一种说不出的感觉，是难舍难分的感觉，是前途难测的感觉，忧伤涌上了我的心头。我从母亲脸上看到了不同往常的表情，那是透露出的"惆怅"二字。"我要回到温州去了，你们要好好地照顾好自己。"我瞅着哥哥沉默寡语满脸泪水，心里却在说，"辛苦母亲远道看望，儿子会很快地恢复健康的"。

南归遇好人

大儿子"捡回来一条命，是不幸中的万幸"。母亲带着微笑与我哥哥告别，带着微笑与我走出医院大门。在这一星期里，儿子身体受着伤痛，她是心里受着伤痛，背地里不知道流了多少伤心的眼泪，但在儿子面前却表现出一个母亲的坚强和坚韧。作为母亲，她含辛茹苦哺育的子女，离开她去了遥远的北大荒，而且一走就是两个儿子。面对骨肉分离、相处遥远，何尝不也是一种不幸?! 这回北上黑龙江，亲身体验了路途的遥远，看到了生活环境的艰苦，但也看到了儿子的锻炼成长，也算是不幸中的一点安慰吧。

母亲所知晓的北大荒，毕竟有她两个儿子，一个在集贤的友谊，一个在萝北的江滨。这回北上南归让母亲收获颇多，终于知道了儿子在给她的信里总是"报喜不报忧"，明白了儿子"善意欺骗"的由衷，于是倍感忧愁，更加牵挂，更放心不下。她唯一没有想到的就是自己，为家里了女，为生存奔波，积极应付，默默承受。我和母亲谈到苦累之处、风雪之夜、乡愁之时，我俩都哭了。我此时发现，坚强的母亲也有脆弱柔软的一面，也有动情伤心的时候，这就是母子情。母亲启程南归，其实内心也很矛盾，南也牵、北也挂，手心手背都是肉，她苦于没有分身术。从这个意义来说，上山下乡知青苦，更苦的是我们的父母。

福利屯车站，母亲南归，我则北上，母子要在此分别了。此时，我知道母亲人走上归途，心里还是放不下，依然牵挂着躺在病床上的大儿子。我说："妈妈放心吧，我会来看哥哥的。"想到兄弟、母子分离，我心有余力不足，不禁伤感起来，甚至有点悲凉，母子俩又一次落泪了。

正在这难分难舍的时候，走过来一位哈尔滨口音的姑娘，她向我们问及事由，我告诉她，母亲不识字，北上时有线路图，而南下却正好相反，有点弄不懂了，正犯愁，而我如果送一程就会超假，不送又不放心，不知如何是好? 没想到那姑娘快人快语："没关系，跟我一起走吧，我也是兵团的，正好回家探亲。你的母亲就是我的母亲，她有困难，我一定帮。你放心，我一定平安地把她送上哈尔滨到上海的火车。"我大喜过望，千谢万谢。那姑娘从福利屯乘车，陪我母亲在佳木斯转车到哈尔滨。在哈尔滨，她带我母亲逛大街、游公园，游玩了一整天，送我母亲上车时，还买了水果、点心。母亲自然很高兴，后来经常向人们说起这段故事，谈及这位姑娘。我也终生难忘这位雪里送炭、乐善好施的姑娘。令人遗憾的是，我当时光顾了高兴，竟然忘记问她的姓名，深感内疚。至今心中仍存有感激之情、感恩之心，一直想找到这位热心肠的姑娘，但是没有机会，也永远没有机会了。

母亲平安地抵达上海后，写了一封字迹别扭很难读通的信，主要意思是叫我千万莫忘谢谢那位哈市知青姑娘。此事离今已有36年了，我一直在怀念着她，想当面谢谢她，祝她吉祥幸福，好人一生平安。

2008年春天，我回访北大荒路过哈尔滨时，在温（州）哈（尔滨）知青联谊会上，我满含热泪，向大家讲述了这个发生在36年前的真实故事，并表示感激之情："感谢哈尔滨那位相逢不相识的知青和所有的

2016年与21连老职工合影

知青，我永远也不会忘记这件事情、这份恩情！我相信：人间自有真情在，愿我们的友谊万年长青！"说完，我深深地向大家鞠躬致意！

　　最后再说说我的哥哥。都说猫有九条命，属相如果有猫，我哥定属猫。也许是母爱感动了老天爷，天佑我哥哥，不仅没有瘫痪在床，还没有落下后遗症。如今他在国外，已经子孙满堂，享受着天伦之乐。

听老王讲故事：最大的享受

　　物资匮乏，精神贫乏，让那个年代显得天高云淡，却是满目清贫。我在江滨农场的旱河畔，常常独自背诵着电影《列宁在 1918》中瓦西里的经典台词，也常常独自回味着老王讲的故事里主人公的精彩情节……我饥肠辘辘，我其乐融融。现在回想起来，那是在一种特定环境中产生的快乐。因为没有攀比，没有争斗。我总觉得人的忧虑，人的烦恼，是源于攀比。演电影、讲故事的人，把追求自身快乐的动力，变成为别人创造快乐的行动。

　　我们可以看到，即便是在禁锢得最厉害的"文革"时期，人们对文学还有一种阅读的需求，而民间手抄本，作为历史文本的价值是不容抹杀的。现如今，当我面向北方眺望时，就会想起当年艰辛的日子，就会想起苦中作乐、雅俗共赏的往事，其中，最令人难忘的便是听老王讲故事。

老高三知青

　　北大荒的冬天，长达 5 个月，漫长而无趣，近看黑白相间无彩色，单调极了，远看天地一片白茫茫，无望极了。北大荒的冬夜，长达 16

小时，而知青的生活呢，孤独、寂寞和枯燥，无奈极了。白天还好些，保养间检修农机，场院选种制颗粒肥，马号刨肥料，场部拉物资……虽说干活辛苦又枯燥，但心里还是感到充实一些。到了漫长的夜晚，屋外天寒地冻，黑咕隆咚，路边堆积着雪，篮球架孤零零站立在寒风中，只能给人寂寞无聊。

那个年代，想休闲没有个地方，想娱乐没有条件。场部有电影队，放的多半是老掉牙的片子，且连队一年也看不上几回电影。场部有毛泽东思想宣传队，节目是"文革"老传统——朗诵唱歌跳舞样板戏，连队看表演比看电影还难，这种文艺生活好像跟老百姓没多大关系。冬日里的知青除了到老职工家串门，偷偷摸摸找对象，大多数都在宿舍里上炕上度过。

连队订阅的就两份报纸，《参考消息》和《兵团战士报》，我们拿到手永远都是几天前的。看报纸是必修课，大家从头看到尾，翻烂了撕破了，最后都到厕所里集中了。看书、聊天、写家信也是必修课，这无形中提高了知青的阅读学习、语言表达、文字写作等能力。女知青有空闲就打毛衣、钩线织品、缝补衣裳，男知青没啥事就喝酒、下棋、打扑克。前三年睡帐篷，只能借光煤油灯，后来盖了集体宿舍，但由于电压严重不足，宿舍里60W灯泡的亮度只有15W左右，遇上停电只能点自制的油灯，灯的光亮忽忽悠悠，人们便称之为"黑暗中的幽灵"。灯光昏暗，看书写信不便，但对听故事的气氛却非常有利，尤其听一位高手讲故事。

老王，是连队里讲故事的顶尖高手。他是哈尔滨老高三知青，在我们这帮知青中是文化程度最高的。打眼望去，他戴着一副高度近视的眼镜，在镜片的后面有一双充满智慧的眼睛。老王人有些偏瘦，却一肚子墨水，身上有着一股文化人的气质，风度翩翩，口才颇好，不说大话，特别能侃，且侃起来逻辑严密，情节合理，毫无破绽。

老王是个讲究整洁的人，尽管每件衣服都有几个补丁，但是都洗得干干净净，整整齐齐地叠放在箱子里。再拿出来穿的时候，那衣面平整裤线笔直，给人一个清爽美的感觉。单从这一点来说，就显示出老王做事的认真与细心。

老王很有人缘，拿现在的话来讲，是拥有众多的"粉丝"的人。最令大家喜欢和钦佩的，是他讲故事如泉涌，只要一对路，你就听好吧，那家伙，好故事一个连一个，让你听得入神、痴迷。

高档的夜宵

老王喜欢把欢乐带给大家，讲笑话能把人逗得前仰后翻，讲故事能使人听得津津有味，谁也不愿离开，有时遇上尿急，宁愿憋着坚持听，生怕坐的地方会被人占去。讲到乐趣之处，常使人弯腰捂肚子，笑声打破了宿舍的寂寞，在贫乏枯燥的生活中显得那么的生机勃勃，这是我们唯一对美好生活的追求，对未来充满向往的企盼。有水平的是，他把大家逗得合不拢嘴时，自己依旧古板着脸，深沉的心态、平静的语调，继续讲着未讲完的故事，给大家带来下一轮的欢笑。

听说今晚老王要讲故事了，吃罢了饭的知青便早早地来到他住的宿舍，占了个好位置，当然了，正中的位置还得给我们的"说书先生"，那是必须的。讲故事的这天晚上，一般没有开会学习之类，是难得的好时光。听故事，人人精神十足，伸长脖子，瞪大眼睛，生怕漏掉一句话。而传达文件、开会学习时，却是个个哈欠连天，闭目塞听，困意缭绕，倦意难散，甚至耷拉脑袋，闭上眼睛，打起呼噜来。

这一日，各班排自由活动，正是好机会，晚饭一吃完，大家就早早地到了宿舍里，等着老王的"故事会"开始。小小的宿舍里，黑压压的，炕上地下满屋是人，吐的烟腾云驾雾，大家静静地听老王"单枪拍案惊奇"了。一个听书场也不过如此，可见当年我们的文化生活是多么贫乏。这不，只要老王讲故事，宿舍必定爆满，人满为患。昨天讲的故事，今天是接着来，千万别少听一回。就这样，老王为一群人创造着生活快乐。他的故事会，成为连队一道最亮丽的风景线。

老王讲的故事，有来自欧洲的《福尔摩斯探案集》《基督山恩仇记》等，也有来自带有某种历史演义色彩的英雄传奇小说《七侠五义》《杨家将》，记忆最深的是老王讲的《绿色的尸体》《恐怖的脚步声》《一只绣花鞋》《梅花党》等，让人听得毛骨悚然、如痴如醉，难以忘怀。

现在说来，这些手抄本，叙述的是大多数人不知道的故事。正因为人们不太了解，老王得以发挥他文学爱好的专长，随心所欲，添油加醋，使人听得更加入神，不忍离开。他也可以不动声色地将自己的知识和见解，悄悄地掺入"秘密武器"里，又加入了个人的感受和想象，把经过改良的故事讲给大家听，让故事情节更加跌宕起伏，贴切生动，所以大家特别爱听。我就是他的忠实听众。

最大的享受

说实在的，哪怕在大批知识分子沦为惊弓之鸟的时代，知识仍被很多人暗暗地惦记和尊敬。老王确实肚子里有干货，是讲故事的天才。正因为他讲故事口若悬河，又能吸引人，许多人尤其是老听众沉浸在故事的玄妙之中，对他佩服得五体投地，被他弄得神魂颠倒，这一次故事会刚结束，又开始期待下一回了。

宿舍里经常有人主动帮老王打水、洗衣服，买饭、涮碗筷，为了是让他腾出更多时间给大家讲故事。有时老王讲到激情处，头上冒汗时，还有人讨好地递上毛巾，叫他擦一把，老王仅回之微微一笑，可见"牛"到何种程度。此外，在故事会上，还有人给他送"毛嗑（葵花籽）"、松子等零食，香烟更是伸手可得，甚至将香烟点着递到他手里。

经常嘴里抽着，耳朵上夹着，老王享受着"首脑"般的礼遇，心里自然美滋滋的。

久而久之，我们的老王也开始"腐化堕落"了。你们不是求我讲故事吗，我得拿一下"派"了。于是讲故事也卖关子，每当我们听得津津有味的关键时刻，便来一个"欲知后事如何，且听下回分解"。可时间还没有到点，大家开始迷惑不解，无计可施，后来回过味来了。在他刚说"欲知后事……"马上有人喊道："快快快，给王哥上烟、上好烟！上茶、上香茶。"好烟，不过是当时两三毛钱的"葡萄""迎春""哈尔滨"；好茶，倒是我家里带来的绿茶，自己也舍不得喝，此时心甘情愿给他"上贡"。老王乐呵呵地一支又一支抽着香烟，腾云驾雾，美滋滋地一口一口嘬着香茶，意气风发，继续着他的故事会。

老王半公开的故事会受到连部的注意，他所讲的故事，在当时来说，毕竟属于封资修的东西，还有带点黄色的故事，一旦败露就会被抓现行。所以每当讲故事时，还得派一人站岗放哨，以免叫连干部们碰见、逮住。那个被"抽壮丁"的上岗人员，虽有老大的不愿意，但为了大家的安全，也无奈地接受这差使。

后来老王当了司务长，自己住一个单人宿舍，到大宿舍来的时间也少了。因为工作忙了，也升"官"了，所以讲故事的范围小了，一般只在他的单人宿舍里讲，那个地方只能坐五六个人，只有他的挚友才能有此福利到那儿去听故事。不过他还是会抽空，返回大宿舍给大家讲故事。

因为经常听他讲故事，我心中痒痒的，总想跟他借书看，特别是那些神秘的手抄本。他想了半天才说："行。"于是，冒险传抄，偷偷阅读。

我们抄了好几本故事，可惜如今一本也没有保存下来。这种难以复制的感情，是发自我们每个人内心的真实写照，是在特定环境下给文学阅读需求打了一针兴奋剂。丰富的想象力填补了心灵的空虚，在精神上得到了满足，也是我们对美好生活的向往与实践。它安抚我们寂寞、

凄苦的心，给枯燥的生活带来了活力，置换了精神的颓废。这些作品和故事，其历史价值是不容抹杀的。

可怜的老王

老王人相当聪明，又懂会计工作。在他当上司务长之后，讲故事的范围缩小了。因他是司务长，身份不同，讲故事的地点与环境也不同，讲故事的气氛与听的人也不同，所以有人便鸡蛋里头挑骨头。终于在他当司务长的一年后东窗事发了，团部保卫股来人将他带走了。见到他被保卫股的人带走，所有跟他有密切接触的人，尤其是他的"粉丝"都心惊肉跳，忐忑不安，等待着公布结果。如果噩运降临到自己的头上，那就意味着政治生命将结束。我们一直在紧张、害怕中等待着，惶惶不可终日。

终于有了结果，连长指导员召集全连大会，宣布老王有经济问题，有贪污的行为，现已被拘留，希望知情者进行揭发，胁从者也应坦白交代，争取宽大处理，决不能与其同流合污。

我轻轻地松了一口气，悬在半空的心这才放下，不是故事会的事。老王自己的事自己扛，不坑人有底线，只是交代账目不清的事，没有扯到故事会的事。拿当时来说，那只是怀疑他贪污，跟账目不清有关，查起来也容易，算不上有多大的事。但陷入"一打三反"运动的泥坑，错误就会被扩大，矛盾就会被转化，麻烦也就大了。

唉，可怜的老王，被撸掉了司务长的职务。连队还兴师动众，对他采取强制措施。他被人检举揭发，被挖思想根源，遭受无休止的批斗，并肃清其"流毒"。人弄得像一只落水狗，谁都可以打一下。老王脸上黯然无光，一脸的沮丧，整天低着头，一句话不说，默默地承受着，让人看着感到可怜。往日神采奕奕风光满面的老王，此时也如一只丧家犬，四处碰壁无家可归。人落难到这种地步，绕树三匝，无枝可依，悲从中来，不可断绝。

老王也够朋友，只讲查清账面缺口而承担资金责任，始终没有扯到故事会而殃及众多兄弟。多一事不如少一事的经典，在此时体现得淋漓尽致。一些上纲上线的好事者，最终也没掀起多大的风浪。不过事情并非到此为止。过了一段时间，上级派人来调查，结果连长指导员也受到了处分，原因就是在处理老王的问题上没把握好政策。

连队里被人喜欢的精神大餐文化美食，从此永远地断了顿，再也听不到老王那娓娓道来的故事了。政治运动把人整怕了，尽管大家感到烦躁郁闷不自在，却也对此无能为力。而老王经济问题的结论不得而知，不久被调到更远更偏僻的连队去了，我只是偶尔把自己的心思向好友提过，可仅是提及，一点下文也没有，从此杳无音信，再也无法联系了。时间一长，人们也就渐渐地忘记了他。

我想，老王现在应该生活在世界的某一个地方，说自己想说的话，做自己想做的事，过着自己想过的日子。而他是我非常想念的人，也是非常想见的人。

2008 年回访昔日连队时即景

风雪二十七庄

下乡到北大荒的江滨农场，第二年因旱河北遇水灾，我所在的4连就南迁，到位于场部南9公里处，原来的地界名叫二十七庄，后兵团时期编为21连，恢复农垦改名为19队。这是我生活、工作朝夕相处9年的地方，一直到我返城回温州才离开。

当年，垦荒队员在这茫茫的大荒原上，面对的是满眼小叶樟、三棱草的岗地和遍地芦苇、塔头墩的草甸子，经受天寒地冻、风雪弥漫、大烟炮的考验，住的是临时搭起来的窝棚，吃的是高粱米和咸菜。他们就地取材建起了草房，垦荒种地吃上了自己种的粮食。后来地处南部低洼地带的二十七庄因水涝撤销迁址，统称为二十七庄。

不见不相识

我在气候温润的温州长大，年少时对外面的世界感到新鲜。读小说《林海雪原》、看电影《老兵新传》以后，我对东北有了莫名其妙的向往，尤其那里漫天飘雪、银装素裹的景象，心中充满了一种神秘感。最爱读毛泽东那首《沁园春·雪》的词："北国风光，千里冰封，万里雪飘。望长城内外，惟余莽莽；大河上下，顿失滔滔。山舞银蛇，原驰蜡象……"且不说伟人借雪言志，寄情抒怀，指点江山，单是写景也见好风光，好诗意，好浪漫。

真的到了北大荒以后，原先的新鲜感与神秘感，早已消失得无影无踪。10年北大荒知青生涯，领受了天寒地冻的滋味，见过了冰冻三尺的场面，经历了风霜雪雨的苦难，明白了想象与感受的距离。

北大荒冬日里沉淀的冰雪严寒，那不是赏景，也没有浪漫，那是在遭罪、吃苦、受难。我在北大荒留下了辛酸的泪水，流逝了青春年华。而大雪飘飘、北风呼啸的几千个漫漫长夜，我们是如何咬牙熬过来的这种滋味，如今只有深深地埋藏在我的心底。

严寒度苦冬

江滨农场地处萝北县东北端，以濒临黑龙江边而得名。这里冬天很漫长，极度寒冷，且日短夜长，漫漫黑夜长达15小时左右，下午4点多天空就擦黑了，早上7点多太阳才露脸。虽说白天时间短，但场园里的活，积肥、进山拉木头一个接一个，活儿并不少干；虽说黑夜时间长，但政治学习、"批林批孔"等运动一场连一场，会议也不少开。

话虽这么说，但较比春播、夏锄、秋收的农忙，冬天毕竟闲得多了。那时没有电视电脑，能听的只有广播大喇叭，能看的仅有规定的报纸。天一黑，宿舍里知青八仙过海、各显神通。有的抱着半导体收音机收听中外电台节目，有的捧着探亲买的家里寄的书籍刊物，有的三五成群讲破案或鬼神故事，有的围坐在一起玩扑克"三打一归楞"，有的摆龙门阵谈美味佳肴的精神会餐……更多的是"肚里没油水，睡觉养精神"。那时知青适逢长身体，忙时容易饿，闲也容易饿，最受不了休息天开两顿饭。还是老祖宗说得对，"民以食为天"。于是晚饭时多拿几个窝头，夜里饿了就在炉盖上烤着吃。难怪有人说，肚子饿了，吃啥都香。这是真理啊！

知青生活离不开大宿舍、大食堂，也离不开一口井，知青的吃水用水，全指着它呢。辘轳缠绳，握把使劲，辘轳转圈，井绳上下，天天见，天天摇。30米远的井台，对知青（尤其是女知青）而言，每天至少来两趟。冬天天寒地冻，滴水成冰，打水就困难多了，原因是打水时有水呡当出来，马上就会冻成冰。于是，井台、井沿、井壁，里三层外三层，结着厚厚的冰，犹如一座小冰山。此时空手走上冰坡，脚底下都直打"出溜"，更别说打水、拎桶水了。当小心翼翼地走上"冰山"的顶端，好不容易将桶挂在井绳的钩上，却发现井口冰冻缩小，最终连桶也无法通过了。于是，连忙找来冰镩子，凿开井口井沿的冰层后，再放入土篮子捞起浮冰，倒在远处。同时，刨去井台冰场、通道冰坡，以方便人们行走和打水。如此忙活，也不是一劳永逸，过不了多久，又得如法清理一通。

天气虽然是那样冷酷与恶劣，但我们的活儿一点儿也不少，该干啥还干啥。至今还记得当时有个口号："天大寒，人大干，冬闲变冬忙！"于是，时不时组织不同名目的大会战。比如挖草炭大会战，人们找到天然河床，面迎寒风站，脚踏冰雪干，在河床底挖取多年沉积的草炭淤泥来改良土壤。还有积肥大会战，将集成大堆发酵过的人畜粪肥，送往地里为来年丰收打基础。另外，保养间检修机车农机具紧忙活，场院明年春播选种不含糊……天寒地冻照样干得热水朝天。而老辈人因天气寒冷而整天呆在家里避寒的"猫冬"现象，早已成了"老黄历"了。

我在江南温州长大，喜欢中亚热带季风，习惯气候温润，适应冬无严寒、夏无酷暑的日子。南方人惧怕夏天，称之为酷暑，有不少人"苦夏"。下乡北大荒那些年的冬天，知道了啥叫严寒，真的很恐怖，至今都惧怕，我则称之为"苦冬"。

遭遇大烟炮

北大荒的冬天是漫长的，近半年之久，气温达摄氏零下三四十度，天寒地冻、冰冻三尺。冬日屡屡南下的西伯利亚寒流带来大量降雪是常事，雪后还会刮个"大烟炮"，雪花、黄砂、尘土漫天飞舞，四外不见人影。风停以后，低洼处被雪填平了，此时若要在野地里行走，那倒是有生命危险的，谁知道哪儿有一个被雪掩藏的深坑在等你送命呢！当时我们几乎不听气象预报，反正我们农业连队有看天吃饭的经验，早上出工时先看天色如何，一般的情况也能对付过去，但也有不测风云的时候，毕竟局部天气是没法测准的。

冬日，最令人发怵的就数"大烟炮"了。就连老垦荒也说："不怕下大雪，就怕刮烟炮。"那"大烟炮"一发威，犹如一群野兽在那里咆哮，地上的雪、黄砂、尘土，被它层层撕剥，卷上天空，又向下俯冲，横冲直撞，肆意妄为。有时像海潮似的，贴着地面，卷着浪花，滚滚而来，呼啸而过；有时像着了火似的，冒起烟柱，像蛟龙相接，你卷着我，我裹着你。四外望去，茫茫一片，分不清天南地北，使人晕头转向。此时气温骤降，强冷空气如针一般地往皮肤里扎。风过之后，地面上留了它的杰作：高处的积雪被吹跑了，看不出刚刚下过雪的痕迹。低洼处被积雪填满了，连个鸟兽的足迹都看不到。此时洼地里若有个死鸟死兽，也会被雪掩埋住，到开春才会现出原形。

坐胶轮车或者马车上场部，是连队到场部的唯一交通工具。但大冬天坐车就会遭老罪了。虽说有棉衣棉裤棉帽子，以及棉鞋棉手闷子一整套的防寒措施，但也抵挡不住那刺骨的寒风，人冻得浑身哆嗦直打颤，流出的鼻涕冻成冰，帽沿眉毛胡子被哈出的气结成了白霜，活像一个"白毛人"，若要装扮圣诞老人，那不用化妆了。到场部下车后，头一件事就是找地方暖和暖和。有的人脚冻得麻木，下车时，人都站不住了，大家相互搀扶着活动活动，才不至于摔倒。面对老天冷酷无情，人们毫无抵抗能力，最多是骂一句："贼冷，贼它妈的冷！"

记得有一次跟车往场部送粮食，偏偏遇上刮烟炮，风一阵紧一阵，一股强冷气流直朝我们扑过来！我赶紧转身让风顶在脊背上，双手捂住脸。风势渐渐减弱了，我摘下棉帽拍打着身上的雪粉。突然有人说："国光，你的鼻子发白了，赶紧用雪搓一搓，要不然你的鼻子就没了！"于是赶紧让司机停车，一位老职工用洼坑里的雪粉，在我鼻子处轻轻揉擦，直至发红为止。真的好感谢他，这也使我学会了一个冻伤救治常识。他还告诉我，冻伤的皮肤千万不能用火烤、用热水捂，否则皮肤会溃烂留疤。还有，冬天在野外不能用手去摸任何金属，否则手会冻在上面，要是硬挣就会被撕下一层皮或一块肉来。

经历过严寒的考验，使我懂得了许多在南方学不到的防寒知识。就拿遭遇"大烟炮"袭击来说，也有一些避免冻伤诀窍。比如，可以就近找到一户人家避风，也可以就近找个小山包避风，还可以利用任何背风处避风。千万别乱跑，辨不清方向迷了路，又冷又饿，容易被冻伤，甚至会送命。

雪夜抬担架

北大荒地域广阔，广袤无垠，两个连队相隔一般有 5 公里左右，各连队到场部的距离近的几公里，远的有 20 多公里，我连位于场部南面 8 公里处。连队缺医少药，卫生员大多是知青，仅经过场部医院培训几个月就上岗，相当于南方农村的赤脚医生，能做的仅是打针吃药之类；医务室药的种类不多，也就治治头疼脑热伤风感冒之类。遇上打针技术差的，说不定这一针扎得你呲牙裂嘴，疼得半天也合不拢嘴。而看病呢，就得上场部医院，得大病要上师部医院。

一个风雪交加的冬夜，我连的一位男知青突发急病，疼得在炕上来回翻滚，豆大的汗珠不断冒出来，牙齿咬得格格作响。卫生员医术水平毕竟有限，卫生室救治也没有条件，连忙叫人送往场部的医院。

风在怒吼，雪花乱飞，四下不见一点灯亮，道路上都是松软的积雪。胶轮车偏遇"趴窝子"没法出车，履带车在保养间"大卸八块"检修。怎么办？无奈之中，连部叫人赶制一副简易担架，铺上棉被，8个人轮换着，将病人抬去医院。我们打着手电筒，可是在寒冷的冬天，手电筒只不过10多分钟就不亮了，换一个也一样。我们深一脚浅一脚，不知摔了多少个跟斗，但是大家都忘了疼，忘记了寒冷。为了抢时间、争速度，大家决定横过旱河的河面，从满是塔头墩的草甸子里穿过去。四处伸手不见五指，满眼漆黑的一片，我们顶着风雪勇敢地奔向团部。

说来不到9公里的路途，平时1个小时40分钟就能到医院，此时却怎么觉得就特别长呢？一行人雪夜摸黑跌跌撞撞，急行军与死神争时间，终于在两个小时左右赶到医院。病人送进手术室之后，我们8个人都瘫软在地上，刚才的精气神完全消失殆尽。医生说："病人得急性阑尾炎，还好，幸亏及时赶过来，否则很危险了。"当他看到我们浑身雪花，软软地躺在医院的走廊上时，也深深为之感动了。

俗语说："救人一命，胜造七级浮屠。"意思是救人性命，功德无量，远胜为寺庙建造七层佛塔。不过，我们当时也没想那么多，由于事发突然，情况紧急，救人犹如救火，时间就是生命，为了抢救一位战友的生命，只是想赶紧把病人送到医院。尽管冒着风雪遭罪，抬着担架受累，但一切都不在话下，我们只是做了同一战壕里战友应该做的事情。

小猪倌之死

这是我听说的周围连队的一件事。当年农场有气象站，但只记录数据，连队听不到天气预报。人们出门干活，得看老天的脸色，发现不对劲儿，赶紧撒丫子往家跑。而畜牧排的放牧员，要将猪马牛羊放牧到连队地号或荒草甸子，还要等这群牲畜吃饱了才能赶回来，牲畜们没吃饱，打死也不回来。放牧员自带干粮、饮用水，一直坚持到傍晚放牧回来。

那一日，天气阴沉沉，下午时天色有点不对劲，有经验的连排干部招呼收工回连队。约下午 3 点多钟时，下起了鹅毛大雪，继而慢慢地狂风大作，顿时天昏地暗，分不清天南地北了。呼啸的强冷风，像刀子一样扎人，浑身冰冷冰冷的；刮起的雪粒子，像砂子一样锉人，脸上生疼生疼的。转眼之间天黑了，连队路灯的光亮，显得十分微弱，勉强能看清自己伸出的五指。

晚上 6 点来钟，大家坐在热炕上唠嗑，忽听得门外传来呼天喊地的哭声，众人忙忙地跑出屋外，原来连部有一家属在其男人的搀扶下，正哭诉着小猪倌去放猪还未回来的消息。大家浑身一震，天啊，那还了得，还不得活活冻死在地里。谁都明白到此时放牧员带的干粮恐怕早已冻成冰坨，水也冻成冰块了，连冻带饿的咋能扛得住这天寒地冻的鬼天气呢！

大家伙儿心里很着急，连长指导员更着急，立即下令：一是用连队的大喇叭发通知，号召更多的人加入到寻找小猪倌的队伍中来；二是组成几个小组，分片定向搜寻，带上手电筒木棍，注意保暖防冻；三是食堂保障干粮饭菜。搜寻小组一个接一个撒出去，大家只有一个心愿：尽快找到小猪倌。然而老天不帮忙，月光星光都不见，四处漆黑一片，风雪迷漫，看不见什么目标。人们声声呼喊，没见回应，嗓子也被风呛哑了，声音被风吹到爪洼国去了。

全连人员虽分组四下寻找，可黑咕隆咚的啥也看不着。连部寻人方案是好的，大家行动是快的，组织人员也很多，可还是没有找到小猪倌。大家在风雪中折腾到半夜，人也有点扛不住了，大自然的威力，使你无法抗拒，此时穿着厚厚的施救人员也冻得直打哆嗦，嘶嘶哈哈一个劲地叫冷、跺脚，实在没办法找下去了，也惧怕搜寻人员出点啥意外，这才无可奈何地撤回来。可紧张的心一直揪着，撤回的人一夜无眠，听着风声一阵紧一阵的，都沉浸在担忧之中，又期盼奇迹发生。心中依然牵挂着小猪倌，心中仍在呼唤：你在哪儿？你快回来吧！

心急火燎地盼到了天明，盼停了大烟炮，没等到连里再次发出寻找小猪倌的命令，大家又纷纷组成小分队，继续分头寻找小猪倌。人们担心的事终于发生了——小猪倌冻死了。在北边离连队约 2 里地外的地里，小猪倌蜷缩着，手里还拿着鞭子，指向连队的方向。而冻不死的猪儿们则依旧围在小猪倌的周围，像是催促主人起身返回连队。

一条鲜活的生命，就这样消失了，永远的消失了；一个活蹦乱跳、老实巴交的小青年，就这样被大烟炮的肆虐夺去了生命。他是被无知夺去了生命，难道他不能放弃小猪而独自回连队吗？或许正是为了那句"国家财产高于一切"的教育，一定要把猪赶回连队的思想在鼓励他。愚昧啊，人的生命比猪还贱；可悲啊，极左思想真害死人。他受的流毒太深了，毒死了一个活生生的生命。其实，他此时离连队已经不远了，他可以先放弃小猪再找小猪，但是他没有，没有独自跑回来，偏偏是与猪共存亡，却白白地丢失了自己的生命。

也许他迷失了方向，真的迷失了方向，也许他太想保护集体的财产，保护小猪而丧失了自己宝贵的生命。生命的教训，对他来说，已经太迟了。假如他能早一点知道天气的变化；假如猪能早一点吃饱马上回连队；假如他先回连队找人再去赶猪，也许一切都可以避免的。

　　但是小猪倌死了，历史没有假如。这些也许、假如都已经晚了，一切都过去了，风平浪静了，历史的一页就这么平静地、轻轻地翻过去了。试问，谁能孤立无援地扛得住烟炮、洪水、大火的淫威吗？这便是小猪倌留给我们——关于生命的思考和答案。

原10团现江滨农场冬天街景

小许——短暂的一生

我要写小许，只因为在我的眼里，他是一个十足的悲情人物。

小许：短暂的人生

小许，一名来自鹤岗的下乡知青。20世纪60年代末，他别离故乡、别离亲人，随着下乡潮流走进江滨这片黑土地，将自己的一生投入到建设边疆、保卫边疆中，当时称之"屯垦戍边"。他长得高大英俊，是个帅小伙，一米八的个子壮实如小山，引得众多女知青的青睐。人哪，都有个性和特点的，他看上去很斯文，脑瓜好使，思想活络，爱搞点小动作，也爱发牢骚，似乎对谁都不满，甚至常会干些别的知青想干而不敢干的事情。另外，他平日里显得吊儿郎当的，吃不了苦受不了累就装病泡病号。其实，知青下乡务农，每个人都得过思想关、生活关、劳动关。尤其是我们所在的新组建的农业连队，生活条件差，创业更艰辛，可谓"一吃苦二受累三遭罪"。

当年我们每天的生活内容，就是干活、吃饭、开会、睡觉。除了艰苦、劳累之外，便是单调、枯燥了。在有限的个人支配时间里，最大的乐趣，就是读家信、看书报，也是抚慰心理寂寞、缓解身体疲乏的好办法。当时报刊种类不多，书店一般只卖"马列著作"，《毛泽东选集》和"鲁迅文集"，以前看过的或没看过的书籍，尤其是文学作品，几乎都成了"封资修"的东西，被列入"扫四旧"的范围。没啥书可读，就去下象棋、打扑克，或者干嚎几声"样板戏"里的唱词。条件好一点的连队还有一个简易的篮球场，打一场半场的篮球，几个人疯玩一会儿。不过，干活累得连炕都上不去时，自然也没人去玩篮球了。

小许受不住苦与累，也耐不住寂寞，时不时地不请假跑回家去，好在家离这儿也就是半天的路程。每次跑回家待上几天，回到连队都会遭批判，都要被连长指导员剋几句，甚至大会批小会帮的。时间长了，他也抱着一种"死猪不怕开水烫"的态度，随你看着办吧。不过，这并不妨碍他看书的喜好，每次从家回来，都偷偷带几本所谓的禁书，如《说岳全传》《隋唐演义》《七侠五义》等，无非也就是解闷而已，轻松一下紧绷的神经，调节一下忧闷的心情，使自己能活得耐烦一些。

早请示、晚汇报和天天读，他早已烦了；农工生活的累与苦，他也厌倦了。可他心中不敢明目张胆地反对，于是采取逃避等变相的反对方式。好在他的家离连队不太远，不像我们温州那么远，有八千里路云和月。要不然，那几个钱，也不够他路费上的瞎折腾。他私自回家探亲也待不了几天，就像完成作战任务后的休整。他知道每次返回连队，反正要挨批评的，皮也被批厚了。挨批评的原因之一是无组织无纪律不请假私自回家，是"逃兵"；挨批的原因之二是向青年传播"黄色小说"，是"放毒"。原来，古典小说抑或外国民歌倒还好说，现代小说尤其翻译作品就麻烦大了。

小许从家带回来的书，当时绝对是"黄色"的，属于"大毒草"之列。别人不敢看，他仰躺在炕上捧读着，津津有味的。有的知青想看，便悄悄地向他借，他答应出借分享，只是"约法三章"：一是只许自看，不得外传；二是按时还书，不得延期；三是若有违约，借书中止。知青倒是知情明理，也很守信用。时间一长，我们便悄悄将书中的精彩段落、妙言佳句抄录下来，也有了完整的外国民歌的歌词歌谱。

　　听说小许出身不好，这也许是他孤僻、倔强性格的重要原因。在那个年代里讲究家庭背景、社会关系，凡家庭出身不好、社会关系复杂的人，多半被人歧视而矮人三分，入团入党、提干上学甚至工作岗位，都会受到不同程度的影响。那个年代的风气决定了这种做法。正因为这种社会风气盛行，小许抱着"破罐子破摔"的想法，滋长了玩世不恭的消极心态，另眼看人，另眼看世界，似乎一切都令人生厌。也正因为他得不到温暖与关爱，压抑与苦闷就很难避免，心理上感到束缚抑制、沉重烦闷，心情就会烦恼不堪、牢骚满腹。面对心中时不时有股无名火的状态，小许找到了一个发泄通道。于是，五音不全的他偏偏喜欢大声唱几句，把心中的烦闷释放出来，而全然不顾这对别人是一种噪音的折磨，有的人直捂耳朵、跑到宿舍外"避难"，有的人默默忍受、坚持到演唱结束。

　　小许的衣服虽少得可怜，且一件件都有破洞，可是他都洗得干干净净，叠得整整齐齐摆放在箱子里。由于不会过日子，领到工资时，富得像大爷，大手大脚用得开心；钞票花完了，穷得像乞丐，现如今称之"月光族"。没钱的日子不好过，他就厚脸皮张口借钱，今儿借个1元，明天借个2元。有借就有还，大多数人的钱还了，少数个别人的钱忘了还。俗话说，好借好还，再借不难。遇上借钱不还钱的，人家当然不愿意，信用也受影响，下次向人借钱时，自然婉拒不借了。说是惹不起，咱还躲得起。

　　当人际关系不协调甚至产生隔阂而又无力扭转时，就会感到无奈、沉重而产生压抑感，这时就会感到焦虑、消沉。幸好小许找到了另一个发泄通道。于是，他想方设法整到一台5个波段的半导体收音机。半夜时分，能够通过短波收听"莫斯科广播电台""美国之音"等华语广播。从中听到苏联歌曲、中国戏曲、西方古典音乐、电影录像剪辑等，这在那个文化生活枯燥的年代，可谓雪中送炭，也是艺术享受。至于那些夹杂的负面新闻报道和评论，对我们的思想意识来说，可以说没有丝毫影响。然而，当时对美苏等境外华语广播叫作"敌台"，并有一条罪名叫作"偷听敌台罪"，这个罪名究竟是刑法条文还是组织规定，我无从考察，但它的存在，却毋庸置疑。所以收听"敌台"，照一般人吓都吓死了，小许却满不在乎，照他的说法，"我都死过一百遍了，我怕谁！"于是，他又招来了更猛烈的批判，更致命的打击。

由于家庭原因和下乡遭遇，他的心情格外低落与消极，甚至抑郁；由于逆反行为频频遭人们白眼和连队无休止的批判，他心中的压抑似有块石头难以消除，甚至有绝望之感。那年夏天，他过旱河时淹死了。旱河这么浅、河又不宽，他1.8米的壮小伙怎么会淹死？我至今不得其解。一个追求自由和幸福的知青，终于如一朵鲜花凋落在北大荒那个荒凉的黑土地上，一个时代青年的生命终于自我了结了。

今天我们暂时不去议论当年小许做的事是对还是错，也不去讨论当时的连队对他的指责与批评是否过分，只想问一句，作为人与人相

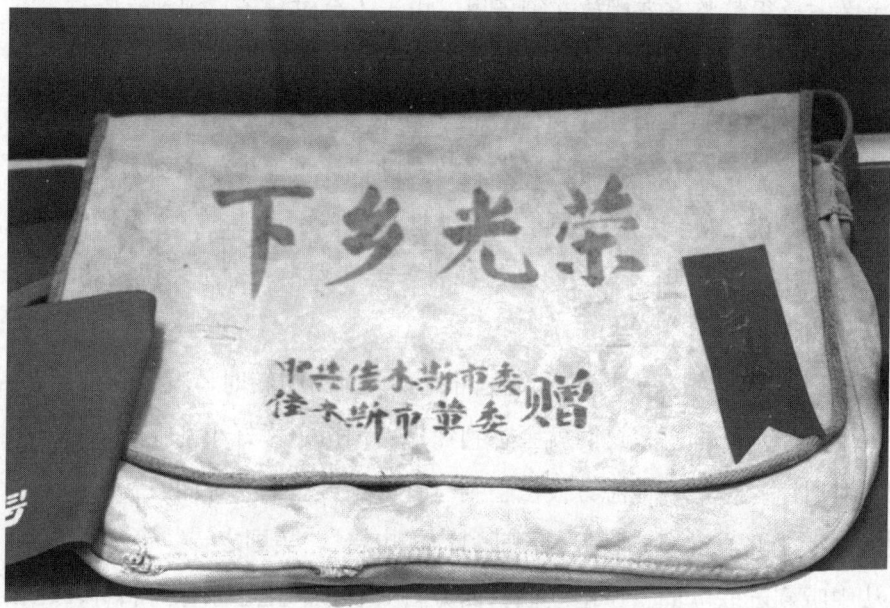

昔日下乡知青获赠的背包

处，是否给予了平等的人文关怀？比如，思想上的帮助，生活上的照顾，行为上的宽容，心理上的理解，等等。令人遗憾的是，面对极左的意识形态、社会氛围、冷漠行为，也会让人付出生命的代价。

如今，无论从哪个角度来说，都难以回避对历史的反思，对人性的拷问。由于那个时代，狂热、无知，打着革命、正义的旗号，盲目冲动、无情打击，矛盾激化，是非升级，断送了多少有才华的人的命运。于是，回家成了"逃兵"，借书成了"放毒"，听广播成了听"敌台"，帮助成了批判……我们在关注先进与落后的同时，眼睁睁看着他的心理从抑郁到压抑、直至崩毁。这就引出一个问题：咋就没人伸手"拉兄弟一把"呢？！

可怜的小许，死后并没有更多的遗物，一个旧箱子里，仅有的几件打补丁而又叠得整整齐齐的旧衣服，还有几本还没来得及归还的"黄色小说"，使人看见之后无不动情落泪。

"猫冬"寻乐

　　北大荒的大冬天，天寒地冻，田野一片白茫茫的积雪，北风呼啸地从旷野上吹过，寒气袭人。我所处三江平原的江滨农场，冬季长达五个半月，最低温度在零下 30 多度。在温州读书时就听说，东北冬天不出门干活，大家都在屋里"猫冬"，感觉挺有趣的。但到了北大荒，到了冬季，才感觉东北漫漫冬夜长，非常寒冷，非常寂寞，非常难熬。太阳 7 点多才懒懒起床，下午 4 点多就要落山睡觉了，冬天连队作息时间也是跟着天气走，但每天工作时间不长，食堂每天也只安排两顿饭，早上 9 点、下午 4 点。每天下午不到 5 点到第二天早上 7 点就是长长冬夜，当时我们都是"时间富豪"，没法打发时间，虽然屋里也暖和，但必竟都是 20 岁左右的年轻人，文娱生活几无，又无其他事情可做，拿什么消磨时间？

　　那时知青几乎都有这样的感受：农忙时劳累困苦忙活受罪，感受长昼难熬，冬闲时孤独寂寞枯燥袭来，又觉长夜难忍。而天天读、传达文件、开会学习等乏味无趣，不仅无济于事，反而雪上加霜。

　　原来，人满足了温饱和安全需求之后，便有社会需求。我们是社会动物，群居动物，除了吃饱穿暖之外，还有个叫作"精神"的东西需要照顾。"精神"这个东西的特别之处在于，你不但不能没有它，而且还不能太饥渴而迁就它。

于是，知青就有了寻找趣味的念头，就有了寻找乐趣的办法，就有了自我创造的形形色色的娱乐消遣的活动，比如，侃大山、讲故事、打扑克、唱情歌、听敌台、手抄本等等。

济济打扑克

知青宿舍最热闹的"猫冬"寻乐是打扑克。一大帮人围坐在炕上，兴高采烈地大呼小叫，好不热闹。打扑克最常见的叫作"三打一"。每人先分 5 根火柴杆，打法很简单，从 55 分开叫，谁叫分高就拿走底牌，然后三个人打一个。破了叫家的叫分，叫家就输了，付给对手每人一根火柴杆。反之，对手各付叫家一根。火柴杆没了就算输。不管扑克玩法如何不同，胜者为王，败者为寇，打输的人都跑不了受惩罚。

惩罚方式可谓五花八门，其实就是变着法折腾人。有的在脸上依次画眼镜、胡子，看似简单，其实不好过。但见用棉花（从破棉衣里扯一点），蘸着懒汉还未倒掉的洗脚水，抹上壶底的黑灰，或挤点皮鞋油，搅在炕灰里，调成涂料。画到脸上极为难看，也极为难洗，用肥皂都洗不干净。那副怪模样，几天都招人耻笑、起哄，闹得脸红脖子粗的。

输者也有顶上脸盆的，脸盆有大有小，也有轻有重。轻的是铝质制品，大的直径 36 厘米，重的是双料搪瓷。五六个大的双料脸盆头上一扣，压在头上沉甸甸的，还得保持平衡不掉下来，脖颈子够难受的，一般撑不了多久，就会"咣当"一声"翻船"，引来哄堂大笑。

还有给输者耳朵上夹上夹子的，夹两三个能扛住，夹四五个就疼得龇牙咧嘴，哇哇乱叫，瞅着别人遭罪，看热闹的人似乎特别开心，笑声在宿舍里绕梁回荡，不绝于耳。此外还有输家学狗叫、猫叫，总得想方设法折磨"落水狗"，更可气的围观者还挤眉弄眼，暗示将要取胜的人，气得那个要输的人急眼了，起身要跟他干架。

最让人叫绝的是输家喝凉水，大冬天的几碗凉水灌下肚子，肚子里哇凉哇凉的，整不好就跑肚拉稀了。有一次也该我倒霉，输了死活不让画眉毛、顶脸盆，我认为这玩意儿太埋汰人，宁愿受罚喝了凉水，自想当年吃海鲜都没事儿，现如今喝凉水总能扛得住吧?!结果是七八杯凉水下肚后，肚子叽里咕噜，没多少时间就拉稀的干活，此后发誓再也不干了。情愿玩破财免灾的，即输者不论吸烟与否，一律拿烟卷代替惩罚（一盒烟卷价格在两角钱左右即可），人们叫作"归楞"。打扑克有输有赢，烟卷在炕上归来归去，赢家拿来当本钱，很少有抽的，时间一长烟卷里的烟丝只剩半根，甚至几乎是空纸套了。人们在乎的是归楞，是业绩，而非功利，不在乎烟卷里还有多少烟丝。

悄悄哼"黄歌"

知青最愉悦的"猫冬"寻乐是哼黄歌。尽管以前唱过而又喜欢的歌曲，尤其是外国民歌，几乎都成了"封资修"的东西，被列入"黄色歌曲"的范围。但知青还是都敢冒这个险，悄悄传唱，偷偷传抄。值得庆幸的是，在那段艰难的青春岁月里，生命之河中曾流淌过一曲曲动听优美的所谓"黄色歌曲"，它给我们单调而乏味的生活增添了色彩斑斓的情趣，震撼、激励了我们的心灵。

下乡半年后，我们遇到了从未见过的一场大雪。那天我与连里几个人去场部办事，要赶回自己连队时，已无顺道车可搭，只好作伴往回走。虽说大雪早已停了，可半尺多厚的积雪，却透着刺骨寒气，北风呼呼地卷起积雪，劈头盖脸向我们扑来。夜幕降临了，怯意和寒意一起向我们逼来。在空旷的雪野里，我们唱起了平时最爱唱的歌:《卡秋莎》《小路》《在那遥远的地方》《三套车》《山楂树》……一路唱歌壮胆，匆匆赶路驱寒。回到连队时，我们都成了憨态可掬的大雪人，但那时的我们，心情却是那么的愉悦。

　　还有一次是我应邀去场部一位北京知青宿舍玩儿，一帮知青饭饱酒足后，情不自禁地哼起了小调。那北京知青关上门，拿出了一把吉他和手抄的歌本，弹起了那首我们当时想听也无处听、想唱也不敢唱的《莫斯科郊外的晚上》，那久违的旋律使我们激动无比，大家竟不知不觉跟着唱了起来。突然，门外传来了敲门声，我们吓呆了，琴声戛然而止。我们有点得意忘形，忘了那是什么年代，忘了我们正处在反修前沿阵地！北京知青赶快藏好我们心爱的歌本，然后佯装镇静地弹起了《远飞的大雁》。

　　敲门声又响了，我起身去开门，然而敲门的竟不是带枪值勤人员，而是一位中年女子。她见门开了，很不好意思地说："《莫斯科郊外的晚上》实在太好听了，许多日子没听见这样的歌，听了我真感动，能再唱一遍吗？"我们松了口气，可在那年月，我们只能违心地说，这儿没有人唱过此歌。她又轻轻央求了一遍，见没有希望才默默离去了。

　　时光飞逝，青春早已渐渐流失，可是那些伴着青春走过的歌，让无数个寒冷而漫长的黑夜，变得美丽动人又富有诗意。现在想起来真可笑，《莫斯科郊外的晚上》等中外民歌怎么成了"黄色歌曲"？记得当年我手抄了两本厚厚的"黄色歌曲"歌词歌谱，这些歌至今我还十分爱听、爱唱。

　　前两年我还自编了一套《我最喜爱的一百首歌曲》，其中就有当年的30首怀旧歌曲。听到这些歌，我的心情就难以平静，就会怀念雪夜唱歌、旱河对歌、抄写歌谱……仿佛又回到那使人难忘的苦中作乐的岁月。现如今，虽然家庭影院、组合音响、卡拉OK，想看啥就有啥，想唱啥就有啥，反而觉得没什么情趣了。

静静听敌台

宿舍里最惊险的"猫冬"寻乐是听广播。20世纪70年代，境外电台的华语广播叫作"敌台"。如"美国之音""莫斯科广播电台""英国BBC""澳大利亚广播电台"、台湾"自由中国之声"等。收听这些电台只能通过短波收听，并在夜里进行。那时缺乏耳机这样的设备，人们往往需要把音量调到最小，把自己整个头捂在被窝里，把收音机贴着耳朵收听，所以人们称之"偷听敌台"。当时政府严禁收听敌台广播，一旦这种行为因言谈泄露或被人检举，就会被安上"收听敌台"的罪名，轻则没收工具、停职审查、批判斗争，重则戴上"坏分子"帽子，甚至被司法机关判刑。

当年我们下乡黑龙江的农场，根本没有电视、网络，听的广播是场部广播站转播中央人民广播电台的新闻节目，内容千篇一律，非常枯燥，于是人们把视角转向了小型轻便的（晶体、半导体）收音机。收音机在那个年代是很难普及的，因为一台半导体收音机，得花费相当于两个月的工资。这样的"奢侈品"对一般的人来说，是可望不可及的。但当时广播的诱惑，不亚于后来的电视和如今的网络。于是有些知青回城探亲，宁愿省吃俭用，也要置办一大件——带短波的收音机。我家境不好，每月还往家寄钱，自然这个念头就打消了。

知青探亲带台收音机回到连队，是很风光的事，自然引起一阵轰动。每天晚饭后，他所在的那个宿舍、那铺炕就会热闹起来，这个收音机成为晚上10点前的公共收音机，大家在一起听新闻报道、歌舞转播、曲艺戏剧、电影录音剪辑等。10点一到即收回私有，半夜时分，有收音机的知青就躲进被窝里收听敌台，这时同一宿舍的知青就嚷嚷起来：快，拿出来一起听一下。因为都是知青，于是，就由一人听变成了几人听。一个宿舍一起听敌台，知青并非只关心政治信息，而主要是娱乐消遣。

苏联台在节目开始前播放优美雄壮的《祖国进行曲》，这首歌曲我们很熟悉，是50年代在中国流传最广、给人们留下印象最深刻的苏联歌曲之一。接着，"这里是莫斯科广播电台，现在开始对中国听众广播……"有一个播音员声音怪怪的，说话有点诗歌朗诵腔，有意无意带着很短的"啊"字音，听口音好像是中国人。

台湾台的男播音员声音有点干瘪，女播音员的声音有点妖，"大陆同胞……"讲话的声调与我们每天听的广播明显不同，节目其间播放流行歌曲，大陆称之小资情调，靡靡之音。

记得当时澳洲台播的广播连续剧《小城的故事》，我们听到一首极好听的歌曲，那感觉甭提有多美了，还有《千言万语》《海韵》等作品，让我陶醉其间。后来我才知道，唱那几首歌的人名叫邓丽君。我那时候胆子小，特别是刚加入共青团。有一次，我好不容易从一外地知青那里借了一台"熊猫"牌收音机，说好用一个晚上，这在当时应该是关系不错的才能做到。我把收音机用一块枕巾包好，放在被子中间。出于好奇，也是出于害怕，一直等到夜深人静，宿舍内一片漆黑时，我才能头埋在被窝里面，悄悄地打开收音机，不知道是收音机欺生，还是我过于紧张，手在短波频道中来回拨动，声音一会儿有，一会儿滑走，费了老大劲就是找不到电台。后来想起那知青告诉我，什么台在短波什么区间，我把已准备好的手电筒打开，果然很快找到了莫斯科电台，好一阵高兴。突然，听到宿舍门"吱"一声响了，一道手电筒灯光闪过来，进来一个头带皮帽的人，坏了，是连长来查铺了！我迅速地把收音机压在身子下面，一动都不敢动，眯着眼睛装睡。也许连长真的没听到收音机声音，他环屋照了一圈，居然走了。我这才把头伸出被窝，一头的臭汗，长长地呼了一口气。在确定连长不会再来后，在手电筒的协助下，这会儿找到了台湾《自由中国之声》传来的清晰的夜半歌声：美酒加咖啡，一杯又一杯……听得我心潮起伏、如痴如醉。但决不能大意，我把声音关到小、再小，小到在被窝里面能听见，被窝外面听不见，小到把收音机喇叭贴到耳朵能听见为止。我不知道那一夜什么时候才睡的……

听敌台，让我们多了思维材料，多了看世界的角度，也让我们有幸听到苏联歌曲、西方古典音乐，还有中国传统戏曲、港台流行歌曲等，这在那个文化生活枯燥的年代，可谓雪中送炭，也是艺术享受。我想，听敌台与唱黄歌、手抄本一样，本意不在渲染所谓"反动"，而在表达某些禁忌造成的荒谬，以及给人们带来的精神伤害和人性扭曲。

偷偷手抄本

知青宿舍里最有收获的"猫冬"寻乐是看禁书。"文革"期间，报刊多半停刊，出版几乎停顿，造成严重"书荒"，人们"精神食粮"匮乏。但读书又是最重要、最能消愁解闷打发时光的手段。没有功利，没有目的，只是为了找乐子。这种读书境界，后来再也找不到了。

大环境确实很不好，小环境没那么糟糕。表面上知青没啥书可读，书店里货架上没啥书卖，但实际上一直找机会读书，于探亲时或多或少往回带。大家都是逮着什么读什么，我居然也读了不少书。比如，红色经典小说"三花"（《苦菜花》《迎春花》《朝阳花》），以及著名小说《林海雪原》《暴风骤雨》《山呼海啸》等等，还有久读不厌的四大古典名著。在那个苦闷的灰色日子里，众多在地下流传的、破破烂烂的、常常是没头没尾的、连书名都看不清楚的"文革"前出版物，成了我们追逐的目标，也是我们精神生活的来源，其中也包括颇受青睐的苏联小说。

尽管当时中苏交恶，战争阴霾笼罩边境地区，但我们却将阅读目光聚焦数量众多、丰富多彩的苏联小说和回忆录。比如，高尔基自传体三部曲（《童年》《在人间》《我的大学》），以及著名小说《钢铁是怎样炼成的》《静静的顿河》等等，还有描写侦探间谍战的书籍，和书架上的导师著作交相辉映。好似伏尔加河上的点点灯火，穿过俄罗斯原野上的白桦林，向我们扑面而来，给了我们精神的满足，那是我们在暗夜中成长的灯塔，也是我们抹不掉的印记。

当时是一个书荒的年代，知青们都以能猎取书为荣，然后在知青中互相传递。处于当时的政治环境，这些"禁书"当然要冒险传阅，偷偷快读，拿到书后，立即套上书皮，以便使阅读安全些。传阅时间要非常快，通常约定一本书在手上逗留不超过两天，除去干活开会等，在不足30个小时的可读时间里阅读几十万字的大书，感觉精疲力尽，但又乐此不彼。即便如此紧张，我还会挤出点时间，在夜里、在手电筒下悄悄将书中的精彩段落、妙言佳句抄录下来。可以肯定，即便是在禁锢得最厉害的"文革"时期，人们对文学还是有一种强烈的需求，当时的文学作品作为历史文本的价值是不容抹杀的，为了能读到"禁书"，为了能看到手抄本，可以说我尽己之力，不论是财力或人力，在所不惜，讨好有书者，这些付出，小恩小惠，现在想起来难以挂齿。

在千方百计追逐出版书籍的同时，也钻山打洞寻觅"文革"手抄本小说。记得当年在民间广泛流传的有悬疑恐怖、刑侦推理故事的手抄本《福尔摩斯探案集》，还有被列为禁书的《第二次握手》，被公安机关认定黄色淫秽而查抄的手抄本《少女之心》等。读"文革"手抄本，是冒险行为。尽管如此，人们还是都敢冒这个险，青春期的种种渴望，是怎么也禁锢不了的。于是，手抄本的口口相传，甚至笔笔相传，通过各种路径被传送到了更大的范围。

在70年代，爱情是严重的违禁品，性则尤甚。就是在这样的时代，手抄本《少女之心》（又名《曼娜回忆录》），在民间广泛流传，甚至引起了轰动，成为人们心中隐讳而又心生悸动的青涩回忆，也承载了一代人的性启蒙集体记忆。当年全国围剿"文革"手抄本，并没有让《少女之心》的流传受阻，反而让更多的人知道了这本书，有很多人急切地想读到它，读到后又秘密地传抄，有的甚至为此手都抄肿了，也在所不惜。

我是在 1975 年初回温探亲时才第一次看到《少女之心》手抄本，第一次看到对性爱场面的大胆描写，第一次感觉到对性爱的萌动。仅是一些用类似日记体写成的青春回忆，以及《少女之心》流传前后的生活原景，文笔略显生涩。这让我意识到，之所以在后来的众多版本中出现了内容各异的性爱描写，可能是在传抄的过程中，被不同的人加入了个人的感受和想象，加上了"黄色"的佐料而已。

"文革"手抄本小说，在天寒地冻中暗流涌动，原汁原味解读了当年"文革"时期人们的生活状态，人物的思维方式也深深打上了当年的烙印，其叙述方式和语言风格透着朴实和简单，然而其情节却像无数民间文学一样，本能地抓住了人性中美好和邪恶的一面。

现在想起在北大荒"猫冬"寻乐，实际上也是有益身心健康的活

2008 年与哈尔滨战友联欢

动。人们"猫冬"寻乐时，既能获取信息、拓宽知识面，也使自己的心理产生各种奇妙的满足感，还使人广交朋友，消除一个人的孤独感。"猫冬"寻乐可以摆脱忧愁、委屈、烦闷和急燥等情绪，从而消除不良心理因素，保持良好心理状态。冬天，漫长的冬夜，就这样在苦中作乐中，一天天被打发走了。冬去春来，我们又迎来了繁忙的春耕春播。

我的大学梦

工农兵大学生（又称工农兵学员），特指在"文革"期间进入高校学习的学生群体。1970年6月，北大、清华的招生试点，废除考试制度，实行"自愿报名、群众推荐、领导批准、学校复审"相结合的办法，招收工农兵学员。1972年春，北大、清华的招生试点经验在全国高校大面积推广。1973年提出"在政治条件合格的基础上，要重视文化程度，进行文化考查"。这种"推荐制"招生模式一直延续到1976年。

实话实说，当时对于废除高考制度，实行推荐上大学，其政治性我还从未去思考过。对我来说只是一个机会，既可涉入大学深造，也能走出农村返城，回家之路犹可望及。我是幸运的，团部上报榜上有名；我又是不幸的，师部政审没有通过。我犹如坐了一回过山车，又好像从天堂跌落地狱。

如果说，令人震撼的林彪事件使我初步悟醒到阶级斗争的复杂性，击碎了我的盲目崇拜心理，而改变了幼稚行为的话，那么，令人惊愕的政审告知，破碎了我的大学梦，事有彻骨之寒，人抱伤心之痛，更是动摇了我的人生观、价值观。这是一段非常痛苦的回忆，真的是一场火与血的洗礼、生与死的考验了。

追　梦

　　1972 年夏，全国高校分别招收工农兵大学生。返城、上学，这对千百万生活在农村的知青是一个极大的诱惑。说句公道话，别的地方推荐上大学的状况，我不敢妄加评论，我所在的连队，推荐招生工作比较民主，也算是公开、公平、公正。通过知青自我报名、班排评议，推荐出来的人员，多半是政治条件好、家庭成分也好、工作表现突出、身体状况健康的知青，并由连部集中，上报团部审核，再报师部批准，然后由学校发入学通知，即可报到上大学。

　　我从小就向往上大学，迈进大学这座神圣的殿堂里，对大学有着一种崇敬感、神秘感。此时全国公开的推荐招生，又重新燃起我那因下乡而熄灭的希望，也是我光明正大地离开北大荒、理直气壮地离开黑土地的梦想。这在当时来讲，是一条知青直接或曲线返城的黄金通道，多少的知青做梦都想离开北大荒而苦于没有通关门路，因为条条大路通"罗马"，都有层层"重兵"把关。其实，我也想试试，既可进入大学深造，也能走出农村返城。一举两得，何乐而不为呢?!

　　从 1972 年开始，每年都有 1 至 2 个名额的知青离开连队，正常的上学手续、变相的返城之风，悄然流行起来，凡有能耐的知青都开始积极地准备，拼命地复习功课，为自己打好基础。1973 年，我的老乡邵金清成功突围，被推荐到天津大学化学系读书。对我来说，既是榜样和鼓励，也产生了动力与信心。在某种角度来说，更加催化坚定了我要上大学的梦想。在欢送邵金清上大学时，他对我说："国光，你有希望上大学的，要努力啊，明年再冲刺。"

　　我暗暗咬紧牙关，下定决心，一定要更加努力复习功课，因为我毕竟还是有点基础的。下乡几年来，我较早入了团，多次被评为"五好战士",参加团部的"双代会",在连队老职工知青中有较好的口碑,为我争取上大学打下了较好的基础。我反复掂量过自己,自信上学是有希望的。世上无难事,只怕有心人。有榜样的力量,有好友的鼓励,我心里有了目标,便下定了决心,也常自加压力,一定要争取离开北大荒,走进象牙塔。当时有句话说得好:井无压力不出油,人无压力轻飘飘。我自己的想法多次写进日记,把压力转化为动力,给自己鼓劲、加油。

从此,我就铆足了劲,跟换了一个人似的,工作倍加努力,干活更加卖力,任何时候样样工作干在前面,苦活累活重活脏活抢在前头,做的比别人多,干得比别人欢。修水利大会战时,别人都在休息,我却抡起大锹继续干,挖的土方量比别人多,永远有着争第一的概念。农忙场院干活时,我决不去干灌袋、掇肩的活儿,而扛麻袋挑装得满的,咬着牙晃晃悠悠地走上三级跳板。秋天沤麻浸渍中,我毫不犹豫第一个跳进冰冷刺骨的水坑中,冻得浑身发抖,也毫无怨言不退却……尤其是下班业余时间,充分利用我的优势,即当年为生存在温州走街串巷时学的手艺,主动帮老职工、知青补鞋、理发等,很受人们的欢迎,自然也为之叫好。

圆　梦

为了圆上大学的梦,我的动机很明确,目的也毫无疑问,是为了增加人们的好感,博得更多人的支持,为上大学加分。坦白地说,我这完全是存有一种私心,私字作怪,也是一种扭曲心灵的表现。毫不夸张地说,那年在我这一辈子中,是活儿干得最多的一年,也是领导表扬最多的一年。我的所作所为被大家肯定,说是温州知青能吃苦,也最能干,个个都是好样的。当然也惹来不少人讥讽挖苦,暗里传出一些风言风语。比如说:应国光这小子在表现自己,肯定是为了上大学,离开北大荒。有一点"吃不上葡萄说葡萄酸"的味道。

我时时告诫自己，不听蝼蛄叫，还得种庄稼，重在自己好好地表现。在这一年中，争强好胜的我累得腰酸背疼，使尽了自己"十八般武艺"的能量，尽量表现自己的优秀。谁能知道，我却因此落下了终身的疾病：一是慢性胃病，二是风湿性关节炎。是天意体现，还是因果报应?! 其实，这就是人生的奥秘——有得有失。难怪古人云：祸兮福之所倚，福兮祸之所伏。

功夫不负有心人。我的努力终于见效了。1973 年末，我又获得了个人先进、班组也获集体先进，并参加团里"积代会"，颇感骄傲，好不风光。心想，在推荐上大学的名单里，我肯定是头一个了。

果然不出所料，在 1974 年，我连推荐知青上大学的角逐中，我高票胜出。在得知此消息时，我高兴得差点掉下眼泪来，我终于有出息了，我终于有出路了！连队上报团部后，不断传来喜讯：录取我的学校是北京第二外国语学院或中国科技大学；团部一切手续完毕，已上报师部批准。

那时的我，面对着即将到来的大喜事，一边是按捺不住的兴奋，一边就是内心焦急的等待，总觉得时间过得太慢太慢了。我使劲地按住狂跳的心窝想平静下来，脑海里充满未来美好生活的期待与向往，闭上眼睛就会幻想——怀着对学校的憧憬、对老师的敬仰走进校园。我开始准备告别活动的仪式，为临别留言打腹稿，又连夜写信告诉父母，让家人分享喜讯。

尽管过早地为自己准备庆贺和告别，但等待中的焦虑情绪毫无缓解，反而不断蔓延开来。学校那张录取通知书迟迟不见身影，连部那台吵闹忙乎的电话，也是不闻铃声。每日眼巴巴地翘首以待，望着那条通向团部的公路，看着过什么车、来什么人，焦躁与日俱增，急得抓耳挠腮。

梦　碎

　　一天上午，我像有点预感似的，总觉得哪儿不对劲，但又理不清子丑寅卯。连长让通讯员把我叫到连部来。我喜气洋洋的，以为是上大学的通知书来了，急忙跑到连部。刚进屋，正要开口，却发现连长的脸色阴沉，告诉我："应国光，你读书的事恐怕要黄了，泡汤了。"我一惊，问："咋的啦，你说错了吧，还是我听错了？""没错，听说你的政审在师部没通过。"

　　真是"天有不测风云，人有旦夕祸福"。犹如一声晴天霹雳，将我的耳膜击得嗡嗡作响，我半天没回过味来，蒙了。这不可能，绝不可能，肯定是另外一个"应国光"！顿时我泪流满面，推开门往大荒原里狂奔而去，一阵仰天大嚎。

　　后来我得知，政审没通过的原因，是说我父亲与台湾的人有联系，属于敌特分子。实际上，我父亲是公安局的内线人员，跟台湾人员有联系是在公安局里有备案的，保密档案中有详细记录，属正当的公安局内部管理问题，但在外人看起来好像是跟台湾有联系的敌特分子一样。这样的事在当时是绝对非同儿戏。跟台湾有联系这样重大的事情一旦查出确认，那将要背一辈子的黑锅，而且三代抹黑牵连，三姑六婆受到影响，影响到上学、参军、入党、从政等，也会调离重要部门岗位。

　　我懵了，也慌了，这种事落在我的头上，就等于要了我的命，断了我一辈子的前途。我不知道是怎么跑到团部邮局的，等了几小时终于挂通了温州长途电话。父亲非常明确地告诉我："我绝对没有问题，是绝对清白的，我可以叫公安局打个电话到你单位，证明没有此事。"果然过了几天，温州公安局革委会发来一封电报送到我的手中，大概意思是：XX同志确系我市公安局安排的内线人员，该同志绝对没有政治问题，历史清白。我如获至宝，将电报交了上去，希望团部早一点转到师部，快一点澄清我父亲的历史问题。

原以为最多也只有 10 天就可以解决了，但却半个多月无消息，如石沉大海，杳无音信。地球走着自己的轨迹，太阳照样从东方升起，又依旧从西方落下，黑龙江畔这块地界波澜不惊，连队也没几个人在意我的心情。最后从师部传来最新消息，这封电报不能当作正式的文件来证明这件重大的事情，只有公安局发来的正式公文才能算数。

搬来的救兵不管用，最新消息犹如下达死刑判决书一样，当下彻底切断了我上大学的黄粱美梦。我欲哭无泪，仰天长叹，一脸的无奈无助。我的大学录取资格被取消了，招生也不可能等，名额很快被别人顶替了。命运竟是如此的捉弄我，将我玩于掌股之中。

这是我人生碰到的一次最大挫折、最致命的打击。我自叹命运总在折磨我。自幼两个梦：当兵和上大学，至今两个梦都碎了。1968 年报名当兵体检不达标而泡汤（人高 1.61 米，体重 42 公斤，规定体重不得少于 45 公斤，体检前我知道这个事，那天早上喝了 6 碗粥，肚子撑得像鼓一样，还穿了两件厚的短裤），这次争取上大学政审不过关而砸锅。尽管自己尽了人生最大努力，眼看曙光就在前头，却又遭遇天塌地陷的灭顶之灾。

第二天，指导员找我谈话，叫我不要太难过，今后还有机会的。我强忍泪水，跑出了连部，一阵狂奔，来到南大壕边上的草甸子，一下子倒在草地上，泪水不断地涌出。就这样躲在大草甸子里，狠狠地哭了一整天。我边哭边想，今后我不可能再有这样的机会了。我恨我的父亲，断送我的前程；我恨老天不公平，处处与我作对；我恨世界太无情，将我逼上绝路。我想到了远方的家，想到了我的母亲。

上学之路不通，就彻底断了我通往回家的路。历历往事，浮现在我的眼前。顶替回城已不可能了，因为父亲退休由妹妹顶替接班了，母亲退休由嫂嫂顶替上班了。目前唯一的路是上大学，但在今天这条路也封死了。哀莫大于心死，我彻底死心了，我的心已走了不归路。像我这样的政审不合格的人，今后恐怕不会再有什么机会了，我的前途一片迷茫，空有人生，心如止水。极度的绝望笼罩着我，一肚子的委屈与无奈，任凭泪水在冲刷着，真感到自己似乎走上了世界的尽头。

大草甸子里，蚊子、瞎蠓猛扑过来，美美地享受着免费的大餐。我一动也不动，任凭太阳晒着雨水淋着，歇斯底里地狂叫狂啸，好像那另类的"怒发冲冠，凭栏处，仰天长啸……"一个可怕的念头，悄然爬上我的心头，闪过几天前发生的一件事。那是另一个连一个知青的哥哥因婚姻问题与家里产生冲突，抑郁之中跳进海里失踪了。我想到他，联想到自己，我也想死，一死啥都结束了，千般烦恼化为灰烬。这人到了这种地步，活着还有什么意思呢？死了就可以一了百了。我甚至连遗书都已经打好了腹稿，只等着生命与灵魂分手的那一刻，死有何难，死有何惧！突然冒出了自尽的念头，接着就想最好挑选在马厩，那里夜深人静，上面有大的木梁，绳子一挂就可以了……

重燃生命之光

我望着天空云层变厚，渐渐乌云翻滚，彼此离得很近，慢慢向我压来，似乎要将我吞没。迎面吹来一阵凉风，冷不丁地使我打个寒颤，我的头脑也清醒了许多。猛然惊觉，我为什么要死？我不能死！我若死了，母亲会受到多大的打击？她经受了许多的苦难却不低头，而我却想死，对不起我的母亲。我不禁自问：应国光，你真的是个懦夫吗？你真的就这么完蛋了吗？你21周岁的生日还没过，真的要这么走了吗？转眼间，求生的欲望似乎又占领了我的脑海。

天色渐渐黑下来，身上都有点湿漉漉的，我无力地从草地上撑起身来，慢慢地往连队方向走去。在快到连队的路上，我隐隐约约看见前面有一个人。走近了一看，是我连的女知青。她得知此消息后一直在找我，她说估计我会在这里。她盯着我看，手里拿着馒头、咸鸭蛋和苹果。我抹去泪水，和她坐在大路的水沟边。那晚她用尽了世界上最温柔的言语抚慰我，抹平我内心的伤痛。我一直无语，直到深夜。但我的心里已经燃起生活的希望，为了母亲，也为了……

我咬咬牙，恨恨地回到连队，换下湿衣服后，钻进被窝倒头就睡。别人用异样的眼光惊奇地看看我，我一概不理会，一夜无事。在那些异常痛苦的日子里，我难以用语言来描述我是如何度过的。我白天强打起精神，拼命地干活，用劳累来麻痹自己的神经，使之暂时忘掉痛苦；晚上倒头就睡，尽量不想这件事。然而失败、沮丧并非是你想忘就忘掉的。特别在晚上，事与愿违，如影随形，根本难以忘怀，一直在纠缠着我的心灵，想把它忘掉真不容易。如果说我下乡北大荒是磨练的话，那么上学这件事是磨难。我像是遭受了一场灭顶之灾难，承受了肉体痛苦与心理折磨。这是我人生旅途上最大的一次挫折，所经历的那段极度痛苦与最受煎熬的日子，用"孤立无助、极度绝望"八个字来形容也毫不过分。

没多久，我连两位上大学的知青临行前夕也过来安慰我。这反而加剧了我的情绪波动，更加刺激了我那受伤的心，不禁又默默流泪，痛哭了一场。看着他们满面春风地告别走人，欣喜若狂地去大学报到了，我的心却如刀割。指导员也来了，劝说开导我："应国光，老实告诉你，这一次不能上大学，不能说明年就不行。上学的机会还会有的。你不振作起精神，别人就会认为是借读书的机会回城，离开黑土地，思想意识不正确。你不是想入党吗？就凭你这样，党组织会要你吗？党员如何做榜样，你应当知道。不能正确对待这件事，你上学动机不良，就是一个逃兵，政治生命也许就此结束。你要服从组织安排，扎根边疆干革命。"

听完指导员这段话，同样也刺激了我，令我震惊不已，甚至有点害怕。我像醍醐灌顶，猛醒过来。是的，要打起精神来，我不能就此沉沦，不能作践自己，不能就此结束自己的前途。

我不能忘记，在那段我人生最黑暗、最痛苦的日子里，使我重新燃起生命之光的精神支柱还有她，一位善良的好姑娘。

是她，在我极端孤独、悲痛欲绝的时刻拉住了我，在没有公开恋情的情况下，暗地里多次苦口婆心地开导我，给我心灵的安抚，重新支撑起我即将丧失的信念。

是她在那段时光里，给予我最细心、最体贴的关爱。有几天我病了，她急得像热锅上的蚂蚁，比自己亲人得病还着急，提醒按时服药、送水煮汤……那段时间，她省吃俭用，却时常给我送来她能买到、她能想办法弄到的营养品和日用品，真是动足脑筋费尽心。

是她，因为连队农忙季节两个月没放假，就装病请病假，给我拆洗被服，说是让我睡安一些。很长时间里，我从未笑过，但那一天我被她这种做法弄笑了。当她看到我笑起来时，竟像小孩一样跳起来，脸上挂满了泪水。

是她，在连队特批我回家探亲的前夜，一定要塞给我一百元钱，说让我回家好好散散心，买点营养品补补身体，这在当地可是她三个月的工资啊！

虽然我们的初恋无疾而终，但在那段特殊的时期，她以自己的全力，帮我渡过那段难熬的日子，是我一辈子也不会忘记的！我会在心里感谢她一辈子！令人痛心的是，她已经永远离开了这个世界。我只能默默地祝愿她，在天国永远快乐！

后来，温州市公安局将证明我父亲清白的公文，正式地发到团里师部，但早已过了招生报到的期限。此时，正值落实"第一次全国知青上山下乡工作会议"的精神，针对有关问题制定了"统筹解决"的办法，报纸广播宣传知青在农村"扎根"的典型人物。兵团部署对知青进行政治思想教育，开展学习扎根边疆的几位模范。比如，吃苦耐劳、铁心务农标兵的鹤岗知青高崇辉，读完大学后回到黑土地上工作的齐市知青郑凤霞，死了也要埋在北大荒黑土地上的宁波知青陈月久……我团也涌现不少先进模范人物，比如，北京青年冷学习成了连里割庄稼能手也甘拜下风的"飞刀手"，天津知青单积平好学上进而担任了农场党委常委……知青榜样给我力量，我要向他们学习，和他们相比，我太渺小了，我的思想境界太低了，要入党就要狠狠斗私批修。《兵团战士报》反复宣传模范知青"热爱边疆一团火，扎根边疆无二心"的光辉事迹，鼓励大家向他们学习。在这种情况下，我的思想波动的风浪便渐渐平静下来，逐步恢复到从前的那种状态。

为了安抚、鼓励我，连队特批了我的探亲假。我再一次回到了故乡，这也就是我重新起步的动力，重新崛起的起点，心情很不平静。父亲有了很大的转变，特别关心我、关爱我、心疼我。在对我上大学问题上，感到十分内疚，表现出一个父亲的温柔和怜爱。母亲在为我办"边迁农"的事依旧努力着，继续奔波着。舅舅悄悄地告诉我母亲上次脸上伤痕的来历，我这才知道这件事的来由，才知道母亲为我"边迁农"的事，曾在鬼门关边走了一遭。为了她的儿子能调回故乡，不惜自己的生命，表现了一个母亲伟大的母爱，无私的奉献，有一种强大的力量。

我也是一个非常好强的人，把不公正的遭遇当成锻炼的机会，决心要闯出一条自己的路，给他人看看，我不是孬种，也是当当响的男子汉。我已经彻底地醒悟了，我不能再把伤悲记在心里，挂在脸上，带给家里。他们已为我操够了心，尽最大的努力了，我要自己努力，证明我是个强者。我提前打点了行李，登上了北上的列车，义无反顾地回到北大荒，准备大干一场，干出个人样来，让大家瞧瞧，更是向自己发出挑战，与命运抗争。

从追梦直奔圆梦，从梦碎再回到再次掘起，这就是我生命里一段跌宕起伏的岁月。经受冷酷的考验，经历苦难的磨炼，我从此渐渐地走向进步的起点。回想当年，我深感欣慰，走出炼狱，回到熔炉，认为自己还是经得起考验。人生不可能只有平坦的道路可走，它有弯道、急流、险滩，道路是曲折的，前途是光明的，问题在于自己能否把握成功在"再坚持一下的努力之中"。与死神擦肩而过是一种幸运，也是我对生命挑战与生活锤炼的一次过程。

聪明不等于智慧，学历不等于能力，这还得看人有无潜能的伸缩性，能否勤能补拙。成功往往青睐思想活跃而有后劲、有潜力之人。我次年就学 2 师"五·七"大学，返城以后，就读浙江银行中专学校、中

1975 年和"五·七"大学同学在罗北县城合影

央党校本科。我相信知识必有用武之地，懂了自然科学蕴念的哲理，就会发现它原本并不独立，而与人性为一体，我们诸多伦理来自于它的启示。

没有寒风的洗礼，哪有万紫千红的春天？没有辛勤的耕耘，哪有果实缀满生命的枝头？

青青旱河

    1969 年春天，我下乡到黑龙江畔江滨农场的新建连队，在旱河两岸度过了 10 年青春时光。光阴荏苒，那 10 年在人生岁月里所占的比例越来越小，但在我记忆里所占的比重却越来越大，以至于到了魂牵梦萦的程度。

    1993 年初访北大荒，再次踏上黑土地，思绪万千，感慨无限，我曾写过一首小诗："魂牵梦萦过旱河，十五春秋思几何。今日重回江滨地，此生无憾吟新歌。"而如今说起第二故乡，不曾忘记的地方，依旧是旱河。2016 年夏末，我又一次来到江滨。笠日清晨，我独自徒步，来回 20 余里地来到旱河边，晨光中的旱河依旧美丽迷人，我在河边足足呆了两个多小时，久久不愿返还。

    就旱河而言，背景是完整的，记忆是破碎的，细节是清晰的，感受是复杂的。我的情感与旱河纠葛在一起，我的记忆与旱河交织在一起。忆往昔，我与旱河相伴的日子，渐渐清晰地浮现在我的脑海里。

旱 河

    旱河，是一条天然的黑龙江溢洪河，西起名山农场于海桥江通，向北接黑龙江，向东与肇兴乡五马架泡相连，直到"大亮子"入黑龙江。全长 45 公里，场区 25 公里。旱河弯弯曲曲，在江滨农场流经 9 个连队，长 25 公里。阳光下的旱河闪着粼粼的水波，清清亮亮地向东流去。弯弯曲曲的旱河南岸，是一道几十公里的长坡岗，高约五六米，形成了旱河的自然堤坝。有人管它叫"河坎儿"，坎儿南，坎儿北，一高一低，又叫"坎儿上，坎儿下"。在"坎儿北"遥望这道蜿蜒的堤坡，越看越像一条苍龙。坡顶上密密的林带，恰似龙的背鳍；河沿茫茫青草，在微风中此起彼伏，犹如滚动的龙身；岸边片片绿叶，在艳阳下闪光耀辉，更像碧玉般龙鳞。如果赶上旱河水涨，堤坡半坡半露，确实像一条青龙静卧水中。然而，当我们这些初来乍到的知青好奇地问及"老龙岗"的由来时，江滨"老三屯"的老人很少谈及这些自然景象的想象，却煞有介事地渲染着一个美丽的神话故事。

传说很久很久以前，黑龙"秃尾巴老李"被小白龙打败，栖身黑龙江，选中这静静的旱河水域，养精蓄锐，以利再战。过了七七四千九百年，黑龙元气恢复，尽带着旱河之水腾空而去，寻到小白龙与之苦战三年，终于取胜，凯旋黑龙江。为了感谢休养生息之土，黑龙在它原来卧过的河岸上蜕下了一层老皮，让其积沙土、生草木，形成一道长岗，以拦洪水、挡风雪，造福于本地。这道岗被叫作"老龙岗"。又因黑龙与小白龙交战时把水带走，河中三年无水，这条河被称为"旱河"。

1969 年 3 月 2 师 10 团新建 10 个农业连队，其中在旱河北建 1 连、2 连、3 连、4 连、5 连、19 连等。我被分配到新建的 4 连。因地势低洼，多雨遭涝灾，1970 年 3 月，旱河北新建 4 连、5 连撤离，我所在的 4 连迁移到团场部南边 18 连西 3 公里处建 21 连。

美丽旱河

团部通行旱河北岸的几个连队时，都必须要经过旱河桥——一座木结构的桥。当汽车、拖拉机开上桥面时，都会发出嘎吱嘎吱的声响，令人提心吊胆。不过，虽说木桥陈旧，桥面声响，甚是吓人，但木桥立柱构建牢靠，当年从未曾发生桥塌车翻。后来，由木桥改建为水泥桥了，那过桥的声响依然记忆犹新，甚至成了一种念想。

我们站在旱河桥上四下张望，大荒原在阳光下，迷人的风景如画，尤其是春末夏初的景色最为美丽。堤岸守护着蜿蜒曲折的旱河；坡顶小树林枝繁叶茂，郁郁葱葱；河边水草丛生、岸柳成行；庄稼地、草甸子连成一片，如一床厚厚的绿毛毯，平铺在大荒原上。风儿徐徐吹来，绿茵微微波动，蓝天莹莹飘云，水面粼粼闪光，旱河清清流淌，令人赏心悦目。

每当春风阵阵，吹绿了一河春水，吹绿了旱河流域，我喜欢黎明即起，极目眺望。广袤的湿地泛着潋滟的水光，笼罩在一片雾霭中，老龙岗在晨雾中忽隐忽现，不知远近。岸边的芦苇丛中，有时会飞出野鸭，掠过平静水面，激起串串涟漪。离岸不远处，有一两只苍鹭，见它伸长脖子，全神贯注地盯着水中流动的鱼儿，随时准备出击。芦苇深处，隐隐传来几声不知名鸟儿的鸣叫声，那样的动听悦耳。河里生活着鲫瓜子、大鲤子、白漂子等，忙活在水草丛中吹汛交尾，还有河虾、河蚌、河螺等，分享赖以生存的自然条件……多少次，在梦中，回到这个地方。

在我的梦境里，经常还会出现这样一幅画面：清晨，天刚放亮，近处大草甸子里，弥漫着一层乳白色的薄雾，在微风中缥缈不定，时而卷起，露出一片青青的草儿，时而聚拢，像一位白衣素裙的仙女。远处雾海的上方，现出一条朦胧的龙影，背鳍挺立，静卧其间，忽隐忽现。天地乍亮，到处洒满金黄色阳光，晨雾在阳光的追逐下渐渐退却，那龙影清晰地现出原形，原来是一道孤独地屹立在草甸子中的沙土岗，在田野草甸的包围中，显得那样与众不同、孤傲不群。

老龙岗，是因为自然，也因为传说，绵绵几十公里，数米高的土岗与旱河作伴，还有沼泽水泡子比邻，为野生植物的繁茂提供了得天独厚的生长条件。岗坡上树木有杨、柞、桦、柳、榆等形成一块块混叶林。林间柳条、苕条、榛材等组成了一片片灌木丛。土坡草地里长有大小叶樟、三棱草、羊草、芦苇，还有桔硬、百合、芍药、车前子、艾蒿、大钊、黄芩、防风等十几种中草药。树根草丛中生有榛蘑、草蘑、油蘑、花脸蘑等食用菌类，给人们带来口福。遍地野花五彩缤纷，从春天开到夏天，黄花菜、红百合、白芍药……风吹花摇心随动，空气中弥漫着醉人的馨香。入夏，走进荒草甸子，将野黄花骨朵撷回，用开水滚烫一下，与肉丝或鸡蛋小炒，就是一盘绝妙的草甸风味菜。入秋，走在长满榛材棵子的漫坡上，一会儿就可拎回一袋榛子，剥去青衣，丢进嘴里，马上就变成让人惊喜的一个个欢快蹦跳的音符。

繁茂的植物为野生动物提供了充足的食物和良好的栖息环境。"棒打狍子瓢舀鱼，野鸡飞到饭锅里"，是 50 年代中期老垦荒生活的真实写照。60 年代末期，知青下乡时，旱河流域飞禽、水鸟还有几十种，见得最多的是麻雀、燕子、秋雀、喜鹊等，野鸡、野鸭、苍鹭在此比邻而居，大雁等候鸟来此落脚歇息。我们有幸见识的野兽有狼、狐、狍子、野兔等。

旱河流域，俨然一个良好的小生态系统。旱河在江滨人心目中，是一种标志，也是一个部落，还视为神佑。当人类的贪婪让林木越来越稀少的时候，江滨人却从未在老龙岗砍伐树木，直到我们来到江滨，它仍然完好无损地矗立在那里。我们远眺老龙岗，走近旱河，它是那么美丽，那么神圣。

夏日旱河

知青下乡到江滨，连队里有大宿舍、大食堂，却没有一间浴室。初来乍到的城市知青没地方洗澡，觉得很不习惯。后来到团部，有商店、招待所，也没找到洗澡的地方，就觉得纳闷了。一打听，说是百里以外的县城有个澡堂子。然而，知青上一回县城谈何容易，洗澡便成了一种奢望。于是，收工回到宿舍，只能打一盆水擦巴擦巴。

初夏的旱河，知青们认为是天然的游泳好场所。太阳晒着大地，人们干活干得汗流浃背。中午休息的时候，就相约去清凌凌的旱河游泳。下河试水才知道，表面水有点热，底下却冰凉如井水，凉得微微地刺骨。河水清澈透底，连河中游动的鱼儿都能看到。如此清澈的河水，对人诱惑和刺激太大了。谁不想痛快地在河中畅游，到中流击水呢？但面对着冰凉的河水，就像初下游泳池不敢去深水区，大多数人选择在河边扑腾几下，权当洗澡玩水。

年轻人血气方刚，自有不服气挑战的，也有下本钱打赌的。记得有一次，已经进入6月初，我们一帮知青从团部回来，走到旱河边，看到清清旱河水，心里痒痒，就有人挑逗"谁敢下河游到对面，我给午餐肉罐头一个"。奖励确实诱人，众人跃跃欲试，但有两个人刚下水觉得河水冰凉，实在受不了便退了回来。其中一个自言自语道："下河游不到对岸，脚一抽筋等于送命了。"又有人建议在原先一个罐头的基础上再加一包"迎春"烟。俗话说，"重赏之下，必有勇夫"。马上就真有一个勇夫出现了。在众人的欢呼声中，战胜了旱河游到北岸，但上来时，嘴唇发紫，全身哆哆嗦嗦。大家欢呼："乃堪称浪里白条，更是拼命三郎。"

进入三伏的旱河，无论是农工、机务，还是放牧人，旱河就是天堂。天是蓝蓝的，时有白云飘过，地是绿绿的，时有花儿摇拽。徜徉其间，岂不美哉？有时甚至异想天开：天当被地当床，来个裸身日光浴，反正也没人看见，那是多么的惬意！日光浴完了再滑入旱河中，与河水来个亲密的接触，更是舒服万分了。当夏天的太阳正在头顶晒着的时候，向远方眺望，只见大地热浪翻腾。定下心来，有时还能看到仅仅几秒钟发生的海市蜃楼情景，使人产生幻想和联想，其美景留在我的脑海中。

夏天的旱河，最美的时刻是在夕阳西坠的时刻。红红的圆球挂在远处天空，在缓慢起伏的岗坡的映衬下放射出万道霞光，映红了西边的天际，也映红了妩媚无比的旱河。在晚霞的映照下，旱河已经变成时隐时现的金色的带子，闪闪发光。我们就是在这样的一幅美景下三五成群地来到这里，脱巴脱巴就到河里扑腾，洗澡撒欢，卸去一身的泥垢，更卸去一身的疲劳，在满天的霞光映照下舒舒服服地返回连队，睡觉会很快进入梦乡，为第二天的辛劳积蓄力量。

快乐旱河

旱河洗浴的好时光，毕竟是短暂的，我们更多的是相约旱河堤岸上。习习晚风裹挟着庄稼地、荒草甸的气息飘飘而来，这是一天中最令人惬意的时光。知青三五成群来到这里，诉说自己的心事，捧读家人的来信，哼唱中外的名曲，吟诵喜欢的诗歌……在这里，既有回顾和诉说，也有理解和困惑，更有思念和想往。

当年，二三十个农业连队，撒落在江滨大地旱河两岸，人们在那里日出而作、日落而息。外面的世界很是精神和丰富，而我们的生活如此无聊和枯燥。于是坐在河提下，聊一部放了又放的老电影，读一本翻了又翻的老小说，说一个讲了又讲的老故事，哼一首唱了又唱的老民歌，侃一顿东北吃不到的美味佳肴，谈一回永远说不完的童年话题，捧一封永远读不够的家里来信……虽说是一次又一次的"精神会餐"，但我们心里依然是那么的兴奋。于是，让离家伤痛沉淀，把沧桑留在心底，精神会餐融化成生活氛围，从而面对人生的各种挑战。

"西边的太阳就要落山了，微山湖上静悄悄，弹起我心爱的土琵琶，唱起那动人的歌谣……"我们几个好友相聚在旱河的河堤上，用歌声贴近我们的心扉。有人拉二胡，手指娴熟地在弦琴上滑动；有人吹口琴，舌头随着节拍的运行拍打音孔；有人吹笛子，口风细如针发出透亮的音乐。人们把未来的憧憬和知青生活的艰辛苦涩，都融入了高低起伏的旋律。伴着琴声、笛声与和声，有人唱起那忧郁的歌谣，有人唱起那高亢的歌曲，嗓音带着感情的色彩，把朦胧的夜色穿透。躁动的年华，渺茫的青春，都写在彼此的脸上。曲终人散，歌词还在我们心中徜徉："一条小路曲曲弯弯细又长，一直通向迷雾的远方。我要沿着这条细长的小路，跟着我的爱人上战场……"

每次我站在高高的旱河堤上，面对黑龙江，都会使我想起遥远故乡的瓯江、温瑞塘河、九山湖。这不，滚滚黑龙江，放眼放去，江岸上林木葱茏，荒草漫漫，脚下的江心黑森森坦荡东去；滔滔瓯江，干支流呈树枝状分布，大多与山脉走向平行，滩多弯急，奔腾不息东流汇入东海。江滨母亲河旱河干渠水系密布，弯弯曲曲长几十公里，蓄水灌溉农田；鹿城母亲河温瑞塘河支流纵横交错，大大小小数百条河道造福百姓。旱河流域水生植物繁茂，风光秀丽，令人难忘。温州九山湖，湖水安静祥和，湖畔杨柳轻扬，小时候在九山湖边和一帮小伙伴在湖里摸鱼钓虾，游泳玩水、打水漂，留下许多美好的记忆。

相思旱河

古诗曰：家书抵万金。到了黑龙江之后，知青思念故园记挂亲人更加强烈。每日里翘首企盼远方的家乡亲人早日给我寄一封信，以解心中的孤独、寂寞与苦闷，失落的心灵能得到安抚。

我这个人从小开始就特别恋家，特别想念万里之外的家人，但我的家书，是我去的多、家里来的少。因父亲是硬性人，不大写信；母亲文化低，写信很费劲，有时她写的不满一张纸的家书，我要用半小时的细读带一点推理，才能读懂母亲的信，理解母亲的意思。即便如此，我还是望穿双眼天天期盼家书，期盼母亲来信，因为在当时家书是我唯一的精神寄托啊！

当时通讯不发达，交通也差劲。从温州到江滨的信，要在路上走七八天，转送到收信人手上得十来天。通信员不是每天到团部邮局发信取信，因碰到个下雨、落雪、刮烟炮的天气，或者农忙、大会战，还得耽搁几天。通信员是连队最受欢迎的人，当然更受欢迎的是他挎包里的信件。当他从团部方向往连队到来时，下地干活的人远远看到了，顿时整个田间就会欢呼起来，人们扔下手中的农具，飞快地跑到公路上，团团围住通信员，急切询问有没有自己的信件。通信员来不及擦一下满头的汗，望着一双双急切的眼光，拿出信件一一分发。拿到一封书信的人自然喜笑颜开，同时收到两封信的人就会蹦高大叫，比现在买彩票中奖还要高兴。当然没有收到信件的人则脸色由晴直转阴，眼睛里充满着失望。现在的人也许根本感觉不到这种心情，这就是经历与否。

下午收工后，我们来到旱河边，远望西处，太阳正缓缓下坠，晚霞映红了天空。我们坐在河堤上，认真地捧读着家乡的来信，感受父母的嘱咐、亲人的挂念、朋友的问候。一封封感人肺腑的信件，透出浓浓的亲情、厚厚的友情；一片片温情捧在怀里，带着亲切的问候、真诚的祝福；一次次撞击着我们这些游子的心，伤楚的泪珠不由自主地滚落下来，滴在黑土上，洒落在旱河里。

旱河，是我记忆中最美丽的一条河。它那宽阔的胸怀，哺育着河两岸的黑土地，也见证了我知青10年的磨炼和成长的经历，还记录了我在江滨所有的欢乐和痛苦，和我一起度过那些难忘的岁月。每当我思念远方的故乡和亲人时，我会来到旱河边，久久望着南方。清清旱河水淙淙从脚下流过，好像为我释怀乡愁；每当我遇到忧愁和磨难时，我会在夜深人静独自来到旱河边，向她倾述心里的苦恼，月光下的旱河清静无心，似有一股暖流抚慰了我的心灵，每当我得到收获和成果时，我会来到旱河边，阳光照在旱河上，花草怒放，河水奔腾，向东而去，仿佛为我欢呼和鼓励。我记不住有多少次来到旱河边，向它倾诉，为之祈祷！犹如投入母亲的怀抱，感到特别温馨。旱河呀，心中的河，笔下的诗，流淌的歌……

告别旱河

旱河的历史，旱河的存在，使我震撼、思考、初悟，引导我走好人生的道路。我从一个毛头小伙走向成熟、走向成功。在我返城的前夕，我又一次来到旱河，深情地对旱河说："旱河，我要走了，今儿向你告别。今后我遇到困难就会想到你，给我力量，给我信心。10年风雨同行，此一别，再见也难。但我只要有机会回北大荒，就一定来看你。"谁知道这一承诺，竟在告别旱河15年后才兑现。一种难以说清的情感，一种难解难分的情缘，纵横交织在我的心头。

在我返城的岁月里，多少次梦里化境：回第二故乡，旱河养老；包百亩水面，养鱼喂虾；撒一塘荷花，莲藕飘香；盖几间草房，冬暖夏凉；

种几垄蔬菜，绿色营养。闲暇时聚三五好友，把杆垂钓，垄亩躬耕，猜拳行令，开怀豪饮，岂不快哉！梦醒时分，仍闭眼追寻：满屋子会聚老荒友，满墙壁挂上老照片，满桌子摆着野鱼、土鸡、蘑菇、蘸酱菜……

2008 年在旱河河畔留影

话说看电影

我从小就喜爱看电影，温州是个小城市，在我记忆里，那时只有三个室内电影院，即大众、解放、瓯江三个电影院，还有一个露天的灯光球场也时常放电影，但我觉得想看电影很方便，除了学校有计划地组织外，时常和儿时玩伴结伴去看电影，那时电影票十分便宜，几分钱就能买到一张票，去看露天电影时，有时五个人买三张票也能挤进去，还有我家隔墙就是工人文化宫，只要里面放电影，几个玩伴就从我家后面翻过墙进去看，当然就可以逃票了。有时听说郊区（实际上不会超过3公里路程）某厂里放电影，我们也会摸黑而去，看完顶着星光回来，十分快乐，使我想不到的是到了北大荒支边，看电影竟成了一种奢望。

连队放电影

看一场电影在当年的连队生活来说，无疑是在享受着一顿文化大餐，那感觉太惬意了，那滋味太舒服了。因为，那时偏远的农业连队一年能看几次电影呢？所以只要听到今晚团部电影队来连队放电影的消息，全连的男女老少，顿时欢声雷动，兴奋得不得了，如同过年过节一样开心。太阳还没有下山，就有人占地方候场。

看电影对孩子们来说，永远是最重要最来劲的事。孩子们早早地搬凳子、挪椅子，跳跳蹦蹦，叽叽喳喳，抢先占好放映场上最好的位置。电影队放映人员和连队职工忙活支好银幕，恐怕天黑后不方便不赶趟。不一会儿食堂传来锅碗瓢盆叮当声，久违的猪肉的香味，也随风来回飘荡着，直往人们鼻子里扑来。人们猛吸几口过过瘾，连里的人只有闻的份，没有吃的福。这是专供特给电影队"大爷们"的。倘若招待不好，那下一次放电影，恐怕就会遥遥无期，人家不愿来了。想看电影的人都认为这是必须的！

夏天看电影，天刚刚黑，放映场上早已人头攒动了。孩子们东走西跑撒着欢儿，大姑娘小媳妇围堆在一团，对周围邻座评头品脚嘻嘻哈哈。知青则三五成群，随意地站在人群的后面，男知青抽烟唠嗑，女知青交头接耳。老职工家中的老爷们，美美地坐在凳椅上，翘着二郎腿，叭达叭达地抽着哈蟆头烟，呛得周围的人连连咳嗽，连蚊子也躲避三舍，穿逃而去。

风儿吹动着银幕，前凸后凹变了形，像船帆似的随风鼓着。那银幕上的人一会变长了，一会儿变胖了，引来了一阵阵哄笑声。若半途飘来一片乌云下起了雨，就在放映机的上空打一把伞，保护着放映机。雨渐渐大了，场上的大人开始撤退走人，孩子却是那样的恋恋不舍，倒步往回走，眼睛一直没离开银幕上的场景。有的干脆就近抓把草，一头打个结，扒拉开顶在头上挡雨接着看。看电影时，还得遭受蚊子成群结队地轮番进攻，一天24小时上班的蚊子可逮着一把免费的大餐，人们噼哩叭啦地连连拍打，还是防不胜防，难以招架，看一场电影还得付出血的代价。

冬天看电影，则在食堂的餐厅里放映。当然没有暖气，零下20多度。食堂北窗都用砖砌死，并抹上稀泥，封闭得严严实实，南窗也封死了，是用报纸糊住窗缝，双层玻璃窗之间放上三寸厚的锯末子。唯一的透风通道就是大门，而大门也用棉帘子挡风防寒。在室内看电影，最怕老职工抽那些哈蟆头烟。瞅见他们手指间自卷烟的亮点，吸烟时一闪一闪泛着红光，一团一团的烟雾从他们嘴里、鼻子眼儿里冒出来，直窜顶棚后，又回压下来迅速地扩散，屋里烟雾缭绕，就像呆在大烟囱里。

此时屋里充满了又辣又呛的老哈蟆头烟味。看电影的人无一幸免，咳嗽不断，甚至连眼都睁不开。呛得实在受不了时，便将门稍稍开一条缝，只见寒气噌噌地往里窜，屋面的烟气往外逃，两相冲突，难以相融。天气实在太冷了，大伙只得跺跺脚，只稍开了一小会儿，门旁边的人便冻得受不了，又急忙关门。就这样反复地开门、关门，一场兴致勃勃的看电影氛围被骚扰了。在放映机的灯光照射下，腾空的烟雾在空中翻腾，又倒映在银幕上，一场新版的"云雾山中"电影也就这样诞生了。哎！好不容易看一场电影，遭老罪了。

能看上电影就好

连队看电影，特别是偏远连队或者贫穷的连队，一年一般只有个三四次机会吧，而且基本是老掉牙的看了又看的电影，有的都看了好几遍了。不知道是电影太少，或是排片随意，还是招待不周？人们满怀疑虑又敢怒不敢言，因为能看一场电影，已经是我们的最大享受了。这次放过电影之后，不知道什么时候再来放一场。

于是，我们的心里认为，不管放什么电影，能看上电影就好。记得温州有一句民谚"逮住狸猫都是肉"。意思是，捕食动物，要逮体型大的，而狸猫身小肉少，看不上眼；在没有肉吃的情况下，它也算作肉，东西少了，亦显珍贵。看电影也是如此，所以电影队一来放映，我们别无选择，连"新闻简报"等纪录片，依旧投入热情，看得津津有味。说是"新闻"，其实是几十年一贯制的老一套，是半年或一年前的老新闻。

虽说当晚要放映什么电影，我们谁也不知道，就连指导员连长也不知道，放什么电影轮不到连队来选择，是由电影队自行安排的放映。但一旦通知来连队，绝对要热情欢迎，盛情招待。即便团首长下连来，也未必有此待遇。尽管大多是老掉牙、看了又看的电影，人们已经耳熟能详；有些经典台词，若有一个人说上句，必有一群人对下句；有些经典台词，早已在日常生活中反复引用，司空见惯，大家仍然会美滋滋地、津津有味地观看，依旧觉得还是那样的新鲜。

那些年，连队里几乎每个人都是影迷影痴，尽管挨冻、雨淋、烟呛、虫咬，一边是遭罪，一边是享受，绝对很少有人中途离场，倒是每回都嫌不过瘾不解渴。若是来了新影片巡回连队，放映员从其他连队放完影片后再赶过来，大家更是盼望得直伸脖子，哪怕等到后半夜看也在所不辞。

夜奔看电影

我连是新建点，地处偏远条件差，电影队也不太愿上门。可是相距我连几公里外的老连队，几乎每个月都会放电影。我们只要听到消息，便相约伙伴一起赶过去分享。不管白天干活有多么疲倦和劳累，就像打了一针强心剂一样兴奋，电影的吸引力实在是太大了。

最有吸引力的是团部俱乐部，经常放一些生产连队连做梦都看不上的新电影——其实有的也是老片子，只不过重复次数少点罢了。能看上电影就是好事，想方设法也得看一场。到团部看第一场赶不上，就看第二场，时间不是问题，因为我们年轻，体力不是问题，都是电影迷。所以不管刮风下雪，哪怕离连队有近10公里远，看电影的劲头，只增不减。

有的电影看过多次，虽觉得没多大意思，但借此机会到兄弟连队与老乡、好友见面小聚，一举两得，何乐不为呢。

有时看电影、聊天结束时，已近半夜，我们带着观影余兴返回连队，尽管肚子饿得咕咕叫，心中却十分愉悦。喝碗热水解饿解乏，伴着困意慢慢入睡。因为多次睡觉太晚，早上有点起不来炕，起床哨一遍又一遍的催促，才勉强打起精神起床。此时牛皮吹不响了，英雄也成了狗熊。

我们到兄弟连队看电影后，一连好几天，兴奋地向宿舍里的人炫耀电影是如何的好看，一次一次穷白话，特别是笑谈新电影，把人真唬得一愣一愣的。其实，张扬是为了遮丑。半夜回连队，麻烦不少，洋相出足：黑咕隆咚赶路，走了不少冤枉路；抄近路走小道，失脚跌进水泡子；困倦犯迷糊，撞上道边大杨树……有一次半夜里，我单人独马回赶路上，偏偏碰见了狼，向前走胆颤心惊，往后退麻烦更大，还好离连队不远了，我拿火点着路边的草，狼见火慢吞吞走了，我好像半条命丢了，那场面真是令人毛骨悚然，至今想来都后怕。

想起下乡那时候，看电影伴着辛酸，伴着苦累，大家都默默地忍了。饥渴和疲惫，都在看电影激情与亢奋中烟消云散了。

如今，我有时会想再遭一回当年的那种罪，体会一下当年看电影的艰辛，感受那种遭罪与享受。觉得是痴人说梦，历史不能再重演，一去永远不复返。

打油评电影

"文革"开始后，文化艺术遭到严重摧残，电影大多被诬蔑为"大毒草"而遭到批判。文艺舞台上陆续推出现代京剧《红灯记》《沙家浜》《智取威虎山》《奇袭白虎团》《海港》，芭蕾舞剧《红色娘子军》《白毛女》和交响音乐《沙家浜》等八个所谓"样板戏"，先后又拍成电影放映，造就了一花独放、百花凋零的局面。后人称之为：八个样板戏，被八亿人看了八年。

20 世纪 70 年代，国内放映的外国电影主要来自苏联、朝鲜、阿尔巴尼亚、越南。虽然都是译制片，但是这些外来影片由于文化背景、审美情趣和地域习俗的不同，也构成了它们各自独特的表述方式、叙事方式以及语言方式，以至在当时人们总结出一个顺口溜评说：中国电影，新闻简报；苏联电影，搂搂抱抱；朝鲜电影，哭哭笑笑；阿尔巴尼亚电影，莫名其妙；越南电影飞机大炮……这是人们对 70 年代影片的生动概括，并因此广为流传。

中国电影，新闻简报。

无论城市农村，昔日电影的"序曲"，曾是集体收看的"新闻联播"。放正片开始前，少不了 10 分钟新闻纪录片，将观众引入观影状态，同时讲述着这个国家发生的最新动态。当时看到的"新闻简报"，印象是几十年一贯制的老一套。

与新中国同龄的"新闻简报"，是一个极为广泛而有效的大众传播渠道。我想，在我们每个人心中，都珍藏着关于成长的记忆，"新闻简报"也是如此，是真实存在过的历史，也有我们这一代人美好的回忆，真希望这些重要的影像资料不被时代遗忘。

苏联电影，搂搂抱抱。

中苏关系恶化，曾经在中国被大力推广的苏联电影也因此禁止引进。但苏联老电影依旧受到人们青睐。苏联电影在男女关系上较为大胆暴露——充其量也就是夫妻拥抱分别、穿超短裙跳芭蕾而已。但这在当时极端禁欲主义盛行的年代，已经是破天荒，看得人眼珠子都要掉出来。

"面包会有的，牛奶会有的，一切都会有的……"这是苏联电影《列宁在 1918 年》里，列宁的警卫员瓦西里与妻子拥抱分别、又互让家里仅有的一块面包时说的，看了很感人。这段经典台词，很快就在知青群体里成为一句流行语，激励人们勇敢地面对困境生存。

朝鲜电影，哭哭笑笑。

"我是个《卖花姑娘》，住在《鲜花盛开的村庄》，是一位战斗在《看不见的战线》上的《无名英雄》，也同情《金姬和银姬的命运》，在《摘苹果的时候》，遇到了《南江村的妇女》和《火车司机的儿子》……"这是印象中朝鲜电影名串烧，也是我们一代人的文化记忆。当时我所看的外国电影中，以朝鲜为最多，场景很美，歌也动听。朝鲜电影文化的确充实了下乡知青的青春年华和情感世界，主人公遭遇和时代背景深深唤起了知青的喜怒哀乐，以及对生活的美好向往和追求。

那个年代讲究忆苦思甜，朝鲜电影更是如此。于是，人们悲喜交加，融入一连串的哭哭笑笑的场面。喜悦中，人笑得前俯后仰的，捂着肚子直叫"妈"，半天起不来；悲痛时，一条手帕不够擦眼泪，泪水鼻涕一把，全抹在手帕上了。尤其超级催泪电影《卖花姑娘》引起巨大轰动，插曲也传唱一时，成为一个时代的标签。记得来我连放映时，全连的男女老少陪着银幕里的主人公，共同流着伤心欲绝的泪水。一起落泪，一同伤悲，抽泣声、呜咽声此起彼伏，甚至盖过影片的对白。可以说，没有任何国家的电影能够在整整一代中国人的心灵深处唤起如此深沉的情感记忆。

阿尔巴尼亚电影，莫名其妙。

提起阿尔巴尼亚电影，我们都会情不自禁地想起一个口号："消灭法西斯，自由属于人民！""墨索里尼，总是有理"等电影台词也一度家喻户晓。虽说那时候的阿尔巴尼亚电影就是这样具有很强的口号性，以及阶级斗争造成人物脸谱化，但充满异域风情的阿尔巴尼亚电影的进入，如《海岸风雷》《地下游击队》《广阔的地平线》《宁死不屈》等电影，无疑让下乡知青眼前一亮。从某种程度上来说，阿尔巴尼亚电影在中国的火爆得益于两国当时的国家关系，也因此伴随着一代下乡知青度过了许多漫长而单调的夜晚。

越南电影，飞机大炮。

　　在那山连山水连水，同志加兄弟的年代，我国动用大量的财力和人力，支援越南进行抗美卫国战争。越南的每一部影片，总少不了越南大炮在怒吼和美国飞机在轰炸，大地到处是一片火海焦土。当时越南电影主要以越战为题材，如《阿福》《森林之火》和《回故乡之路》等，电影里听到、看到的都是隆隆的炮火和呼啸而过的战机。

　　飞机大炮，其实更多的是指当时越南的战争纪录片。有一部长纪录片《铜墙铁壁的永灵》，讲的是永灵地区长期遭受美军的狂轰滥炸，但始终没有垮掉，人们在地道里生活，坚持战斗的故事。据说，这部电影完全是实录，拍摄时许多摄影师殉职。越战结束后，留在那里的飞机大炮默默地讲述着一段历史，一段故事。

　　曾经的时代，就在不久的过去。

回家探亲过春节

临近春节，大街小巷到处弥漫着一股浓浓的节日味道。这味道是大街上红红的灯笼映照，也是售票厅人声鼎沸的喧哗和热闹，这是候车室人气旺盛的汇聚和疏散。如今外来民工的回乡潮，使我想起了昔日下乡知青的探亲潮。回家过年，始终是回旋在每一个中国人心头一声声遥远的呼唤……

很多节日我们可以不过，唯独这过春节，我们过得很认真，过得很在意，也过得很传统。为什么？因为这春节，已经融入我们的血脉，不管你在天南还是地北，也不管你身处东方还是西方，走近这个日子，你的心跳一定会加快，你的血流一定会加速，于是，你会变得欢欣鼓舞起来，你会到商店里去购置年货，你会打电话向远方的亲人问候，你会不辞千辛万苦回家过年……

近年来，更有学者研究指出：全球华人在过年前的死亡率最低。可见过年对于我们中国人生命的重大意义！

企盼探亲假

北大荒的知青多半都有这样的经历，下乡头一年特别想家，回家的念头也与日俱增，尤其过春节更想回家，有了一个梦想；后来终于有了探亲假，又希望探亲假安排在春节期间，回家与家人过个年，成为一种奢望。我亦是如此。

我第一次产生回家过年的愿望，是在下乡 7 个月后的 1970 年的春节。这是我离家在外过的第一个春节。每逢佳节倍思亲，尤其是春节，特别思念遥远的故乡，特别想念远方的亲人。除夕之夜，来自京津沪哈等地的知青，按照东北的习俗，围在炕上喝酒唠嗑吃饺子，诉说家人团圆吃年夜饭，回顾齐聚一堂熬夜守岁，都说自己家乡的春节，过得最正规、最有声有色、最有滋有味。大家都在倾诉心中的思念，以各种形式发泄心中的乡愁。在我的人生旅途上，有了数个第一次：第一次大哭了一场，第一次学会了吸烟，第一次喝醉了老酒，第一次品尝了乡愁。

从那时起，思念故乡，成了我心中永远的痛楚。夜深人静，我捧着父母寄来的腊肉、牛肉干和母亲亲手制作的炸带鱼，又将一封充满温情的家书贴在脸庞，眼泪啪嗒啪嗒掉下来。此时，我仿佛是一个被人遗弃的孩儿，又好像冰凌花如刀划过我的心尖，很无助，很悲痛。我要回家，成了我心中永远的情结。

记得下乡的头年冬天，知青们思家心切，私自南行、逃跑回家，甚至不惧纪律处罚。自打有了探亲假，从文件走向现实，知青们从无望看到希望，无不为之欣喜万分。知青探亲假两年一次，一般由连队申报场部批准。报批探亲假，原则上是根据"农忙农闲、分期分批"而安排的，在两年一个周期情况下，农忙时少安排，一个月也就几人，农闲时多安排，一个月可达十几人。探亲假日期不由个人选择，而且上一批人没回来，下一批人不能走。探亲假的路费是自己先垫付，回连队后再报销，船票只报三等舱以下，火车票只报直快硬座以下。探亲假的天数是探亲假期加路途时间，以温州知青探亲为例，假期按一年 12 天计，两年即 24 天，加上往返时间共计 36 天。只是千万别超假，如果超假不仅影响别人探亲假的日期迟早，还会直接影响自己下一次探亲假的安排先后。

我们温州知青探亲路途遥远，一旦路途耽误时间，就会赔上探亲假期，所以准确计算往返路途的时间，显得尤为重要。比如，在需要转车的车站，以停留时间最短为最佳。半途加快的车都是站票，因为不是始发站售的票，就没座位号，我基本上都是从佳木斯加快到哈尔滨转到上海的直快车，也可以加快到天津再转车到上海。这样从江滨出发到达上海，再在上海坐轮船，或转车到金华坐长途汽车，直抵温州。

艰辛回家路

没有探亲假，盼望探亲假；有了探亲假，打怵探亲路。从江滨到温州，行路八千里左右，充满艰难和辛苦，比如，中转难，买票难，上车难，找座难，下车难……探亲的路途上，乘汽车、倒火车、转轮船，一路转乘五六次，奔波五六天，常常是坐也没法坐，吃也没啥吃，就连喝口热水都是奢望。不过，大家想尽了办法，吃尽了苦头，心里只想能早一天回到家，能早一点与家人团聚，一切困难也挡不住我们。有人说，探亲回家路的艰难，堪称八千里路苦和累。

从连队坐胶轮车到场部，挤上通往鹤岗的长途客车开始，表明了一场八千里"长征"开始了。到了鹤岗，赶紧买张到上海的通票，又挤上了通往佳木斯的普客列车。次日早上到达佳木斯，放下行李后，开始在售票厅计算如何省时间到达第一个目的地——哈尔滨。因为佳木斯有到哈尔滨的快客列车，也有到天津的直快列车，都属始发站，若加快有座位，人就轻松多了。到达哈尔滨后，再转三棵树到上海的哈沪 56 次列车。

虽然哈尔滨有始发往上海的直快列车，但架不住"狼多肉少"，上海到黑龙江的农场、农村、林场、牧场等地的知青太多了，所以 56 次列车一票难求，有座票几天前就卖完了，于是只好加快无座，即站票。这一站，也许就得出了山海关、过了黄河，才能有一个座位。而此时双腿早已麻木、浮肿了，一坐下来，顿时感到满身的舒服。卧铺是不敢想象与奢求的，因为不能报销，如果真坐了卧铺车，回来将有五六十元不能报销，那是整整两个月不吃不喝的血汗钱。因此我们回家就抱着"能回家就好"，不管有没有座位。有人戏称，探亲是"站着回家，坐着回连"。记得有一次从鹤岗到佳木斯，坐了半天闷罐车，那滋味，太难受了。

即使疲惫不堪地到达上海，也会觉得到了家门口似的，但也别高兴得太早，或许还有更大的辛苦在等着呢。上海与哈尔滨一样，是个客流货运的集散中心，从上海到温州的客轮，人满为患，一票难求。在金陵东路买张到温州的船票，都要半夜就去排队，甚至还不一定能买到呢。当年船票售票处是一大景观，天墨墨黑，路灯光亮，人声鼎沸，路边动辄千人以上排着长队，肩膀的后侧写上编号犹如囚犯一样。开始售票后，队伍一阵大乱，肩上的编号也起不了作用了，售票窗口前的人拱在一起，人人奋勇向前，将钱伸进售票口，外面的拼命往里挤，里面的朝外推。寒冬腊月，人们累出一身臭汗，只为买一张船票，能回家与亲人团聚。回家的船票买到了，这才松了一口气，上船能有一个铺位，躺一宿就到温州了。当然也有在上海乘火车到金华，再转长途汽车到温州，那样麻烦又辛苦。

探亲行路难，难在路途遥远，也难在行李负重。回趟家不容易，携带行车也多，不少人大小4个旅行包，两个连接背在肩上，双手各提一个，行李重量多半超过体重。一路上，行程五六天，中转五六次，每次行李提包都扛上扛下，每次都累出一身臭汗。当年知青乘车坐的客运列车、汽车，没有不超载，而且以拥挤、混乱闻名，有的被称为"强盗车"。尤其上车时，大家都急吼吼的，挤在车门口，大旅行袋卡住了，进不了门，只能侧身再往里拱。携带行李太多，上车速度太慢，大家就瞄上了车窗。车窗毕竟比车门多，也方便"抢路道"，几个人先送一人进车厢，赶紧打开一扇窗，迅速地传送行李，一会儿大功告成了。上车抢时间、争速度，多半为了找座位、占行李架，行李有了个安放处，人也觉得轻松多了。这叫"多通道组合"，也是"团队优势"。

列车的车厢里，行李架上、座位底下，堆满了行李包，挂钩上吊着挎包网袋，过道上、座位间也放满行李坐满了人，双人座成三人座，三人座成四人座，车厢连接处人满为患，甚至厕所里也有人占位，若要想在车厢里走动，也得出一身臭汗。若是列车停靠大站，我们轮流从窗中跳到站台：或是找到用水池，先洗把脸后喝几口水，再带回一壶水，或是到售货处买食品，找厕所方便一下，或是下车活动一下，缓解腿脚的肿胀。出站与进站一样，都得经过检票口，双手实在腾不出空来，无奈之中用嘴叼上……

当年我们经历了社会秩序混乱、交通枢纽拥挤的场面，值得庆幸的是，我们没有被抢劫、偷窃、调换的经历，没有听到探亲知青买了一张假票的传闻，现在想起来真感到万幸。现在科技发展、交通发达了，拨打个电话就能订票，上个网络也能购票，电子商务，方便又快捷，这在当年真是做梦也想不到的。当年回家探亲的路途，就是这么的艰难与辛苦，但是"我要回家"的信念从未动摇过，意志也丝毫没影响。如今城里的青年人，没有经历过这种场面，无论如何也想象不出来的。

融融家温馨

我下乡 10 年回家探亲 5 次，第一次是 1971 年春节前，1 月下旬的一个下午，初次享受探亲假的我经历八千里路的颠簸、折腾之后，傍晚时分汽车终于停在了温州客运南站。走在市区街上，一头灰蒙蒙的灰尘，一嘴吐不尽的沙土，衣服也划破了口子，整个人看上去灰头土脸的，一点也不像本地人的模样，而有外地逃荒人的狼狈，如此形象根本出不了门。我的心情与在连队、去场部、逛县城时，可以说大相径庭。我开始在意自己的身份，感到有一种自卑，也有一种羞愧。我不是什么参军、上大学回家，也不是什么出差、走亲戚回家，更不是什么衣锦还乡、荣归故里。但起码要洗一把脸，干干净净、体体面面地回家。当时城里人对下乡知青有一种瞧不起的目光，认为到农村的知青都是乡下人、外地人，好像犯了什么错误似的，与刑满释放的人也差不多。

由于当时通讯条件的限制，家里知道我要回家过年，但不知啥时到温州。我家在市中心面临热闹的大马路上，熙熙攘攘，车水马龙，人头攒动，街坊邻居，众目睽睽。说来也许没人相信，我竟然不敢回家了！心儿跳得特别快，心里十分矛盾。我提着两个帆布旅行包，非常想一步就跨进家门。我不愿这么满身灰尘，狼狈不堪回家。一同探亲的作雨兄知我，约我先到他家歇歇脚，洗一把脸，垫一个肚子，等天黑了再回家，我同意了。他家在胡同里，碰到熟人少。说实在的，这是一种虚荣心作怪的表现，还是一种近家心怯的心理，也许兼而有之吧。在作雨兄家里，我吃到了久违的温州鱼丸粉干，暖暖的粉干，软软的鱼丸，加上调味品，那味道实在太香了，太美妙了。我吃得狼吞虎咽般，感叹胃是有记忆的，尤其对家乡的饭菜，今天有幸又吃上了。

终于熬到了天黑，作雨兄帮我拿着行李一直送我到家门口。父母亲、弟弟妹妹一起围上来。在到家的那一刹那间，我有一种难言的复杂情感。此时，面对让我朝思暮想的亲人，倒让我语无伦次，两眼直愣愣与他们相对而视，半天说不出话。是啊，要说的话太多了，是不知讲什么才好，还是难以说出口？统统化作了两行泪水，不听话地汩汩而下。在泪水中，既有忧愁、辛酸和艰辛，也有欣慰、高兴和激动，更多的是那种难以说出口的百感交集吧。妈妈喜泪盈眶，言语朴实："好，好，回家了就好！"简单直接又明确，是对母爱最好的诠释。

也许他们知道我心里的忧愁，也许他们怜悯我是匆匆过客。接下来在家的日子，我成了家中的贵宾，美味佳肴让着我，出游访友由着我，倾其所有酬着我。探亲的日子，我尽情分享家庭的温暖，港湾的温馨，亲人的温情，伙伴的友情，幸福的满足感时时围绕着我。正值春节期间，外出、访友的活动太多了，请客、赴宴的饭局太多了，日期排得满满的，恨不得有着孙悟空的分身法，有着一种出访友邦的那种感觉。这种感觉多少年后仍被津津有味地追忆着。喜相逢的人群中，有同学、邻居、少年伙伴和亲朋好友。虽然此时是一年中最冷的时候，但我一直感受着春天般的温暖和夏天般的热情。我被这融融的亲情和浓浓的年味所感染，自觉是这个家庭中最幸福的人。

依依愁归期

艰辛的日子难熬，美妙的时光好过，探亲的时间过得太快，快得使人难以接受，不知不觉中回连队的日期临近，也意味着与家人分别日子快了。想到还要回到黑龙江继续受苦受难，我的心不禁起波澜，但愿能拉住时间走得慢一点。心里很不愿意北上，我还年轻，生活的路还长。不安的气氛一直笼罩着我，焦虑的心情不断缠绕着我，甚至食不知味，夜不能寐。我的心里忐忑不安，是超假再呆几天，还是准时赶回连队，对我来说也是一种考验。

儿时怨时间老人走得慢，像个瞌睡虫；如今恨时间老人走得快，像个催命鬼。这不，一天一天地倒计时，眼看就到了我踏上返程的时候了。想到江南家乡与东北垦区有着天壤之别，真有点依依不舍的留恋，真不愿意回到那里去。弟弟妹妹拉着我的衣襟，含泪望着我，劝我多呆些日子，母亲在一旁满脸期许，深情地望着我，也想我多住几天。但是连队的纪律在约束着我，不得不放弃自己的良好愿望，难舍难分的复杂情感在激烈地撞击着、交织着，毕竟这一别远隔八千里，又得两年以后才能重逢。心里虽然不是个滋味，但外表装出毫不在乎、十分快乐的样子，自然也不会掉眼泪了。

在温州探亲的日子里，家里人相处甚安，让我颇感欣慰。一是我感到弟弟妹妹已经长大了，懂事多了。遇事互相谦让，过去那种你争我抢的场面没有了。后来父母对我说过心里话：想你回家、也怕你回家。因大多知青回家都不想回去，家里生活贫困，吃好吃坏倒不是个问题，但住是个问题，若成家更是个大问题。再后来有顶替（按班）政策，父母又担心家里儿女多，顶替名额不够用。我作为儿子，听了心里很惭愧，也很理解父母，表示今后我自己的事自己办，不再让家里操心。

二是我感觉父亲变化很大。年纪尚轻的父亲制鞋手艺好，个性也很强，喜好烟酒，为人仗义，但照顾家庭不够。随着孩子长大、子女下

温州市公园路 79 号我家老房子（2014 年被拆）

乡造成家庭变故，也成就我父亲的变化，变得有强烈的责任感，完全改变了过去的所作所为。

三是更感到母亲伟大。在我探亲回温州的日子里，她知道我在农村吃苦受累，时不时为之落泪，总觉得东北太远太冷，总想捞我回到南方来。于是，母亲背着我到附近郊区的农村里办一个"边迁农"（边疆迁往本市郊县农村的简称）手续，在往永强的崎岖小路上，乘坐的面包车不慎翻车，万幸的是人没大碍，却在脸上划破一道口子，留下一条长长的永远磨不去的伤痕。她怕我担心，说是不慎撞了门框。那一次的手续没办成，她又将此事悄悄地压下，一直使我蒙在鼓里。

回家探亲之路的艰辛，犹如人生旅途，跌宕起伏，伴我成长。值得一提的是，我下乡10年、探亲5次，留下了如下刻骨铭心的记录：没有一次能按计划的时间到家，没有一次全程买到有座位的车票，没有一次不是排长队买到票，没有一次去火车餐车吃饭，没有一次不是被折腾到几乎筋疲力尽，总之回家之路就是艰辛并快乐着。

初　恋

在一个懵懂的年纪，遇到一段心跳的爱情。于是，在懵懂中开始了，但却在彷徨中相爱了，最终在无奈中结束了。初恋虽没有结局，但往往使人怀念。

初恋，是属于自己记忆的，因为当你想起它时，总是会与脑海深处的一些回忆交织，你会在某一阵风吹过的时候，偶然想起某一个画面，然后一种无法言说的心情会涌上心头，伴随而来的是过去的时光在心中呼啸而过。陈年旧事，宛如初见。就像是我在这个冬天想起这段往事一样，泛起的是时光的片段、熟悉的感觉和淡淡的泪花，酸甜苦辣尽在其中……

那时的恋爱环境

谈恋爱，在东北叫作"搞对象"。在人们眼里是个人隐私，是两个人相互交往活动、培养爱情的过程。然而，在70年代初，那个艰苦的环境里，谈恋爱对知青来说，是一种危险活动。爱情的生存环境绝对恶劣，人们要面对一大堆问题。

下乡头两年，虽然没见任何文件规定，团部连队领导出口是法，禁止知青谈恋爱。我连连长直言：20 啷当岁搞对象，没出息。摊上一个"搞"字，多半没啥好事，男女知青交往是"有伤风化"，甚至恋爱被变成了"流氓行为"，有的被班排小会帮助，有的被连队大会批评，甚至还可能引出"阶级斗争新动向"而被批斗。

那年月，一个积极上进的知青，是不可以谈恋爱的，想入团入党的要求进步，搞对象必须要置之度外。正因为如此，有些人谈恋爱，只好偷偷摸摸，弄得像做贼一般，还要背负政治上落后、思想上颓废的骂名，常常被要求"狠斗私字一闪念，灵魂深处闹革命"。有意思的是，过了几年以后，没有谈恋爱倒成了落后行为，被认为是革命意志衰退，扎根边疆思想不牢靠。"革命"再次绑架恋爱，犹如冰火两重天，令人啼笑皆非，也觉可悲可叹。

当时谈恋爱，也讲究"门当户对"，以"阶级斗争为纲"，首先考虑的是对方政治条件，尤其是看家庭出身，红五类（工人、贫下中农、干部、军人、烈士）里工农兵最吃香，黑五类（地主、富农、反革命、坏分子、右派）就甭提了。那个年代背上家庭出身的包袱，恐怕一辈子也翻不了身。俗话说："龙生龙，凤生凤，老鼠生子打地洞。"谁也不愿意找错了对象，沾包而受连累，说不定哪天被打成阶级异己分子了。

谈恋爱的联系方式让人头疼，哪像现在手机一拨，世界各地都能通话。那时全连就一部摇把电话，与外连外团的人谈恋爱，多半靠写信传情。而本连男女知青谈恋爱，到对方宿舍则是大忌，人言可畏，一人一口唾沫能把你淹死。传递约会信息，大多通过"传小纸条"——偷偷地写上时间地点，悄悄地递到心上人手中；接到约会的纸条后，虽然当天的活很累，但心里早已充满着爱的憧憬，想到天黑后相聚在一起，双方都很兴奋，但不能让外人看出来，表面上依然风平浪静的。不过，约会见面容易，选个地点很难。难就难在秘密约会，不能透露风声，不能让别人知道。故选地既能隐蔽又要安全：一是约会害怕被人不经意撞见，会觉得羞愧难为情，以后若是谈不成，别人会用何眼光来看你；二是约会也怕被人刻意发现，有坏心眼的是非之人，逮住机会向连部打小报告告发，必然会搅得满城风雨；三是约会还怕离连队驻地太远而不安全，遭遇狼等野兽袭击，还有冬日大烟炮的侵袭。

当年，我们连队知青谈恋爱要避开人的视线，是哪里隐蔽哪里就安全，哪里就有谈恋爱的人。比如，房山头、柴火垛、场院边、大壕边、树林里，甚至马厩、牛棚、羊圈、猪舍边都曾经有人去过。谈恋爱的场所都是露天的，夏日承受蚊虫的轮番进攻，冬天经历北风的呼啸侵袭。谈一场恋爱，无论精神还是肉体，都是一种遭罪，都是一次考验。但爱的温暖与甜蜜渗透了双方，只觉得如轻风微吹一样。

尽管如此遭罪，当年连里的"地下工作者"乐此不彼。其实，谈恋爱对知青来说，是一种心灵的安慰，是一种生活的信心，是一种美好的向往。知青渴望得到爱的关怀与温暖，对爱情充满了憧憬和幻想。但是在经历种种坎坷之后，知青逐渐成熟了起来。正如有人说的，爱情真正的美好不在于结合，而在于成长。苦难让知青的爱情和心智一同成长了，现实残酷的犁铧，却让他们开垦出肥沃的心田。

那个难忘的雪夜

当时的知青身体健全、生理正常，但对生理知识不仅是缺乏，而且是无知的，更谈不上对性知识的了解。我可以说，我们这些20岁的小青年大多根本不知道男女间的生理知识，不知如何会怀孕，小孩生于何处。我曾听人神秘兮兮地说，摸摸女的肚脐眼就会怀孕，甚至还深信孩子是从胳肢窝里生出来的。也许是与女性情感接触的空白，以至于收到生平第一封情书时，第一反应竟是不知所措。

记得是我从农工排调到机务排干活的那个冬天。一天上午，有位女知青像平常人一样递给我一封信。我接过一看，一个普通信封上没有收件人，也没有邮票和邮戳。我不敢打开，赶忙放进口袋，转身往回走，生怕信丢失，手也没伸出来。

回到宿舍打开，收到第一封情书的我，十分惊喜，又十分惊恐。晚上躲在被窝里，反复看了一遍又一遍，脸上一直在发烫。那一夜，我毫无睡意，脑子里想着该如何应对。谁知天亮了，我竟无所适从、无计可施。但自己全身流通着一股陌生的暖流，充满着一种莫名的冲动，也不敢告诉身边任何人。那几天，我神魂颠倒，天天想遇到她，又天天怕遇到她。把这封信天天放在随身的口袋里，生怕不慎丢失，更怕别人看到，那麻烦就大了。

正在我彷徨之时，在回宿舍的路上，又碰到这位女知青，她不动声色地悄然递给我一张小纸条，上面写着："应国光，晚上若有时间，8点到场院南边等我。"收到约会纸条后，我浑身紧张，心儿砰然加速跳动着，血液比平常似乎流快多了。我飞速地思考，去与不去。说来两选一，看似很简单，却让我觉得头都大了，不知死了多少个脑细胞。

我说呢，正是这位女知青，最近一段时间，老是用一种异样的眼光看我，看得我心里发毛。但傻里巴唧的我，脑子就是不开窍。那天我上井台洗衣服，她赶紧走过来，说我没她洗得干净，要帮我洗衣服，我赶紧起身跑到宿舍，却把衣服拉在井台，过一会儿再去洗衣服时，发现已经洗得干干净净放在原处。

回想起来，我好像有点明白过味来了。我的脑子里在反反复复权衡：去，被人发现怎么办？后果是满城风雨；不去，辜负人家一片好心，也违背自己的本意。这么一个清秀的女知青，在情窦初开之际，含蓄地向你示爱，你能忍心将之拒绝吗？那时的女知青比男知青要成熟一些。一张小纸条，点燃了我自身内存的欲望。晚上8点来钟，我鼓起勇气，带着兴奋，冒着严寒，冒着风险，向场院走去。

雪乡月朦胧，路上行人较少，迎面走过来一个人，只听对方问："上哪去？"我含含糊糊地说："上老职工家去。"幸亏对方与我关系一般，没说我陪你去，若遇上个铁哥们，要与我同往的话，还真不好应付。人就是这样，办大事的时候，心理素质自然就提升起来。这不，撒谎不带脸红的，说谎不带打嗝的。

我踩着白茫茫的积雪，在空旷的野外，发出嘎吱嘎吱的声响，一轮冷月悬在头顶上，银色的月光照在大地上，一片洁白，与积雪相映成辉，银色世界圣美。场院周围的野草在微风中摇摆着，发出沙沙作响的声音。突然场院南头的粮囤后面，一个女人的声音轻轻响起："应国光，你来了。"如莺歌轻唱，说话间闪出人影。灰蒙蒙的月光中，她穿着一身浅色细花棉袄，围着一条深红围巾，托着红红的脸庞。她款款走到了我的面前，我问道："你冷吗？"她回答："我不冷，你呢？""一点儿也不冷。"我的回答至今想起来还觉得可笑，零下近20度，又在野外，能不冷吗？

我在场院边上找了两领草帘子，放在靠近粮囤的边上，对她说："坐吧。"不知为啥，坐下来时，相互面对面看了一眼，还保持了一定的距离。抬眼向连队望去，只见连队发出一些黯淡的灯光，不时地传来几声狗的叫唤。说实在的，我长这么大以来，第一次与一个女性坐在一起，离得这么近，彼此都能听见喘气声。此时，我仍然感到自己还是那么紧张。轻轻闻到女人身上那种熟悉的"百雀灵"的香脂味，香气袭人，沁入心扉。

我俩先是无主题聊天，说一些不着边际的话题，谈一些连队的奇闻怪事，她说女宿舍的趣事，我谈男宿舍的乐事。慢慢切入正题，就谈起了自己。我谈到自己的故乡、自己的家境、自己的理想，她也谈到了让我感兴趣的家人和家事。

她问我平时喜欢什么，我直率地说，我喜欢听歌曲，尤其喜欢中外经典民歌，如《喀秋莎》《山楂树》《三套车》《在那遥远的地方》《对面山上的姑娘》等等。她说：你会唱吗？我说：只是喜欢，但唱不好，过去在四连小山坡都是邵金清吹口琴，我们跟着哼哼，要不我哼几句给你听——

　　对面山上的姑娘，那黄昏风吹得好凄凉，穿的是薄薄的衣裳，你为什么还不回村庄，冷冷的北风吹得我冰凉，我愿靠在羊儿身旁，再也不愿回村庄，主人的屠刀闪亮亮要宰我的羊……

　　"好听！"她笑了，笑得那么率真。我发现她笑起来更加漂亮。"应国光！虽然我不善歌舞，但你唱歌，我蛮喜欢听的。"她一下子拉住了我的手，我吓坏了，连忙说："我只是喜欢，嗓子像破锣，五音不全，唱歌会把狼招来的。""应国光，你的手好冷啊。"她说，"我帮你搓一下吧。"是啊，当时的我脚已经冻麻木，半边身子也似乎冻僵，手早已不听使唤了。当她一边用清澈的双眼望着我，一边用那双温暖的小手在我手心手背游动的时候，我像一下子触了电一样，眼睛都不敢直视她，感动得几乎要落泪。"太冷了，我们出场院往南大壕那边走走吧！"我建议。"好啊。"她说，我有点依依不舍地从她手中抽回了双手，心里依然是暖呼呼的。

　　边走边聊，在通往南大壕的路上，我俩都感觉轻松多了，感觉彼此熟悉多了。走着走着全身也暖和起来，兴致也上来了，话匣子又打开了。

　　话题又回到对歌曲的喜好上，我说最近我都在抄写歌曲，已经有几十首了，两本笔记本快抄满了，但还不过瘾。这些歌词好曲美，极能唤起人们对美好生活的向往，对真挚爱情的赞美，尤其是处在青春期的我们，是多么的渴望改变当时的艰苦生活和改变自己难以改变的命运。其中，我特别喜欢当时流行的两首歌——一首据说是金日成爱人金圣爱送给金日成的歌《送郎出征》：

春风吹醒岸边垂柳，水中花影动，浮云遮住了一轮明月，月儿出没水中，送郎出征漫步原野，情比月夜浓，挽手祝福你转战南北，望郎早立奇功……

另一首据说是郭沫若南洋漂泊时写的歌《南洋之歌》：

在这里，我听见大海歌唱

在这里，我闻到稻谷花儿香

在这美丽的南洋，我遇见了一位马来亚的姑娘

那大海水，已埋葬了她的身和影

那大海水，已吸不住我的愁和恨

我和她，曾并肩靠着椰子树

我和她，曾谈起了我的故乡

她睁着那大黑的眼睛

她为我，却断送了她的青春

那大海水已埋葬了她的身和影

那大海水已吸不住我的愁和恨

我看见那海风吹起波浪，那正是她的灵魂在向我召唤

我看见那太阳照着海滩，那正是她的灵魂在向我微笑

那大海水，已埋葬了她的身和影

那大海水，已吸不住我的愁和恨。

我自己都不知道，那个难忘的夜晚，我是怎么一字不漏地把这两首歌词读给她听的。因为我恨我自己唱的不好，若唱起来，反而亵读这些神圣的词曲。我忘情地朗读着这些美妙的歌词，我仿佛看见在这个银色世界里，我也遇到了一位美丽的天使，她就在我的身边！

都说北方的冬夜最漫长，但那晚的夜，仿佛过得特别快，时间不

知不觉从我们身边溜过三个多小时。

月光直泄在这片寂静的大地上。子夜时分，一眼望去，一条长长的白白的路，还有连队一片矮矮的房屋的黑影，隐约还看见马号的灯依然在闪烁，我此刻才发现身边的她脸冻得通红通红，赶紧说："我们回去吧，明天还上工。"

外面的世界寒冷刺骨，内心的世界暖和温馨。我两肩并肩走在回去的路上，突然间觉得言路堵塞，都意识到要分别，头一次感受男女之间的依依不舍，我们约定，X日再碰。为防止路上碰到人，我建议她直接从南面路上回宿舍。我先往北走一段，再返回连队。宿舍里，大家早已进入梦乡，我第一次失眠了，翻来覆去睡不着，心里充满着对爱的憧憬。

黑龙江畔三间房知青亭

我和我的父母

什么是父母，如何才对得起这个神圣的称呼？这是我从小就思索的问题。它伴随我多少年清苦到年少远行，从为人子到为人父，一直走到今天，一直在对其进行诠释。说来蛮复杂，其实也简单。为人父母，需要责任，需要毅力，也需要理解，还需要爱心。

我的家庭，经历了"经济困难""文化革命"和"改革开放"三个时期，为我们完整地勾勒出从"磨难"到"新生"的全部过程。而对我来说，印象最深的是我的父母，在面临苦难、充满悲情的环境下操劳家业，艰辛地拖着这个沉重的家庭一路走过不平凡的日子。

我在少年时

人们常说的社会现象——穷人的孩子早当家。穷人的孩子从小目睹父母辛劳、体验生活困苦，于是，过早懂事，过早成熟，过早忙于生计，也有着艰苦奋斗的自觉，更知道热爱生活的道理。

旅馆卖鞋

家里兄弟妹妹 6 人，我排行老二。父母两人工资不足 90 元，入不敷出。幼时家境贫寒，经济拮据，生活艰难。我 11 岁开始协助父母打理家务。家中也把我当作女儿使唤，放学后除了做功课，还要烧饭、洗碗、擦地、照看弟弟妹妹。虽然有时感到很累，但觉得能为家中出点微薄之力而高兴。到了 13 岁那年，我就开始涉足生意做买卖了。

父亲是皮鞋厂的制鞋高手，既能做鞋样，又懂做鞋全部工艺流程。为了弥补家庭经济上入不敷出，父亲利用自己的一技之长，业余时间偷偷地做皮鞋，由我与弟弟拿到外面去卖。那年月，农村农民的农副产品贸易都要割资本主义尾巴，城里工人私制产品买卖更是打击对象。卖一双自己做的皮鞋，像做贼一般偷偷摸摸，一旦被抓住，无论钱或物都会被工商部门（当时称手工业局）没收。

每当万家灯火时，我就和弟弟一起，拎着装着皮鞋的布袋，去市区的旅馆门口转来转去，伺机兜售。为了对付市场管理的纠察，经常是叫弟弟拿布袋站在远处，我手里只拿一双鞋叫卖，管理紧的时候拿一只鞋。卖掉后再叫弟弟拿一双来。看见管理人员过来就要赶紧跑，一旦被抓住，就会被强制没收了。每晚 9 点旅馆关门了，我们只能回家。若鞋卖掉了皆大欢喜，又笑又跳；若没卖掉，回家路上垂头丧气；若被没收，回家怕被挨骂。

拉车捎脚

1966 年"文化大革命"开始后，学校停课闹革命。眼瞅着家中穷得叮当响，刚跨入 15 岁的我就进入母亲所在的鞋厂做家属工，干着繁重的活儿，每月可挣 10 元左右，用于贴补家用。每天的任务是拉板车，从乘凉桥的仓库装上橡胶原料，拉到 4 公里外杨府山的塑料厂去加工鞋底，然后再把经过热塑机模成型的鞋底拉回来。不管严寒酷暑、刮风下雨，都必须要完成这趟运输任务。那时的我还没有发育成熟，瘦得像猴一样，身高不到 1.6 米，体重不到 80 斤。每天咬着牙低着头，满头大汗地拉着一车五六百斤的货物，尤其是夏天太阳当头晒着，也没戴个草帽遮凉，像条牛一样呼哧呼哧喘着气拉着车。口渴了，舍不得买根冰棍，路边找点自来水喝一点。下雨了，浑身上下湿透了，也只有硬撑着干熬着。提起那时生活的艰辛，自己想想也可怜。但是家境贫困逼得你这么做，这就是现实。

"文革"中的温州与全国一样，到处一派混乱，学校不上课，工厂不消停，市里的公交车也时停时开。有一回，我拉车从杨府山到吴桥（也是橡胶厂）有十来里路，来回有一趟是空载，经过公交站见有许多人拎着大包小包的，焦急地等公交车，却是左等不来、右盼不到，急得像热锅上的蚂蚁。于是，我灵机一动，连忙招呼道："谁要捎脚，我可帮忙。"众喜，有人将包放在我的板车上，接到目的地。有些人见我瘦弱的身体拉那么多的东西，于心不忍，出于同情，纷纷给个五分一角的。这使我喜出望外，也是我挣的第一笔"外快"。这钱虽不多，但可以归我自由支配，甚是兴奋，颇为自豪。

冲孔补鞋

约一年后，我又到一家街办皮件厂做临时工。这家皮件厂是做皮箱的，我的工种是冲皮箱上的配件，就是每天在木板上冲眼。虽说太阳晒不着，风也吹不到，是个可以坐着干的活儿，但这是在皮件上手工打孔，且计件计酬。每天工作量冲压 8000 多个洞眼，到下班时手都抬不起来，但一个月下来也只有 15 元左右工资。无论做家属工，还是干临时工，我在人们的眼中始终是个孩子，始终是年纪最小的一个。在这家皮件厂工作了一个月后，我第一次见到了写有自己名字的工资单，特意去刻了一个图章专门领工资用。作为家庭的一员，也是社会的一员，我感觉自己长大了，心中感到无比激动。所以，只想能够多加班，开夜车多拿钱。但好景不长，厂里知道我是支边对象就把我劝退。

没活干又不能在家里闲着。当时，温州市郊桐桥底（汇车桥附近）一带住着不少"糖儿客"，也叫"兑糖客"。他们一根扁担两个筐，挑着糖担走街串巷。糖，就是麦芽糖，当年最廉价的美味零食，可以买，也可以换。孩子们拿来破布破鞋、废铜烂铁、旧报废纸、鸡鸭肫皮、牙膏皮桔子皮、猪骨头鸡鸭毛，都可以换糖吃。

我就早上 7 点前赶到"兑糖客"那里，挑选有修补价值的布鞋、球鞋、雨鞋，一番讨价还价，最终廉价买下；回来把里外洗刷干净，中午在太阳下晒干；下午进行修补，尽量整好看些有点卖相；晚上拿到东门陡门头、涨桥头的船只停靠处，又一番讨价还价，最终卖给停泊在那里的渔民。买旧鞋、修旧鞋、卖旧鞋一条龙，从早到晚紧忙乎。不过，一双破旧鞋子，买来五分一角，一洗一补，可以卖到两三角，有时一天可以卖掉 5—10 双。虽说挣几个辛苦小钱，但细算起来在当时收益也蛮丰厚的，不比厂里打工少。

山村漂泊

1968 年下半年，上山下乡风声趋紧。工宣队、学校常来家动员，父母也很为难，尤其母亲是共产党员，在当时应该起模范带头作用的，但从父母的内心来说，宁愿和子女在一起受穷吃苦，也舍不得让子女离乡背井。我和有同样命运的原街办皮件厂工友张崇辉（他后来也支边）一合计，各自做了一个小木箱，里头放些修鞋补鞋的工具，两人搭伴去外地漂泊，用自己的双手挣一碗饭吃。一个清晨，在温州瓯江的轮渡码头起程了，两个不满16周岁的少年，背起沉重的修鞋箱，开始了两个月两个县（永嘉县、乐清县）的"流浪"生活。

我俩走乡串村，到处找活找"饭"吃。永嘉的村庄，多半依山傍水，少不了翻山越岭。俗话说：望山跑死马。山在眼中，看似很近，路在脚下，实际很远。每天几十里山路，走得我两腿酸痛。有时真不想再走了，想躺下来好好睡一觉。但是一想到明天的伙食费还没有着落时，只能咬咬牙坚持再走一个村庄，找些修补鞋子的活儿。我俩在永嘉、乐清的山村里漂泊两个月，从未住过一次旅馆，一般都是在下午时，就和需要修鞋的农户说好，免费修鞋换来免费住宿。当然条件是非常艰苦的，偏屋边间睡过、破房草棚也住过，尤其是旧庙里露宿，周围没在人家，里面没有灯亮，只听得庙外狂风呼呼作响，搅得天翻地覆，令人心惊胆战。何况听老乡说山上有野猪、土豹、野狼什么的，更是把我俩吓得不轻。走遍山乡的每一个

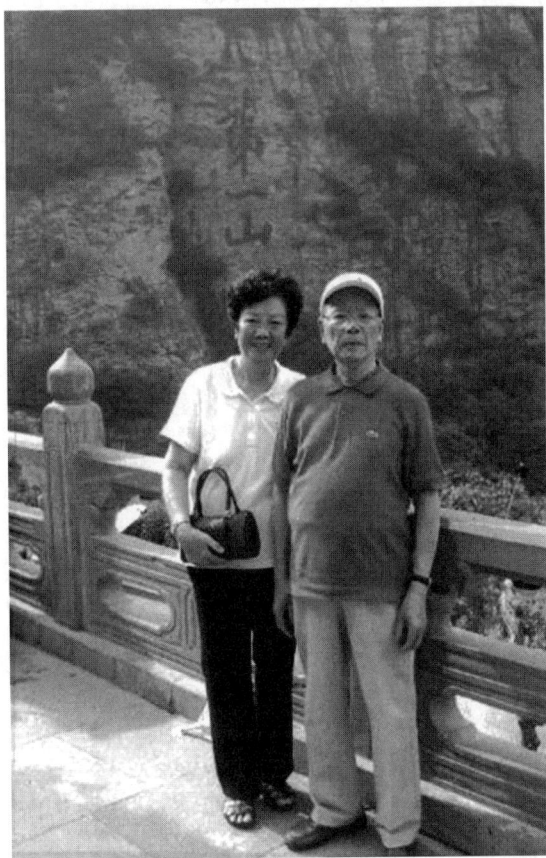

我的父母（摄于2012年）

角落，每日里餐风露宿，饥一餐饱一顿，秋冬野外没法洗澡，身上痒痒的，一搓掉汗泥。

我俩原来是为了躲避上山下乡运动的风头，背起修鞋箱子在山乡走村串寨，没想到首先体验了上山下乡的滋味。难怪人们常说："是福不是祸，是祸躲不过。"何况是运动的风头，恐怕是避不过去的。熬到春节以前，我俩实在受不了，于是便回家。过完年不久，形势所迫，两个人谁也没跑了，还是登上了北上的列车，下乡到黑龙江支边去了。我干脆把修鞋的家把什连箱子也带到了当时的 10 团。

想到少年时为生存的种种遭遇，到了黑龙江依然饱尝艰辛滋味，同龄人与我有同样经历的极少。

我的母亲

10 年知青生活中，我想念最多的是母亲，感受最深的是母子之情。在我心里，她是世界上最坚强的母亲，最伟大的母亲。

纱线织衣

我外公出身中医世家，在温州第一医院中医科工作到退休。外婆是大户人家的娴淑女子。也许是当年重男轻女的观念根深蒂固，我母亲自幼就是劳碌命，没有上学的机会，只有干活的辛苦。长大以后，家里家外一把好手，就没有她吃不了的苦，没有她不会做的活。新中国成立后参加工作，靠自己的努力工作，经常被单位评上先进，并加入共产党，后来在温州鞋厂食堂工作，成为食堂负责人。

由于家庭人口多、收入少，家庭经济拮据，生活重担压在母亲的身上。她省吃俭用，决不会让子女挨饿，自己却经常吃隔夜变味的饭菜。她很要强，家庭困难重重，照样打理得很有条理。每逢过节时，各种年货、子女新装，都会办得很体面。自打我记事起，母亲就是家庭的顶梁柱，有时也会为家事一筹莫展。记得有一次母亲为家庭收入严重短缺落下眼泪时，我看到后跪在她前面说：阿妈，我长大一定要善待你，挣钱都给你用。她听后愁眉舒展了。

1969 年开春，我报名下乡去黑龙江生产建设兵团。儿子将要离开故乡北上务农，到天寒地冻的地方过苦日子，不足 40 岁的母亲，为这个家操劳了半辈子，如今又要骨肉分离，自然是满怀伤感，也为儿子今后生活担心。家中没有钱买一件像样的毛线衣给我带走，母亲向工友们要来几双纱手套，拆成一根根纱线洗干净，买来染料粉染成绿色，织成了一件纱线衣。那天让我试衣，穿在身上很合身，虽然棉纱不如羊毛保暖，但我欣喜万分，感觉热乎乎的，毕竟是母亲一针一线忙活了好几天织成的。竹针穿纱线，一头连着慈母，一头连着儿子；纱线织成衣，一头牵着故乡，一头牵着游子。

此时，脑子里浮出孟郊的《游子吟》，所写的人是母与子，所写的物是线与衣，点出了母子相依为命的骨肉之情。淳朴素淡，情真意切，分明是为我所写，每每吟诵，拨动我的心弦，引起我的共鸣。慈母心，让我心底里感动一辈子；慈母情，让我充满了报恩的愿望。不仅如此，临行前母亲还给了我一些零用钱以及几斤全国粮票，大概是让我以备不测之用吧。望着母亲过早长出的丝丝白发，我暗暗地说：母亲，你日子过得太艰辛了，太为我们劳累了，太为我们操心了。我无论走得多远，永远也不会忘记。对于春暖般的母爱，小草似的儿子，怎能报答于万一呢？

上海手表

20 世纪 60 至 70 年代，有一个流行词叫"三转一响"，即手表、自行车、缝纫机、收音机，购买要钱还凭票，是每个家庭都希望拥有的"四大件"，无疑也是好日子的象征。一直到 80 年代由新"四大件"（电视机、电冰箱、洗衣机、录音机）取而代之。

按理说，农业连队日出而作，日落而息，下乡知青起床听哨声，出工听喝儿，用不着手表看时间，但手表毕竟还有装饰品、艺术品的功能，更有"人无我有"心理的诱惑。哪个知青不想呢？我很想买只上海牌手表，但即便柜台里有货，实际上我也买不起，每月往家寄10元，除去伙食费，余下零花和筹备探亲用钱等，手上没几个钱可供花销了。而我家里穷得叮当响，只求收支平衡图个温饱，自然也没指望点啥。

没想到，1972年我竟成为家里戴手表的第一人。当时为之激动，难以言语诉说。原来，知青探亲时来家串门，知青父母平时也有走动。当母亲得知不少知青已戴上了手表，心里深感不安。为了不让自己的儿子"丢份"受委屈，她东拼西凑了120元"巨资"，千方百计弄到了一张购表票，并在市百货公司门前排了一夜队，才买到了一只上海牌全钢手表，次日去邮局打包寄到连队。

手表是贵重物品，须本人凭单到场部邮局领取。当我知道这个消息后，兴奋得一夜无睡意，第二天骑车赶到邮局，拿到了这只我朝思暮想的手表。往返36里地，我一点也不觉得累，只有满肚子的高兴。回连队后，立马戴到左手腕上，挽起衣袖显摆，自觉蛮神气的，心里总想向人们炫耀，睡觉时左手放在被窝外，干活时不时伸手抬胳膊看点，生怕人家不知道我戴了手表，年轻人的虚荣心暴露无遗。

随着时间的推移，麻烦也因稀罕而产生了。割豆子掰苞米时，生怕庄稼叶杆擦毛了手表面；夏锄割麦子时，也怕出汗渗进表壳产生雾气，挥镐刨冻土时，又怕强烈震动损坏机芯游丝；睡觉不老实，还怕表在睡梦中磕在炕沿上。后来干活时，干脆用手帕包起来放在口袋里，就跟没有手表一样。有一天表针突然不动了，吓了我一大跳，以为是我弄坏了，要去团部找老乡修理了，急得团团转，炕友接过去一摆弄，轻飘飘嘟囔一句："昨晚上忘了上弦了吧。"

月复月，年复年，当初那种对表的新鲜感慢慢淡化，稀罕劲也渐渐退去了。想想也是，没表有期盼成心病，有表成负担添毛病。那么，到底是有表好，还是没表好呢？有时还真说不清。对于老百姓来说，手表越普及，越是回归基本功能，即戴在手腕上的计时仪器。对哲人来说，时尚所创造出的美观东西总是随着时间而变得丑陋。手表等作为时尚的一种标志，自然无法逃脱历史的必然法则。

这么有纪念意义的一大件，在 1980 年搬家时，这只手表却无影无踪找不到了，令我感到十分心痛与难过。如今再想，70 年代老"四大件"，80 年代新"四大件"，新世纪的手机、电脑、私家车，从诞生之日起，就隐含着一种可望而不可即的蕴意，但现在已经不会有人再为它奔忙了——鲜明的历史痕迹注定了它要随着人们生活水平的不断提高而更新换代，甚至走向消失的命运。

家书似金

我的母亲小时候没上过学，仅在成人扫盲班里读过几天夜校，才勉强认识了几个字，故写来的信，磕磕巴巴的。读信似猜谜，不如试着读其心，就能感到母爱的温暖、无所不在的牵挂，甚至有时我还看到信笺上似乎有母亲的泪痕，可见母亲时时牵肠挂肚八千里外的儿子，为之饱含辛酸，为之担惊受怕。

我刚到江滨时，生活十分艰苦，水土不服，偏偏又患腮腺炎，喉咙疼痛，面颊肿胀，连饭菜也难以咀嚼下咽，心中泛起阵阵的伤楚，想到家中无论如何贫困，也不致身边没有亲人相伴，对于少年受苦的我来说，虽然觉得很难受，但我能坚持克服。于是，我给家里去封信，实事求是说了这里的生活现状，相信这种不适应的状况会很快消失，并引用人们熟悉的那句话"黑暗即将过去，曙光就在前头"。

没想到弄巧成拙，结果是适得其反，母亲看了十分恐慌。她的看法朴素也简单：旧社会是黑暗，现在新社会怎么说黑暗呢？她认为这是大是大非，也担心我犯错出事，夜里立马给我写信提醒我："人千万不能有这种悲观的思想，国家的大好形势不容抹黑，我们在任何时候都要相信党，听党话，跟党走，干一辈子革命，决不能说出有损国家形象的话。"她还特意抄录一段毛主席语录鼓励我："我们的同志在困难的时候要看到光明，要看到成绩，要提高我们的勇气。"

这是我收到母亲最长的一封信，而且是挂号信。她是党员，当然把此类事情看得十分重要，也认真把事情的严重性告诉儿子。可惜的是，这封珍贵的信件后来不慎丢失，成为我终身的遗憾。我返城后，又一次谈及此事，母亲仍然坚持在当时政治气候下自己的看法，她认为经历"文化大革命"等多次运动，明白了一个道理，就是人难免犯不同的错误，但不能犯政治错误，否则一人倒霉全家遭殃。

其实在当时，我应该有此觉悟的，也见过有人因为一篇文章、一个言论，甚至一句话，改变了一生的命运，影响了一家的境遇。这种遭遇往往是随时都有可能发生的揭发、告密所造成的。收到母亲的这封信，我颇为震憾，母亲的提醒不无道理，也是半生经验之谈；我深感内疚，让操心的母亲再担心，实属儿子不孝之过。

以后再写信时，就重视措词造句，尽量报喜不报忧，反复查看再寄出，生怕捅出什么篓子。赞美不美好的生活，空谈不着调的形势，划拉不踏实的客套。这不是我内心的本意、真实的表达和真诚的叙述，而是一种紧跟形势随大流，是一个苦恼人的无奈。但母亲看到了变化，高兴了，放心了，夸我有进步，要我积极向党组织靠拢，争取早日入党。

有意思的是，下乡知青因为写信而普遍提高了文字写作水平，起码高于同龄人；我的母亲也因为写信而提高了识字写字能力，胜过扫盲班的姐妹。母亲退休后当了10余年居委会主任，拎包里笔记本和钢笔是必带的。

包裹如心

下乡在东北，我每两个月会收到母亲寄来或托人带来的一个包裹，春节或国庆再添加一个。母亲千里迢迢寄来的不仅仅是物品，更是滚烫的爱子之心。每次寄来的包裹都塞得满满的，样数多多，母亲唯恐儿子在外吃苦受累，想方设法都要寄好吃的东西给我。我甚至能想象，在邮局里看见磅称的标尺高高抬起时，心中十分紧张，只盼着包裹的份量能减轻一些，少算一点邮寄费。而装包裹的时候，只想着多放一些，又恐怕包裹小了。同一件事，不同角度，矛盾的心情相互交织。

包裹里的食品占多数，衣物占少数。食品都是母亲平日精挑细选的美味佳品，谁见了都会咽口水；将美味食品寄给远方的儿子，谁见了都会说声好。我也能想象家里的弟弟妹妹，一定很羡慕，也会有想法。尤其是往包裹里装东西时，弟弟妹妹兴奋地围观，一个个垂涎欲滴的样子，希望母亲能分给他们一点。那些牛肉干、明甫干、大虾仁、鱼松、炸带鱼、高粱肉等，是我最喜欢的食品，在当时即便是过年，也未必都能吃得到，可想而知是多么的馋人。美味佳肴的香味，久久地纠缠着弟弟妹妹，小孩子哪有不馋之理呢？然而做母亲的不能全部满足时，只能选择舍近顾远。

我每次收到包裹，都能体验到，这不是普通包裹，而是装满了慈母的牵挂、慈母的怜爱，而且也感觉到自己剥夺了弟弟妹妹的爱好，感到心中有愧。有时候我在想，如果一家人在一起生活，这些事就不会发生。母亲每次寄来的包裹里还少不了一张写着食物注意保管事项和物品清单的纸条。我只顾得注意包裹里的食品，一张纸条或许在不经意间被风吹走了。

温州知青回故乡探亲时，有一个不成文的规矩，就是返回时顺便给同乡带一个小包裹。关系好的回家探亲时也捎点东西回去，我不愿意麻烦别人，体谅他们带的东西很多，路途遥远不容易，几多辛劳，几多烦恼，所以从未叫老乡带东西回家，情愿到邮局寄。而母亲则不以为然，觉得这是个机会，这顺便为何不带呢？母亲带东西给儿子，谁能忍心拒绝呢？其实这一带家里又多了一笔开支，也许是一家人一周的伙食费。

我的父亲

谁也没有想到，父亲因为我和哥哥下乡黑龙江，幡然醒悟，自我修正处世的定位，履行父亲的责任和义务，自力更生，艰苦创业，从而使我们整个家庭过上了安稳的日子。

告别过去　洗心革面

我的父亲是一个制鞋的手艺人，从小聪明好学，当一起做学徒的师兄弟成为普通鞋匠的时候，他已是同行中的高手。当时在全市手工业局系统内，父亲是闻名的鞋样师，他出的鞋样，尤其是女鞋颇受消费者的喜爱。他的制鞋关键手艺很有造诣，如划料时既能把最好的皮用在最要紧的部位，而且同样一双鞋，他用料也是最省的。我的父亲性格豪爽，好交朋友，好喝酒，跟酒最亲。经常醉眼朦胧，沉湎在酒精中麻醉自己。在我儿时的印象中，醉汉这个词是在父亲身上读懂的。他有一次酩酊大醉时还骑在二楼的窗沿上，嘴里嘟囔着只有自己才懂得的话语，令人心惊胆颤。每月单位发工资那天，他会先与一帮朋友豪饮一番，以至于只要那天他到点没回家，我和母亲就不得不到他常去的几个酒店找到他，把他所发工资半路拦截。否则，接下来这个月我们一家人都得

"嘴挂钩，腰打箍"（温州民谚：意为没有吃食）。

熟悉我父亲的人，都会说他在两个儿子到黑龙江以后，完全像变了一个人似的。母亲也感慨说：你们哥俩去了东北之后，他的家庭责任感比以前有了根本的转变，尤其为以前陋习而感到内疚，从此便从好烟好酒到戒烟少酒，一心一意地扑在照顾家庭关爱子女的身上了，真正担起了使家庭走出贫穷的重任。有一点十分清楚，父亲完全是自我觉醒。父亲回归，善莫大焉。不惑之年能不惑，五十自然知天命。

呕心沥血　艰苦创业

我返城时，父亲已提前退休，创办了"双龙皮鞋店"。我发现父亲真的变了，他的话语变少了，已经戒烟了，喝酒少了，而且喝的量上十分有节制，他全身心投入了他认为最重要的使命，创业富家庭。他以自己制鞋手艺高的特长，抓住了改革开放带来的机遇，开始了20余年的艰苦创业路。

他从零开始，上手、下手独自完成，每天制作从1—2双鞋发展到每天几十双鞋，因为他头脑特别灵光，出的新鞋样市场特别红，我记得当时的市里文艺界名人、一医的医生及各界名流常到店里定做皮鞋、凉鞋，在我的记忆中，父亲做的鞋，库存永远是零。到后期小量批发鞋，求购者众，不乏都是先放定金。市场渐大，但产量有限，父亲就发动家族利用各种渠道，采用外加工方式，扩大产量。除了出鞋样需自己把握以外，所有工艺流程全部外发代工。记得当时的我，在银行下班后每天都到父亲那里拿活干，就是剪皮，每天加班3小时左右，领取10多元的收入。我不知道父亲怎么算的，每剪20双鞋付12.8元，1分钱也不多。钱每次直接包在皮中间，一手交活一手付费。每月有一半的时间接这个活，对总共只有不足100元工资收入的小两口，也是一笔不少的家补。

父亲的皮鞋店生意越来越红火，家境也随之发生了质的变化。父亲是一个铮铮硬汉，每天工作 18 个小时以上，但从未说过一句累，只是不断地创业，扶持家庭。父亲奋斗 20 余年，从未在任何人面前摆功劳，他也不喜欢人家说恭维的话，说句实话，6 个子女的成家立业所需的所有资金都是在他夜以继日的奋斗中实现的。他太不注意自己的身体了，为此他落下了眼疾和胃病，我至今仍清晰地回忆起父亲常常深夜在混浊的灯光下做工的情形，而不懂的我们从未劝父亲，早点放下手中的活，早点休息。

父亲奋斗 20 余年，使家庭过上了安稳小康的日子，他从未在我们面前说过疼爱我们的话。他宁愿在我们前面是严父的形象，实际上在我们心中越来越强烈地感觉到慈父的温暖。在我最后一次回家探亲的时候，有一天我肠胃不好拉肚子，怕我身体吃不消，父亲竟从一楼把马桶拎到二楼，令我心中一阵阵的酸。他的一生，做的比说的多，甚至只做不说。

父亲奋斗 20 余年，无论碰到任何困难，从未退却过。他对自己的奋斗目标永远充满信心，他对家庭生活永远充满乐观，每逢过年过节、周末假日，他都会全家改善生活，共享天伦之乐。

父亲奋斗 20 余年，他实现了他所有的目标，兑现了所有诺言。

超然脱俗　令人敬仰

父亲视信用似金，常说做人一句话当一句用，答应任何人的事一定会兑现，说话当有信，做事要公正。按现在来讲，是个绝对讲诚信的人。他讲起话来做起事来，按温州人的话来说，十分硬码。在家是绝对的核心，绝对的权威，他把 6 个子女抚养成人，帮助成家立业，没见过对任何一个子女有一点偏袒，公平、公正对待一切人和事。

晚年，父亲有平和的心态，对生活要求不高，从不与人计较，从不妒忌人富，从不与人攀比。他多次说过，现在我的生活条件比过去好多了，退休金足够用了。温州人的生活很优裕了，他同情弱势群体，从不抱怨牢骚。他体谅国家困难，总说中国的国家领导人太难当了，他常为中国崛起而感到自豪！中年以后他的一言一行，以自己的无私奉献感动着每一个晚辈，在我们心里竖起一座永远的丰碑。

父亲是一个非常有原则的人，任何人任何事他都会表达自己鲜明的态度，从不含糊，从不做老好人。他特别厌恶好逸恶劳、贪小便宜、没有正义感的人。我走上领导岗位，他丝毫没有高看我，总是叮咛我做老实人、办老实事。

多年奔波劳累使父亲晚年得了胃癌，病魔折腾得很厉害。他心里很明白，说手术不能做，也没啥药好用，他嘱咐我们就不要浪费钱，也不想麻烦别人。他对后事的交待仔细、周到、缜密、到位令人惊叹，念念不忘提醒我们对母亲好一点。

最终，我的父亲因病医治无效离开了我们，走得那么坦然。在我的追忆中，父亲的一生，是质朴的一生，是升华的一生，是令人仰望的一生。他始于水而"入俗"，却终于水而"脱俗"。"脱俗"这个词，用在很多人身上，只是一种赞美和恭维，用在父亲身上是恰当的，他是真的超脱于这个世界。

父亲走了3年了，但我对他的思念却日益加深，时常在梦里遇到父亲。一天深夜被梦惊醒，我披衣来到阳台，抬头仰望，皓月当空，四周宁静，我的双眼充满泪水，不觉低头默默地念叨：爸爸，你在天国都好吗？耳边飘来佟铁鑫和杨洋低沉的歌声——《父子》：

> 如果你是一棵参天大树，
> 我就是一粒种子；

你宽大的树荫把我守护，
我每天眺望你的高度。
等到有一天你慢慢长大，
也许我的枝干早已干枯，
无论你的繁华蔓延何处，
不要忘记脚下那片泥土。
我知道你的辛苦，
我明白你的付出，
却忘了如何跟你相处。
我们都不善表露，
可心里全都清楚，
这就是血脉相传的定数。
我心里有满满的爱，
可是说不出，
只能望着你远去的脚步，
给你我的祝福。
我心里有满满的爱，
可是说不出，
你是世间唯一的男人，
让我牵肠挂肚。
我知道你一直默默关注，
不论我光荣和屈辱；
不论成功失败都别太在乎，
要懂得忍让学会知足。
我心里有满满的爱，
可是说不出，
只能望着你远去的脚步，

给你我的祝福。
我心里有满满的爱，
可是说不出，
你是世间唯一的男人，
让我牵肠挂肚。
我害怕有一天自己苍老，
成为你的包袱，
我会在你身旁把你搀扶，
就像当初你带着我，
走出人生第一步。

孟大爷和仇师傅

北大荒是一方有 5 万多平方公里的黑土地，曾经有"捏把黑土冒油花，插双筷子也发芽"的美称。半个多世纪来，有几十万人先后来这里拓荒，开垦出闻名天下的大粮仓。

他们这些人是如何普通，普通到大部分人都没有让别人记住他们的名字，他们只有一个共同的名字——老垦荒。他们是最初的垦荒志愿者，勤勉了一辈子的开发建设者。

他们像蒲公英种子一样，让风儿把自己洒落在土地上，然后生根、发芽到逝去，普普通通，默默无闻，不知姓名，不问出处。我所走笔的仅是其中的两名拓荒者，记录也不过是他们平凡而不起眼的点点滴滴。

孟大爷：第一批垦荒队员

孟大爷，在连队是个人物，在我支边时，他年纪不过 40 多岁，也没当上一官半职，却有老字辈身份——老山东、老贫农、老党员、老垦荒、老先进等。他阶级觉悟高，对旧社会苦大仇深，对新社会感恩戴德；他干活不含糊，所有的农活没有他不会干的，每一样都干得很利索，拿现在的话说很有型；他爱憎分明，公私分清，爱管闲事，说话有分量。下乡伊始，他就成了我们知青学习和崇拜的对象，我很尊敬佩服他，至今印象深刻。

1956 年早春，江滨这片荒原迎来了新的开发者——山东青年支边垦荒队。这支垦荒队共 2376 人，分别来自梁山、单县、掖县、文登、临邑、城武 6 个县。在冰床雪被里沉睡了一冬的北大荒江滨大地，处处生机待发。新来的垦荒队员有的坐着四轮花轱辘马车，有的扛着行车卷步行，先后在草地树林中踏出了 12 条弯弯曲曲的小路，在这里建起了各自的新家。他们住窝棚、吃高粱米，向亘古荒原宣战，边开荒、边生产、边建设，当年就迎来了硕果累累的金秋，江滨荒原上又平添了 12 个新庄。我们所在的 21 连，便是当年的新庄之一 27 庄，我们敬佩的孟大爷，这位山东垦荒队员就是 27 庄的开发者之一。

我们刚到连队时，满怀的是知青要"接受贫下中农再教育"，孟大爷和一些老职工觉得也有对知青"再教育"的义务，而且身教重于言教，帮助初来乍到的知青度过三关：思想关、生活关、劳动关。于是，我们和孟大爷有了朝夕相处的关系，从了解变为理解，从感动变为敬佩，他在我们心中的形象高大起来了。

孟大爷事事吃苦在前，处处享受在后，一心只想到国家的利益，一心只知道关心群众，场院是连队重点管理的地方，收获季节，是谷物的聚集场所，商品粮的发散地；农闲时光，场院是粮豆的囤积库，种子的保管库。场院占地面积大，又远离连部与宿舍，所以无论刮风下雨，还是播种收割，孟大爷总是最后一个离开场院，东看看，西瞅瞅，非要找出了薄弱环节及时处理，生怕留有什么隐患而出乱子。譬如，粮食垛子盖好了吗？耗子洞堵上了吗？仓库的门上锁了吗？等等，不厌其烦，细小问题绝不放过。

连队的生活用水来自井水，大冬天的，井台就会出情况。这不，天寒地冻的，滴水成冰，洒出来的水一层层地浇在地上，逐渐抬高了冰层，成了一个小冰坡。人走在上面直打滑，容易摔跤出危险，更别说要提一桶水了。于是他从家里拿来冰镩子和丁字镐，又凿又刨，又戗又铲，把冰块扬送到远处，硬是将井台恢复原样，再用篮子捞起井里的浮冰。过些日子冰层结厚了，他又来凿冰清理，一冬天的井台清理他都包了。说起来都是小事，但别人不愿意干，他却干得津津有味，辛苦自己，方便大家。像这样的公益事他做得太多了，数都数不清，但他乐此不疲。

孟大爷人品好，很正直，很忠厚，给人留下了深刻的印象。当时知青与老职工交往当中，渐渐有了友情，有的成了"铁哥们"，一有空闲就串个门、唠唠家常，分享喜悦，倾诉烦恼。有意思的是，孟大爷当初相当关注知青，甚至成为知青的影子，却没有与知青成为好朋友。知青对他退避三舍，敬而远之，原因就在于他爱管闲事，看见别人尤其是知青犯了点小错误、小毛病，就会及时向连队领导打小报告。只要他知道某某做了错事之后，连队领导也就马上掌握了，一抓一个准，一般没个跑。而他认为，反映情况是对组织忠诚，批评教育是对知青负责。孟大爷对别人严格，对自己的 4 个子女也严格，只要做出了有损集体、连队的事，他都六亲不认进行管教，而且今天发生的事情，决不拖到明天处理。公私分明，爱憎分明，在他的眼睛里，决不能容得一颗沙子。这就使孟大爷有了"老黄牛"的称谓和"包黑子"的雅号。

刚下乡的头两年，垦区不少场（团）遭涝灾小麦减产，国家商品粮基地交粮不能打折扣，自己的口粮则大比例供应粗粮。而当时连队食堂实行"吃定伙"，发工资扣 12 元伙食费，敞开肚皮来吃。吃白面馒头、包子还好说，但嚼苞米面发糕、啃窝头就不是滋味了，在嘴里转着圈嚼，着实难以下咽，好不容易吃下去，又觉得烧心反酸，于是食堂餐桌上、泔水缸里、宿舍墙角、走廊边，都可以见到半块发糕、半拉窝头，黄金色显得特别的扎眼。孟大爷等老职工看见了肯定受不了。在他们眼里，知青浪费粮食，无疑就是犯罪。

连队领导对此很重视，问都有谁扔的，可谁也不敢承认，怕挨批判。连队指导员发火了，脸色由晴转阴，严峻又冷酷，一声令下，"不忘阶级苦，牢记血泪仇"的横幅标语挂在了食堂里。看到这种情景，大家知道一次"忆苦思甜"会又要开始了。孟大爷过去给地主老财打过工，吃苦遭罪受剥削。他曾经在忆苦会上说过，给财主老爷打了一年工，没有给一毫工钱，反而被棍棒相加打出门外，甚至放恶狗咬他。等他拿钱回家过年的家人，连顿团圆饺子都没吃上，一家老小抱头痛哭，后来又挨村乞讨度日……他在连队大会上的忆苦思甜，虽然是朴素阶级感情，却是我们对他肃然起敬的重要原因。至今我还记得他两眼充满泪水，控诉旧社会的样子。不知怎的，他顺嘴说到三年自然灾害时山东老家闹饥荒："人们饿得没东西吃，只能吃'观音土'，那玩意儿吃多了拉不出屎来，后来都出人命了……"连长指导员不乐意了，"扯啥呢，你诉谁的苦啊?!"孟大爷斜眼看了看连领导，这才悻悻地打住了话头。

连队的忆苦思甜教育不断深入，不但开忆苦思甜的会，还要吃忆苦思甜的饭。开会谈自己的感想，要大家深入"灵魂"挖根源。忆苦饭是苞米面加高粱米，混合起来上笼屉蒸熟，人手一块看着都打怵；还有一碗冻白菜熬的汤，汤中缺油少盐，菜邦子嚼不透咬不烂的，真的难以下咽。大家捧着冻菜汤，拿着"忆苦饭"，会场气氛是严肃的，场面却是乱哄哄的。知青们你看我我看你，咬一小口含在嘴里，久久咽不下去，眼泪却流出来了。第二天，食堂里还是老一套的饭菜，令人高兴的是人们手中的粮食不再到处乱扔，泔水缸里的剩菜剩饭也少了。不过，仅靠忆苦思甜杜绝浪费的效果，仅仅是表面现象，人们怕沾包惹事，不那么明目张胆，而是偷偷摸摸自行处理，以免留下证据带来麻烦。现在想起来，当时那种情景简直就是一场闹剧，也是一种悲剧。每每回忆起这事时，我心中只有感叹而已。

孟大爷对知青的再教育不仅思想、生活，还有劳动。他干啥活都很拿手，不仅要求苦干实干，也会讲究巧干，时常手把手教你，没有丝毫的保留。比如，铲地除草间苗的技巧，镰刀割小麦豆子的区别，挖土和泥脱坯的要领，场院扬场风向的定位，扛麻袋上跳板的巧劲，柳条子编筐的把握……受益匪浅。我从他的身上汲取了许多宝贵经验，感受到了一种老黄牛的精神。北大荒能开发建设成为今天的这个样子，离不开老垦荒队员的无私贡献。

岁月流逝，一晃已经 40 年过去了。不管人们在意还是不经意，时间就是这么无情，它可以让谎言破灭，也可以让真相大白，更可以让精神传承，就是这样在改变着整个世界。对老孟来说也是如此，当年的支边垦荒队员，后来的老孟大爷，如今的耄耋老人。对我来说亦如是，昔日下乡知青，如今人到花甲。只是孟大爷这位老垦荒的形象，永远留在了我的心里，影响了我的一生。我时常在想，有机会一定回到故地江滨，看望影响我人生的老孟大爷。

这个愿望真的实现了。我多次回去江滨，也终于见到了心中的孟大爷。80 多岁的孟大爷，现如今身体尚可，腰杆仍挺直，牙口也可以，

前排右四老者是孟大爷（2006 年）

只是耳背，跟他说话得大点声。别看他人已老了，依然那么的精神矍铄。长长的白胡须挂在胸前，微风一吹倒有点像得道仙人，神采飘逸。已是耄耋老人，却依然守护着黑土地，总觉得难以割舍。27庄这个有50多年的老连队，有着他的情，也有他的爱。茫茫荒原里流淌着他毕生的血汗，还有他挚爱亲人的身影。相处几十年的老伴走了，最钟爱的大儿子也走了，小儿子接他到场部去住，享受亲情之福、天伦之乐。他摇头，他倔强，依然守护这个充满深情的旧居。假如他的身体条件允许的话，我真想请他到江南温州走一走、玩一玩。可惜不能成行了，我为此感到十分惋惜。

孟大爷他们这一代的老垦荒队员，为开发建设北大荒的伟大事业，献了青春献终身，献了自身献子孙。在这片黑土地上，他们默默的付出，他们创造了奇迹，就是一座永不磨灭的丰碑。

仇师傅：第一代机务工人

20世纪60年代后期，江滨大地的亘古荒原变成万顷良田，首功应记在省萝北拖拉机站的名下。萝北拖拉机站当年是黑龙江省8个机站之一，机站有7个机耕队。1958年秋，萝北机站的3个机耕队共98人，连同跟随他们的22台机车正式划归萝北的11、12分场，这就是江滨的第一代农机工人，成为江滨农机战线的一支技术骨干队伍。他们除了继续开垦江滨的荒原土地，也开发农场的技术力量。他们组织培养了一批又一批农机学员，农场的农机工人都尊敬地称他们为"老师傅"。我连的老机务仇师傅就是其中之一。他担任我连机务排长、机务副连长期间，人们仍按习惯称他为"仇师傅"。

在连队里，人们知道仇师傅农机水平是个"大拿"，却少有人知晓他文化程度也是"拔尖"。仇师傅一口纯正的东北腔，人们都以为他是本地人，其实却是个外来户。他是牡丹江市中专学校的毕业生，先是被选调到萝北拖拉机站参观机务培训，后又分配江滨建点开荒。当年被调选的人必须思想进步，工作积极，身体健康，有一定的文化技术水平。在艰苦的开荒岁月里，他们之所以能克服种种困难，完成几十万亩荒原的开垦任务，与他们的政治素质和技术水平是分不开的。

虽说仇师傅是机务"元老"级人物，但他从不以"老"自居，始终兢兢业业扎根基层连队为农场建设贡献力量。他是我在农场遇到的最正直的老职工，按现在话说是充满正能量。首先，为人师表，管理极严，只要出错犯毛病，不论谁都敢得罪，就像眼里容不下沙子，"那可不行"是他的口头语，语气没有半点商量余地。当然，他也因此得罪不少人，所以人缘一般。不过，他所管理的机务工作真是刮刮叫，各项工作井井有条，机车保养得很到位，而他呢，各种工作都做在前，重活脏活干在先。在农闲时，除了一个机组留两个人外，其余的都跟农工一起干活，自己首先是第一个，没有半点私情可讲，铁面无私，这是大伙儿公认的。人们佩服他，又惧怕他，严肃的脸上极少见他有笑容。我想这除了个性之外，还有着病痛在身的缘故吧。

也许是常年劳累，体质下降，免疫能力较差，不幸染上了肺结核病，而且病得不轻，要靠大量的药物来控制。但他性格刚强，责任心更强，不肯因病而影响工作。当人们劝他休息养病时，他总是说一句"老毛病了，不碍事"。话虽这么说，但病魔缠身不得安宁，高个子瘦瘦的，总斜楞着肩膀，只有实在忍不住时，他才会捂着胸部，大口喘气，脸上露出一丝痛苦的表情。不过，第二天他照样第一个来到农机场、走进保养间，甚至跟车下地，从未因自己的病而迟到或早退过，更不要说请假养病了。他带病坚持工作，博得大家一致好评。在我心里，他就是21连的焦裕禄。我每次回访江滨时都去看他，发现他的身体极度虚弱，有时走路也很困难。这是他多年来病情严重的结果，我的心里真难过，恨病魔太残忍无情，恨自己无回天之力，唯有祝愿他少些痛苦、多些快乐！

仇师傅机车田间作业十分认真，尤其翻地、耙地时，讲究要到边到界。他说"地号边干活车不稳、人辛苦，但你少翻一犁，耕地就小一圈，地会越种越小"。他要求"翻地寸土不让，耙地寸土不丢"。他也十分爱护公家的财物，有人说他"家里横着走，地里斜着走"。要说"横着走"，大概是家里的大老呗，那么"斜着走"呢？我上机务后才整明白。原来机车翻地、耙地时，在地头拐角会遇到一些树疙瘩、树条子什么的，尤其才种了几年的开荒地里更是多见，他每回都会下车把树疙瘩清理掉，这就是"斜着走"。"扫帚不到，灰尘不会自己跑掉。"他借用伟人的话说道，"捡回去是烧火柴，留在地里是祸害"。这话说得轻松，却很实在，也道出了心声。我知道，他从到萝北江滨开荒的第一天起，就将机车、农机具当成了宝贝，也曾亲眼目睹开荒时树桩头撞裂了车底，树疙瘩损坏了犁耙，眼下树疙瘩卡犁、树条子跳耙，虽不至于趴窝子或造成多大损失，但人勤快点，机车维护得好些，作业就会多出点力。

仇师傅是机务科班出身，对机车检修保养很上心，一丝不苟，尤其是日常保养很讲究，认真严格，每次出车前、收工后他都对机车进行检查，以保证其正常工作状态。那一日，我在出车回来后按规定做日常保养，但想反正明天还得下地，就没对机车进行冲洗，偷懒一回，糊弄了一次。回到宿舍吃完饭，换上干净衣服去老职工家串门。正吹着口哨兴冲冲地走在路上，不料却遇到了仇师傅。他正从车库里出来，刚检查完机车。见到我，他笑咪咪地说："小应哪，穿得水光溜滑的，我问一下，你的车子也这么干净吗？"

我知道，师傅话虽不多，但话里有话：人讲仪表讲干净，是满足自尊；车按规矩做保养，是讲究敬业。我顿时脸红得像猪肝一般，说话也大舌头了："师傅，我这就去，擦洗干净。"师傅的批评只用了三分力，给我留了面子，也留了反思空间。想想也是，机车不会说话，但它需要我们严格保养等级制度，进行认真维护保养，才能不耽误随时出车使用。记得师傅后来跟我说过：我们要求爱护机车，严格例行保养制度，根本上是降低成本，提高使用效率。你要是糊弄车，车就会糊弄你，那是糊弄小鬼子的活儿，咱能干么?! 咱干活就得认真，就得干好。师傅这些话，我听了很受启发，受益匪浅，至今一直牢记师傅的教诲，干一件事，必须认真干好。

仇师傅曾任我连机务排长、机务副连长，后调场部一所学校任校长。在他所在的工作岗位上，一直带病坚持工作，甚至硬撑着玩命一样。不忘初心，方得始终，走完他选择的人生之路。

几十年过去，我们来回顾孟大爷和仇师傅的故事，重温他们坚持规章制度，对工作极端负责；追忆他们讲究以身作则，来严格要求自己……其实，他们展示的是浓缩了的老垦荒的形象，他们奉献的是一个安稳天下的粮仓，还有一种永世长存的精神，这是一个伟大民族不朽的灵魂。

是啊，一个人的传奇或许是可歌可泣，成千上万人的传奇却可以改变国家的面貌，振兴我们的民族。共和国不会忘记，应当给他们颁发奖章，也会为他们树碑立传。

原 21 连职工仇师傅夫妇（前排）应邀来温旅游（2006 年）

我的"五·七"大学

下乡去北大荒务农，虽说度过了 10 年知青生涯，却也帮我圆了儿时的两个梦想：一个是当兵梦、一个是大学梦。当兵去的是沈阳军区属下的黑龙江生产建设兵团，上的大学是黑龙江生产建设兵团 2 师"五·七"大学。虽然都没有达到"足金"的成色，但我心里还是充满了感激。这两段经历在我的人生轨迹中留下了深深的烙印，它见证我从迷茫走向坚定、从幼稚走向成熟的青春时代。

无奈选择

我下乡去的 2 师 10 团，实际上就是在江滨农场基础上，按部队建制组建的，变更的是管辖管理层面和名号称谓而已，基层生产连队几乎没啥变化。所谓"屯垦戍边"，屯垦就是农垦翻版，戍边便是全民备战。其实，兵团战士与地方的基干民兵，在武器配置和军事训练上，也没见有多大区别，虽然都叫兵，手中都有枪，都是"土八路"。有人曾戏称我们是"7083 部队装甲兵"，言下之意为"七零八散的装假兵"。我们当年真正的身份是下乡知青、农场职工。

我上学就读的"五·七"大学，实际上就是兵团 2 师教导队，两块牌子一套班子而已，校领导也由教导队的政委、大队长兼任，都是现役军人，学校地点就在萝北县城凤翔镇中心的邮电局隔壁。我们是从1975年7月就读"五·七"大学的。全校就1个班，学员大约120名，分成10个组，我被分在第9组。由于历史的原因，我们是"五·七"大学第一期学员，也是唯一一期的学员。

别看2师"五·七"大学牌子不起眼，学制也只有1年，学历国家也不认可，但在当时，作为第一期的"五·七"大学学员，都感到无比的骄傲和自豪。这些来自2师的师直和所属各团的学员，有这么几个鲜明的特征：都是各单位层层推荐出来的优秀知青；都是各团连为自己定向培养的后备干部；都是当年响当当的扎根派，不乏有被连队推荐到著名院校而坚决放弃的知青；学业结束后，学员都要回到各自的连队；学员中现职连排干部占70%以上、党员占40%以上。

但是，对我来说，上"五·七"大学与否，思想上是有过斗争的。因为上年（1974年）我曾被推荐上大学，因政审未过关，在师部被刷下来。1974年下半年父亲政审一事已作结论，1975年继续被推荐上大学的可能性很大。可是"五·七"大学招生要早一步，按团领导的话说，自己办的大学，要挑最好的学生。并明确告诉我，这是组织对我的考验，当时也正是我入党的关键期。说实话，当时无奈中我选择了"五·七"大学，后来成为我团唯一一名学员。现在看来，当时的选择并不错。

良师益友

由于当时条件的限制，"五·七"大学设施简陋，管理也不那么规范，但我至今还认为师资绝对是一流的。学校的师资来自两个方面，一是2师教导队的教员，二是原八一农大解散后分流过来的老师，有几位老师曾到苏联进修过。他们学识渊博功底深厚,教学经验十分丰富,教学质量自然很高。按现在的话说,听他们讲课,在获取知识的同时,简直在享受。

一位姜姓老师授课马列主义哲学、联共(布)党史、近代中国历史,以其绝佳的口才谈吐,对系统理论进行精辟表述,对历史事件深刻剖析,对哲学原理生动解读,使原本很是枯燥的理论课,让我们都听得津津有味、如痴如醉。记得这种情形只有过去在连队帐篷听老高三讲福尔摩斯破案故事时才出现。在学校一年,是我第一次比较系统地接受马克思主义的理论教育,而且收到了非常好的效果,至今印象还特别深刻。

坦诚说,我仍怀念那个特殊时代下的特殊的学生时代。我怀念那些曾经朝夕相处一年建立的既原则又简单、既热情又纯朴关系的同学。从他们身上,我看到了那个时期一代热血青年为追求知识、追求真理而表现出来的近乎疯狂的学风,看到了知识青年在历经各种磨难中表现出来的不屈不挠的品质。

当时学校课程安排很紧,一周上课6天,另外1天自学,没有休息日制度,还经常在晚上组织讲座或讨论。但同学们的学习热情更加强烈,互相攀比谁起最早、谁熄灯最晚、谁笔记最完整、谁读的原著最多。每每班里组织大讨论,同学们事前都会检索、查阅大量的参考资料,不分昼夜甚至通宵达旦做好充分的准备。在讨论会上,为一个观点、一条原理,大家争先恐后发言,争得面红耳赤,都想以严密的理论体系将对方说服,俨然像一个理论家在发表长篇演讲似的,其激烈程度远超过如今的竞聘演说,获胜者无不欢欣鼓舞。这种讨论一开就是三四小时,激情高昂的学习场面也深深感染了在座的老师、班主任、校领导,无不为之拍手称好。

我的同学小杨子,14团(现共青农场)的哈尔滨知青,我们在一个组。他中等个子国字脸、衣着朴素而整洁,很爱着军装,一年里我没看他穿过别的衣服（不知有没有），冬天也是军棉衣，风纪扣从未松过。他只有一个爱好——读书。因为学校图书有限，他几乎每周日自学都是呆在县新华书店，只到吃饭时才出现在学校。他将自己的收入（我们是带薪读书的）扣去饭钱和少得可怜的日常费用外，其余全部花在买书上，每月还列出书单寄家里买书。班里就数他的书籍最丰富了。马克思、恩格斯、列宁、毛泽东选集必备外，还有大量的其他书籍。我记得他当时还有一套人民文学出版社 1973 年出版的 20 卷的《鲁迅全集》。

他读书十分认真，对自己要求十分苛刻，所有理论书空白处写满了心得和注解，密密麻麻，还有不少红杠子。他学风十分严谨，是班里的"理论博士"，也是"纠错专家"，能清楚指出错误观点、错误在哪里，叫你去看哪本书哪一页。人若不信，找书一查、果然不假。他引经据典头头是道，表述理论滴水不漏。他这种酷爱知识、孜孜不倦的学习精神和劲头，无形地激励着我。学习毕业后不久，他就被提升为连长（原来是副连长），可万万没想到的是因车祸丧命，真为他的离世而深感痛惜。

我另一个女同学小刘是上海知青，为适应"文化大革命"潮流，她改名为刘敢想。如今说来，人们会将此当作茶余饭后的谈资笑料，但在"文革"期间，可是一个彻底革命者的象征。刘敢想当时在我们班里绝对是一个活跃分子，体现了她改名的革命性。首先，她敢想也敢说。在讨论会上，她总要争第一个发言，但因为她是 69 届的，理论基础比人家差一点，理论逻辑上常有错误论点而给人留下话柄。可她一点也不怯场，反而说："毛主席不是教导我们在实践中学习，在学习中实践吗？"其次她敢顶，对学校对班子里有意见就顶，心直口快，口无遮拦，为人处世正直简单，给人留下深刻的印象。

1975 年下半年，兵团大张旗鼓地宣传陈月久的先进事迹，鼓励知青扎根边疆干一辈子革命。陈月久是宁波女知青，是三师 21 团（八五三农场）的，得重病回宁波医治，终因病情加重不幸逝世。临终前她对农场来看她的人说：死后请把我的骨灰带回北大荒，埋在雁窝岛上，让我永远陪伴着你们。她的事迹在学校引起了强烈的轰动效应，在举行的表决心大会上，刘敢想第一个跳上台，铿锵有力表态，誓言永远扎根边疆，永远不回头。同学们纷纷响应，都在扎根边疆的倡议书上签名，后来还听说有同学写血书盟誓。

我入党了

1976年1月14日，我终于入党了，实现了我多年的夙愿。那天，当我收到入党通知书，捧着入党的纪念品——党章（至今我仍珍藏着），心情十分不平静，感觉自己特别光荣、特别幸福，热泪忍不住落下来。真的，这种心情于现在的人们是无法理解的。

首先想到了妈妈，就想对妈妈说，我也是党的人了！儿时就常常因为有一个党员妈妈而感到非常自豪，感觉妈妈很伟大。她常常利用休息日带我去做义工，帮助她单位病弱职工做家务、洗刷单位公厕等等。那个时候我就感觉党员就是光荣、就是模范，就要多做贡献，心底里就想参加工作后就要争取做个党员。

入党的那天晚上，我写了一篇长长的日记，详细记录了多年来党组织对我的培养和教育以及入党时的喜悦和今后的努力方向。在入党宣誓仪式上，一位领导语重心长地对我说："应国光同志，你现在人是入党了，但在思想上你还未真正入党，一定要继续努力，斗私批修，做一个合格党员，组织上会继续考验你的。"日记中还对我的两个入党介绍人表示了崇高的敬意。一个是13团（延军农场）的北京女知青杨铭，一个是独立二团的本地青年郝德祥。入党时他们就已经是连排干部，对我的入党付出了自己的心血，我总感觉那时的入党介绍人特别负责，对入党对象政治教育很严格，谈话很深刻，平时考察很仔细，经常会指出你的不足之处及改正建议，着重帮助你从思想上入党。

现在回想起我在北大荒的入党经历，从递交入党申请书开始，全面接受党的理论知识教育，在实践中经受各种考验，组织多次考察，群众反复评议，到组织严格政审、接纳我正式入党，四个年头，每一步、每一环都是一丝不苟，是真刀真枪。一句话，那时的入党就是高标准、高要求，体现了党的先进性、纯洁性。

带队实习

在学习即将结束的前两个月，学校将学员分成若干小组下连队实习，我没想到的是居然叫我带一个组。是理论学习后到基层实践检验，显然也是组织对我这个新党员的考验。我们一个组是 7 个人，除了 6 名学生外，还有姜老师。他原来是八一农大资深老师，曾被打成右派，所以平时不怎么爱说话，很谨慎，关于政治话题更不谈半字，但我们都很尊重他，这也使他脸上偶露笑脸。

我们去的连队是 11 团（军川农场）13 连、2 师学大寨标杆连队，师领导亲自蹲点的典型单位，连队每天来参观学习的团队络绎不绝。就因为如此，所以连队的基础建设、机械化程度等，都是当时 2 师范围内的任何连队不可比拟的。一条条道路宽阔又平坦，一排排树木郁郁葱葱，一幢幢砖房井井有序，师里进口的农业机械首先会出现在这里，而且这个连队还有一个招待所，这在别处是不可想象的。每天都能听到杀猪的嚎叫声（一般连队一月才杀一次猪），常常还能闻到鱼腥味。这个生活条件在当时来说绝对是超一流的。

这个连队最大的特点就是抓革命、促生产，搞得热火朝天，从早到晚，到处充满了朝气和生机，阶级斗争氛围也很浓厚。连队指导员是 1958 年的转业军官，小个子小眼睛、腰杆笔直，他在连队的权威是不容置疑的，作风强悍，说做就做、说到做到，对抓阶级斗争根本不含糊。在这个连队召开的现场会、演讲会、批斗会、誓师会，不论层次高低，都会声势浩大、高潮迭起，政治火药味儿浓烈，足以震撼全场。

一次连队召开批斗会，批斗对象是现行反革命——一名北京知青。因为他出身不好，平时又爱发牢骚，是连队重点改造对象，最脏最累的活都分配给他干，日积月累，他心中充满怨恨。在一次播种时，因别人都有轮换休息而他没有机会，就捡了一块土块把播种机口卡住了。这事被指导员抓住了，当然要作为现行反革命的典型，破坏农业学大寨的坏分子进行批斗，最后他是以犯现行反革命罪判刑。

在实习期间，我也结交了一位至今仍是挚友的知青荒友，他就是上海知青戴文龙，时任13连连长。他出身好，中高个，身强力壮，像头老黄牛。他的连长的确是干出来的。你看他整天一身泥巴沾在衣服上，一身臭汗湿透了全身。他坚持每天带头出工。早上出工号一响，大家往连部门口一看，戴连长拿什么家把式就明白今天做什么农活。戴文龙不善谈吐，又不会拿架子，就会脚踏实地埋头苦干，作风朴实，为人真挚，在知青中有很高的威信。《解放军画报》当时还刊登了他带知青出工的彩色照片。不论做事或做人，戴文龙都是我的学习榜样，都是我一生中结识的最有感情的良师益友。

终身受益

"五·七"大学毕业时，我幸运地被学校评为优秀学生。38年过去，现在回想起来彼时的情形，还十分亲切，宛如昨日。学校领导、老师的谆谆教诲，同学、荒友的手足之情，那个特殊熔炉的提炼，使我身心受益，使我明理人生观、价值观，辨别世间真善美。不管时代变迁，不管历史条件更迭，有许多经验教训都在指引我后来的工作及生活，起到难以舍弃的正能量作用，并将继续传承到我的人生终点。

人要学习。活到老、学到老的真谛，就是要不断地调整自身的知识结构，来适应自己生存的环境，使工作、生活过得顺畅、自由。不学习就是选择放弃，不学习就是自我堕落。不难想象，一个与世隔绝的"文革"时期的人，突然降落在当今社会，他将如何生活？我在"五·七"大学学到的马克思主义哲学理论受用至今。我没学好，但我清楚，如果能够真正把这些理论知识应用到实践中，就会起到事半功倍的效果。

1976年"五·七"大学毕业时和同组同学合影

人要正直。不管哪个年代，不管以悲剧、喜剧出现或终止，都能折射出人的真善美。人们的处世方式不同，但在名、利、义上都会有自己的选择。党组织一直教导我们，树立正确的人生观、价值观，做一个名副其实的共产党员，这一直是我努力的方向。北大荒的经历告诉我，为人处世当干部，首要的是心不能歪，不论风云多变，正直的心始终不为所动，公正的天平始终不能失衡。

人要执着。北大荒的磨难告诉我，不论在多么困难的环境中生存，不论如何在特殊历史时期中折腾，人对美好生活的向往，对实现自身价值的追逐始终不能放弃，"是金子总会闪光的""办法总比困难多"，是一种信念，有几分哲理。后来我在诸多不同的工作岗位上，不论困难多多、不论阻力重重，都会按照努力的目标，坚韧不拔，探索进取，尽力争取理想的结果。

北大荒啊，感谢你！"五·七"大学啊，感谢你！如果历史再让我选择，我仍然离不开你！

连长之履

至今偶尔我还在思索：我是怎么当上连长的？我是怎么当连长的？而后来我又是怎么当上行长的？我又是怎么当行长的？很巧的是，我是支边的第六年走上连长的岗位，而我返城的第六年当上了银行行长。我在连长任上做了 28 个月，而在行长岗位上履职 28 年（含各级行领导职位）。更巧的是我在领导岗位上从未当过副职，短期的履职副职也是主持工作，而且都是破格提拔。1976 年我从 2 师"五·七"大学毕业，担任连队农业技术员两个月后，即被任命为 21 连连长。1984 年 7 月我从浙江银行学校毕业回到温州后，在市分行人事部门帮助工作不到两个月，就被提拔为人民银行瓯海县支行副行长（主持工作），此前我在银行工作近 6 年还从未任过任何领导职务。1995 年 2 月，我从工商银行瓯海支行行长岗位上，直接被任命为工商银行丽水地区副行长（主持工作），第 2 年就被转正。

我从内心深深感谢各地党组织的培养和信任，使我这个无任何背景的人，一步一步走上各级领导岗位，而每一次任命对我来说都是感到十分意外，每一次履职自己心里都是感到十分不安，唯恐自己不能胜任，给组织抹黑，给工作带来损失。所以说，每一次上任对我来说，都是一次严峻的考验和能力的鉴别。

踌躇满志

当我被任命为连长时，不足 25 岁，心情异常的激动。除了短暂的兴奋之外，更多的是不安，任重道远的使命感，压得一宿睡不着觉。如何当好连队带头人，为连队的建设贡献自己应尽的力量？冷静下来，我客观地分析了自己的长处和短处，暗下决心，当然这个决心首先来自上级领导的信任，我忘不了场部领导找我谈话的情景：小应，场部党委相信你能勇敢地挑起这个重担，带领全连职工，开辟新连队的新面貌！我一定要以实际行动证明："我能行，我一定能行！"

第二天一大早，我就搬到连部住下，用了一个多月的时间，主动找连、排、班干部谈话，倾听他们对连队发展的意见和建议，求得他们的理解和支持，跑遍连队所有地号，走访有经验的老职工，根据自己五年多参加连队生产建设的体会，运用在"五·七"大学学到的现代农业理论知识，初步掌握我连农业生产、畜牧生产的第一手资料，制订出完成当年各项工作的具体措施及下一年农业生产的详细计划。

比如，连队地势低洼，易遭涝灾减产，就大兴水利建设，挖渠排水防涝。又如，传统翻耕形成犁底层，土壤含水少升温慢，采用豆地深松耙茬种小麦，改善土壤耕层构造。还如，深翻到地表的白浆土，阴凉有机质养分低，利用沼泽地草炭改良白浆土。再如，苞米大豆间种增产，植树造林防风，冬闲搞副业增收等等。也许是我的诚心感动了上帝，这上帝就是天和全连职工，不到半年，我连的农业生产和基本建设就有了长足的发展。任职当年风调雨顺，在全连职工的共同努力下，我们圆满完成了上级下达的各项任务指标，年底在参加农场年度工作总结大会上，得到场部领导的肯定，心里是多么开心。

当年适逢农业学大寨，各连都要制定"上纲要、过黄河"的规划。

我有幸参加了由宝泉岭管理局组织的赴红兴隆管理局八五三农场取经的参观团，亲眼目睹了该农场在农业机械化引领下农业生产大发展的繁荣景象，亲耳聆听了现代化大农业发展的宏伟远景，回来后对连队的发展前景信心大增，迫不急待。在较短的时间里，连队领导一班人就集思广益地搞出了一个连队建设的蓝图规划。现在回顾起来，我们当时也是处在一个激情燃烧的岁月，本着大庆人"有条件要上，没有条件创造条件也要上"的精神，梦想在最短的时间里，使连队实现现代化大农业，为使北大荒变成北大仓做出较大的贡献。

在任连长两年半时间里，我几乎把自己的时间和精力都花在连队的建设上，几乎忘记了在远方的父母和兄妹，几乎就把自己当成了地道的北大荒建设者，要不是后来的返城大潮的冲击，也许我就是彻底的北大荒人和真正意义上的扎根派。

由于写这本书，我又翻了旧时的日记和工作扎记，可惜绝大部分都遗失了，在有限的几页笔记里，字里行间无不透出那时自己的工作激情和满满的政治抱负。

九四年生产计划　　团长指标

总耕种面积　　11,17万亩

粮豆水稻　　10,365亩

小麦　4,500亩　亩产35斤
　　　　　　　总产157.5万斤
玉米　2,7万亩　亩产530斤
　　　　　　　总产143,1万斤
谷子　525亩　亩产16.斤
　　　　　　　总产8,4万斤
大豆　2,640亩　亩产26斤
　　　　　　　总产69万斤
甜菜　26亩　亩产1,500斤
　　　　　　　总产39万斤
麻麦　3.亩　亩产30斤
　　　　　　　总产0.09万斤
土豆　3.亩　亩产1,2万斤
　　　　　　　总产3,6万斤

九四年实种面积
总耕种面积　　11,17万亩

小麦　4,500亩
玉米　2,7万亩
大豆　26,25亩
谷子　450亩
蔬菜　225亩
土豆　3,亩
牧草料　350亩
玉米制种田　75亩
小麦原种繁殖田　60亩
细菜制种田　18亩
大豆制种田　60亩
甜菜　26亩（用豆种大豆）
　　（豆地套种12000入大豆之中）
葵花　30亩
显株　15亩

畜牧生产计划
羊：年初报　2万头
　　繁殖成活　34头
　　仔畜死损　100头
　　年末存栏　400头
牛：年初报　106匹
　　繁殖成活　30匹
　　年末存栏　130匹
猪：年初报　2头
　　年末存栏　2头

工副业生产计划
红砖　2,0万块　总产值6万元

基本建设计划
学校　340m²　投资7.2万元
畜牧用房　230m²　投资4.2万元
青年点住房　240m²　投资7.2万元

农田基本建设计划
土方总计　14万立方
水利　3千方
平正土地　8千方
改土　3千方

小麦地播种设计及播种作业情况

（一）九号地　　　　面积9.3垧　保苗万作株/垧

品种　　　从石庄卫东　48.5垧
　　其余
荒津　　　从东往西　　3.5垧
　　兴麦工三　南北垄头　9.5垧

播种时期　　3月25至29日。
① 前茬　　　小麦、菌种丰为。
② 地间处理　顶凌耙地。
　　　　　二手耙细。撒肥镇压。
③ 施肥　垧施复合二八一五丁磷机拌肥
　　　　〈车轮心素肥去丰拉肥川/垧〉
④ 播种方式　15cm条播，播后镇压3次。
⑤ 三叶期　垧肥一次川米/垧尿素
⑥ 分蘗加期24斤垧川/垧浇透

（二）十号地　　面积5垧
品种　从垄卫东17.川力。用此地块2.垧
其余　　　保苗株数设计750万株/垧
地块　从东正南　　3丁垧
播种　① 播期　4月1日至4月3日。
　　　② 前茬　大豆

② 地间处理：顶凌耙地　2遍，播前硬
　　　化2遍，引水深播。
③ 播种方式　15cm条播，播后镇压2遍。
④ 施肥：
　　A：从东往西12垧
　　　　P15斤N60斤/垧
　　B：再往东15垧15斤合川/P加
　　　　尿素颗粒肥混60斤工/垧
　　C：东1垧未　当未2处理。

（三）五号地　　面积　3.5垧
　　　其余　丰力
① 间设计　保苗株数720万株/垧
播种：① 播期：4月3日。播前压2遍
　　　② 前茬　玉米〈取收丰耙〉
　　　③ 地间处理：春发地，秋翻耙3遍
　　　　　播前镇压2遍
　　　④ 播种方式　35cm手播　厘留眼。
　　　⑤ 施肥：播肥一丁加拌肥肥川/
　　　　　三叶期追加川斤/垧
　　　⑥ 化学丰丰一次2斤/垧
　　　　　　　2斤/垧

大豆地播种设计及播种作业情况
面积　189垧
品种　黑河二号·合丰八号。
其余　黑河丰　5丁垧
　　　1号地　40垧
　　　3号地　17垧
　　　合丰八号　152垧
　　　八号地　70垧
　　　二号地　49垧
　　　三号地　13垧

八号地　　面积　70垧
　　　品种　合丰八号。
　　　田间设计　川垧保苗50~55万株。
播种：① 播期　5月3号至4号。
　　　② 前茬　玉米
　　　③ 地间处理　春发春耙〈4月18号〉
　　　　　轻轻2遍。播前镇压。
　　　④ 播种方式　50cm行光豆。
　　　　　7.5寸留苗带。播前镇压2遍。
　　　⑤ 苗前丰耙一遍，播后八天。
　　　⑥ 苗期12对真叶时苗耙一遍。

⑦ 施肥·拌种叶播前加颗粒肥0.8丁
⑧ 5月24号头遍中耕，拌天加除草天。
⑨ 6月1号2遍中耕
⑩
⑪
二号地　　面积　49垧
　　　品种　合丰八号
　　　田间设计　川垧保苗50~55万株。
播种：① 播期：5月4号至5号。
　　　② 前

1976—1978 年任连队队长时的部分工作札记

亦师亦长

我们连队的指导员姓于，是1958年的10万转业官兵中的一员。他随预7师来到北大荒来到萝北，一直在江滨的连队任职，勤勤恳恳、兢兢业业，有丰富的基层工作经验，但他做事低调，为人诚恳，对我各方面的帮助很大，我的心中一直充满着感激。尤其是我担任连长之后，我的能力和水平，不可能即刻随着升职而提高。当年年轻气盛，在不少方面还不成熟不老练，工作中难免犯一些小错误小毛病。他时不时对我做点提醒，给我"打预防针"，传授他的工作经验，特别是在我遇到头疼的问题时，他及时建议我这样处理或那样安排。

从连队管理的程序来说，一般是连长分管行政和生产，指导员负责党支部和政治思想工作，分工明确，谁也不会越过那条无形的线。我是新官上任，别说副连级干部没当过，就是排级干部也没干过，如今诸多职责繁琐事务一下子压在了我这没有领导经验而又稚嫩的肩上，使我感到担子沉甸甸的。

我当时想得很简单，首先要考虑的是真心实意"拜师"。跟老领导拜师，求得指导员的帮助，得到副连长、副指导员的配合和支持。只要连队领导班子团结上不出问题，连队的一切工作都顺畅了，使我对机务、农工、家属、畜牧、后勤等工作的协调和各个班排的管理逐步走上了正轨。记得当时有个说法：问题在下面，根子在上面。实践告诉我：一个连队的工作做不好，生产上不去，多半是一班人不团结，各拿一把号，各吹各的调，自然也谈不上协调和配合。

指导员一心一意帮助我搞好工作，事事处处维护我的形象。当我在工作中出现某些失误时，他主动承担了责任，并且语重心长对我说："我刚走上领导岗位时，也没有经验，只有靠摸索，边干边学过来的。

正因为你年轻和缺乏实际经验，难免会出点差错，大家也能谅解，但一个坑里只能掉一回。"我心里很感激指导员的气度和包容，但还是勇于承担责任，改正错误，及时弥补。同时，以此作为教训，时时提醒自己，今后决不能重犯毛病，并将失误降到最少。

指导员过去对下乡知青十分关心，如今对年轻连长不无支持，"没事，大胆干，我支持你"。他的所作所为真让我温暖又感动。在我任职初期，指导员常常在连队的各种会议说："我们连队有许多人，年龄比应连长大，资格也比他老，经验还比他多。但是，他是上级任命的，是培养新干部，我们应该无条件支持他的工作，维护他的威信，决不能搞阴谋诡计、小团体主义。"当时我深信，有这样的指导员，心往一处想，劲往一处使，一起搞好连队的建设，就没有过不去的火焰山。

能与于指导员搭档，真是我的幸运。受累的倒是他，真的难为了他。作为一位转业军官，他能顾全大局，识大体，为人正派，素质很好。在他引导下，我慢慢地熟悉工作，渐渐地打开局面，使生产建设和连队管理不断出现新变化，多次得到场部的表扬。于指导员的一言一行对我为人处世、待人接物都起到了榜样作用。如今我回想起来，没有当年指导员对我的教导和帮助，哪有当时我所取得的进步和成绩呢？也对我返城工作积累了宝贵的经验。

40多年过去了，那些曾经在战场上抛头颅洒热血、又转战北大荒出大力流大汗的老兵，深深烙在我的心坎上，从未真正离我们远去，他们依然用一颗赤诚之心，守护着他们热爱的土地。老兵不死！他们的精神永远照亮我的人生旅程。

地头地号

我自己感到很荣光的一张照片，头带民间军帽，上身穿着一件别人送的军队干部服，下身穿着膝盖上有大补丁的工作裤，脚穿一双中统橡皮鞋。当年穿军装是时髦，也是时尚。干部服上衣有 4 个口袋，上面口袋插支笔，下面两边的口袋放着笔记本，随时用来记录连队的情况和工作数据。这就是我时任连长的一张正照。

我连受气候、地理的影响，如受来自高纬地带的强冷空气控制，常年无霜期仅 130 天左右，要完成翻耕、春播、夏收、秋收和田间管理，以及基本建设等作业，季节性十分强。从春耕开始到秋收，可谓"忙得脚打后脑勺"。这不，机务田间作业两班倒，歇人不歇车，地头吃饭交接班；农工围着太阳转，夏锄时"早上 3 点半，晚上看不见（7 点半），地里两顿饭"。农忙时，后勤、畜牧都要挤压派出人员，下地参加大会战；连领导更得"出工让战士踩着干部脚印走，收工是干部踩着战士脚印走"，根本没有什么休息日。返城后，单位"八小时工作制"，按点上下班，又有了"双休日"，开始觉得不习惯，后来感觉很享受，真是天堂过的日子。

我连有近 750 多垧（公顷）耕地，由于过度开荒，植被破坏，地表裸露，再加上植树、水利建设跟不上，四五月多风，干旱少雨，遇上 6 级以上大风，尘沙飞扬，好不容易播下的麦种，往往被吹的七零八落。由于受低压槽和临海阻塞高压堤的影响，冷暖锋面往往在这里停滞，七八月阴雨连绵，土壤水分饱和积水，时间又逢两江汛期，水位通常会接近地表面，旱河、干渠、莲花泡水满为患，已无排放能力，若遇江水倒灌，就会出现出槽成灾的现象，就会给小麦收割带来困难，也会造成大豆苞米的贪青晚熟。有时秋降大雪成灾，雪里收大豆掰苞米，粮豆减产，人更遭罪，而全连职工越冬工作不能含糊，必须同时进行，工作状态可谓如履薄冰，里里外外丝毫不敢懈怠。

农忙季节连队很少开会，连里干部一般都现场办公。有啥问题就在地头当场解决，开会多半席地而坐，称之"碰头会"。有事赶紧说话，没事就去干活，连排干部各司其职，令行禁止简单有效，很少有"商量研究""请示汇报"等拖延、推诿现象。就连场部首长来基层连队检查工作，也是不进连部先到地头，我们就在地头向领导汇报情况、请示工作。

当时的我，中心工作就是抓农业生产，核心是抓农作物生产。因此办公室就在地里，我的任务就是跑地号，一连半年就是在地里跑地号。要掌握安排连队的耕种管收，少不了跑地号，随时要掌握第一手资料。下乡北大荒，我对"广袤"这一个词有个更深的理解。读书的时候就知道，东西的宽度为广，南北的长度为袤，指土地面积，亦形象辽阔，也用来形容天空、草原、湖泊等。我走近东北大地，走进三江平原，既观看解读，亦感受体验，以为用广袤来形容它更贴切。连队有好十几地号，小的几十垧，大的上百垧，近的在周围，远的十几里路外，有的地号往返一次就得走近20里路。连队的地号，跑了多少趟，走了多少路，我自己数也数不清。记得当时农忙时节，每天不停地在地里转，一天至少要跑30里地，脚踩在疏松的土地里拔出来都费劲，一天下来，小腿子酸，腰背痛。回到连部，一点力气也没有，简单啃点馒头、窝窝头，就点咸菜，一头栽在炕上，就呼呼睡了。好在年轻，一觉醒来，又是一条汉子，又开始了新的一天跋涉。

亦苦亦乐

我当连长后，农场使用频率最高的词语就是"大干快上"，我连也不例外，冬闲变冬忙，全连干部战士一道，马号刨肥料，地头修水壕。连长必须带头冲上，冻土层坚硬得像石头，铁镐狠命地刨下去，冒出无数火星却只留下一个白点。工地上热火朝天，我把棉衣脱了，头上身上直冒汗，头发上毛衣外结一层霜。中午我和大家席地而坐吃包子，这包子还得快吃，吃得稍慢一点，便会冻得硬梆梆了。而开春以后，从播种到收割，从开荒整地到大田管理，风里来雨里去，晴天一身土，雨天两腿泥，回到宿舍洗脸，鼻孔里耳朵里挖出来的是那结成颗粒状的脏土。但这些苦对我来说无所谓，当看到一车车肥料撒落在广袤的土地上，当一条条水渠将大片田地划成有规划的大格子，当春季播种结束，当麦苗爬出泥土，大地一片生机时，当秋天场院展示丰收的硕果时，我的心情是多么得快乐，心里甜滋滋的，睡觉时都露出笑容。

那年初夏，地里的庄稼长势很好，场部组织来我连开现场会，表扬我们连队春播抓得紧，时节把握恰当，生产管理得当，这使大家感到非常荣幸，这在当时来说，是对一个连队工作最大的认可。当时由于连轴转，我体内虚火上升，牙床也肿了起来，人发高烧打不起精神来，走起路来如腾云驾雾一般，昏昏沉沉的。半边脸如针扎痛得头皮麻木，尽管打了消炎针，吃了消炎药，也无济于事，一连一个星期都只能喝苞米糊子。即便如此，我满脑子想的是工作，咬紧牙关硬挺着。当时我的信念就是：你是连长，坚决不能倒，死也要死在连队的地头上。

"得意"之作

有一次，连里木匠报告木工房里的几根红松木料让人偷了。那批红松木料是连队用来做房架子用的，这是我好不容易从场部多次申请调拨来的，竟然有人敢偷了几根，那还了得！我得知后立刻就火冒三丈：这是盗窃国家财产，一定要查个水落石出！此事引起连部的高度重视，认为是阶级斗争的新动向，是挖社会主义墙角的行为。当时挂上"阶级斗争"这条线，可就不得了了。于是，我就召开全连大会，发动群众破案。

那时我阶级斗争的弦崩得很紧，同时自以为有点小聪明，也许是当时听了不少福尔摩斯破案故事的启迪，从现场的脚印进行分析，对现场脚印和走的方向进行推测，然后根据群众举报，再对连队嫌疑人员进行摸排。不到三天，居然破案了。当事人在铁的事实面前，承认了偷盗行为。原来他快结婚了，想打一对新箱子，但买不到木料，看见木工房有红松料，一时鬼迷心窍，就铤而走险，偷走了几根松木。偷来的木料放在宿舍里肯定不行，放在老职工家里也不行，指不定哪天会捅出来。所以他趁着天黑，将木头藏在场院边的雪堆里，打算过了风头后，再悄悄地拿回来做箱子。

破案后，我十分得意，接连召开批斗大会，把原来小偷小摸的问题，竟上纲上线到"阶级斗争"，使这个年轻人很长时间在连队抬不起头来。现在想起来，这个做法是有些过火，但在当时这是必须的。

10年的磨炼，无愧的岁月，我要感恩北大荒的磨励，而短短两年半的连长之履，使我的成长有了一个质的进步，给我后半生的管理工作奠定了基础。我能走上连队管理层这一步，从个人角度而言，是我对命运抗争不懈努力的结果，是我在最艰难的日子里，在逆境中战胜了自我的结果。

右边第一间就是当时 21 连连部

返城前后

如今，距离全国知青大返城，已经过去 30 年的时间了。当年曾经数以万计的青年，从江南的温州远赴八千里外的黑龙江。上山下乡运动，缘于当年"文革"中一系列的经济、人口、就业等问题。1969 年春，当下乡运动飓风席卷温州时，我被裹进北上的前卫队伍，但到了 1978 年秋，当知青返城浪潮达到高峰时，我却落为南下的殿后人员。

回家，成为当时所有知青心目中一个有着特殊意义的词。这个词一时成为最高统领，通天大事，引来知青及其家人为之千方百计，甚至"钻山打洞"。我自然也不能置身事外，终于被推到了"杠头"上……

守望与殿后

北大荒知青返城的起步，始于 1971 年。知青返城风的形成，是在 70 年代中期，源于"困退"启动和推荐上学。知青返城潮流的形成，则在于"四人帮"被粉碎后，"病退"松动和恢复高考。自此返城潮一浪高过一浪，1978 年达到了高峰。

大批知青千方百计通过各种途径返城，今天几个告别连队，明天一批踏上归途，给那些在连队的守望知青生活造成一种凶猛的冲击，也给守候知青心理带来一股巨大的压力。人人心里都平静不下来，人人的心里都在打着小算盘，算算自己何时能离开北大荒，原路返回到自己的故乡。有意思的是，平日里那些干活不咋地、出工不出力，而扎根边疆决心书写得多、口号喊得响的进步知青，此时早已经脚底抹油，跑得比兔子还快，一转眼就换地方进步去了。势不可挡的返城浪潮，自然也冲击着真正的"扎根派""永久牌"的知青，就连在当地结婚成家、扎根北大荒一辈子的知青，也似乎扛不住这股大浪的猛烈冲击，开始产生先回城、后定居的念头。

眼瞅着知青群体被返城大潮冲得七零八落，宿舍里空荡荡的，剩下的少部分守望知青，离去也只是时间问题了。面对这种局面，我的扎根决心也动摇了，心态很不稳定，开始打着自己的小九九。同一连队的知青走得差不多了，其中包括自己的温州老乡。受刺激的还是那些不理解的话："应国光，别人都走了，你还留在这里干啥呢？赶紧走吧，别死心眼啦。"说得我的心酸酸的，甚至有点揪心，眼泪都快流出来了。虽说我对自己的扎根思想产生了动摇，但留与走的问题，一直在我的脑海里反复斗争着。扎根，不太可能，各地知青都走了，留你一个人有啥用，干革命就少你一个人？回乡，也只有趁此机会，随大流倒是不错的，更怕政策有变化，机会稍纵即逝。

我脑子里想法种种，整天来回拉锯，自己的心思与情绪也不能太露骨地表现出来，因为当时我毕竟还是一连之长，即将成立农场新的党委，还把我列入党委委员的预备名单。但我毕竟又是一个凡人，有自己的诉求，也有返城的要求或者说需求。随着返城大潮，搭上回故乡的快车，这也许是回家的最后的时机了。对我来说，早在几年前，好几次回家之路都被堵死了，当现役军人排不上号，顶替母亲上班没有我的份，边迁农曲线返城也被堵死了，读"五·七"大学不能被利用到返城的程序上，眼前随大流是唯一返城机会了。"离开北大荒。"一个声音在我的脑中响起，"回来吧，孩子，家里在等你！"这是母亲的呼唤。

这就是我刚刚下决心在边疆扎根一辈子的时候，对返回故乡的欲望已经彻底死心的时候，这种滚滚而来的返城大潮，仿佛是打进了一针强心剂。谁能料到竟在知青下乡近10年的时候，会有一条峰回路转的返城大道呢？犹如天上真的掉下来一块馅饼，只有牢牢地抓住机遇，把握好机遇，自己当年回家的梦想完全可以实现。当然，回家后可能会有一段时间找不到工作，要吃自己的"老本"，或者在家里"啃老"。我在北大荒黑土地上呆过10年，没有脸面在社会上瞎混日子，不想成为家庭的包袱，也不想给父母增加负担。我们都有一双手，有能力自力更生、自食其力，有信心用自己的双手，开创自己美好的未来。这也是我准备"扎根北大荒"的理由之一。

南归与告别

1978年下半年，知青的回家风越刮越猛烈，返城潮越来越高潮。知青的走与不走，留与不留，这件事已没啥是非与对错，也没有人来对此妄加评论。这个问题已是大势所趋，无人可挡，犹如钱塘江之大潮，渐显出它的来势凶猛。就连一位农场的领导在某次会议后也对我说："应国光，走吧，别再犹豫了，要当机立断，好好把握机会，准备回老家吧，我们不会拦你的。"连场领导都已经讲这样的话，看来我是要对北大荒说分手了，说再见了。真有点《红楼梦》所言"三春去后诸芳尽，各自须寻各自门"的味道。我经过反复的思考与权衡，与其说是心里思考，不如说是心理折磨。最后，在比较与选择之后，我还是选择了"走"，从"扎根派"转入"返城派"，将"永久牌"换成"飞鸽牌"。

同样是一个"走"字，对我来说，"回家"远比"返城"重要得多。我要回家，是家乡在江南，江南有我的父母和亲人，那儿是生我养我的地方。虽然想回家的念头也是一种选择，我也爱北大荒，也爱这儿的乡亲。但是家乡的诱惑对我太大了，因此我下决心返回家乡。正在此时，母亲来了一封信，说若我返城临时工作已安排好了，在街道里上班。我大喜过望，正怕回家之后没有工作让别人笑话。后来才知道，街道当时正急需一个人来接手团委书记之职，听说我是党员，叫我快点办好病退的返城手续，早一点回温州来上班。

虽说是临时工，但也比没事儿干要好一点。于是，我迅速地办理病退的一切手续。很感谢场领导，他们没有为难我，并为我返城开了一路绿灯。有位老领导对我说："我们尊重你的选择，理解你的决定，体谅你的处境。你要走了，我们不会把你免职的决定装进档案带到温州去。"经过两个月的努力，终于办完了农场、管理局有关病退的所有手续。办完了此事，我的心也放下了，人也倍感轻松，整理着自己的物品，只等待早日与家人团聚。

随着告别的日子越来越近了，我的心里反而产生了一种与黑土地依依不舍的情感。想到从此要与自己朝夕相处的连队、老职工与荒友分别，心头真不是个滋味，心情也特别沉重。连里的老职工都来看望我、安抚我，与我告别。每天都有家宴邀请我，暖暖的炕头，暖暖的心意，暖暖的温情，一直印在我的脑海里，令我感动与难忘。浓郁的大荒情，在我即将离开时一直缠绕着我，太动人了，使我热泪盈眶。临别的那天早晨，我望着远方那一片片熟悉的庄稼地，望着近处那一排排熟悉的家属房，心中还真舍不得离开。

1978 年 11 月底，带着深厚的大荒情谊，坐上回归的长途客车，我深情地再一次凝望 10 年屯垦地——江滨，遥望农场的母亲河——旱河，一路多回头，含泪几挥手。再见了，可敬可爱的父老乡亲！再见了，朝夕相伴的宿舍食堂！再见了，难以忘怀的江滨农场！再见了，永远感恩的北大荒！

无愧与无悔

我在温州出生，一生的大部分时间也在温州度过。但是，我人生最重要的阶段却留给了黑龙江。这个岁月烙印没法消除。有人问道：青春献给北大荒究竟值不值？我理直气壮地说："值！"当年我和50多万城市知青一道，将青春年华无私地献给了北大荒。以我个人来讲，应当是无愧无怨。我们把自己最灿烂的时光、最美好的青春献给北大荒，已经做到了无愧无怨的奉献了。在北大荒的10年里，我得到了磨炼，成就了我个人的历史。我不想也不愿意评论知青历史的是非曲直。知识青年的上山下乡运动，与不少其他运动一样，都是当年"文革"的产物，但是知青在北大荒的历史是永远也不会磨灭的，它将载入北大荒的史册。

在北大荒广阔的天地里，我们经历了无数的艰辛和磨难。就我们那个年代而言，不是所有青年人都上过山下过乡插过队，不是所有去农村的知青都能坚持呆上10来年，不是所有"坚守"城市的青年人都能修成正果。经历有时也是一种财富，而需要"坚守"的未必是什么好事，可能意味着坚守之物的脆弱和风险。经历过艰辛与磨难的这些知青，尤其是北大荒知青，在后来的事实中证明，就相对有素质。政治素养好，能遵守纪律，肯吃苦耐劳，不斤斤计较。这些知青经得起风风雨雨的考验，取得了大大小小的成就，有的人成为机关、企事业单位的骨干，挑起了大梁，担当了重任，得到社会广泛的认可。

我们谈及抗日战争、解放战争时，常会说战争教育、锻炼了人民，人民最终赢得了战争。但不能因此说人民喜欢、需要战争。对下乡运动而言，亦是如此。正值弱冠之年的学生们停课搞红卫兵运动，走出校门闹革命；后来又失学被上山下乡运动，走进农村受教育。但是，那是一个"文革"运动的时代，也是心灵被扭曲的年代；这不是家庭个人的不幸，也是国家社会的不幸。国民经济大倒退，就学、就业、供应成了大难题，城市里无法容纳，体制内无法解决，上山下乡向农村迁移分流人口，便成了历史造成的特定产物，知青二字也成了特定名称，只不过表现的方式、宣传形式不一样，城市人口倒流农村，是无奈之举，也是不幸的事实。

可是我们有幸在艰难困苦的逆境中挺住了。正如古人所言，宝剑锋从磨砺出，梅花香自苦寒来。艰苦生活的磨砺，生存意志的教育，锻炼成就了我们，并带来启迪多多，使我们受益匪浅。蝴蝶因为有了破茧的痛苦，才会在空中留下美丽的身影；鱼儿因为有了惊涛骇浪的洗礼，才会有鱼跃龙门的美丽传说；雄鹰因为经受住了风刀霜剑的磨砺，才会有叱咤风云的豪迈。在那个年代里，面对一场人间的悲剧，谁也躲避不了，与其怨天尤人，不如临危不惧。在希望与失望的决斗中，如果你用勇气与坚决的双手紧握着，赢家必属于希望。难怪颜氏家训有云："有志尚者，遂能磨砺，以就素业。"

至今还有人问我："应行长，是当兵出身吗?"我想，这跟人的气质有关，跟我儿时崇尚军人有关，但多半来自北大荒的印痕，当年受其教育、锻炼而成就。诚然，北大荒也带来终身难愈的病，自然也有一点怨恨，但这与我曾经收获的精神财富，简单不能相比。所以说，我面对10年北大荒生活，只说无愧无怨，从不参加什么有悔无悔的讨论。没有真正地体验过磨难艰辛，就只不过是走马观花的过客，自然也就没有刻骨铭心的感悟。

感悟与感恩

我不一定要人们接受我的观念，但是我一定要阐述自己的观点，用事实来证明那些经受过北大荒磨炼的人，也经得起日后面临的种种考验。这些人识大体、顾大局，任劳任怨，自觉自律，对社会对家庭很有使命感，对荒友对自己很有责任感。这多半来自北大荒人的言传身教，来自北大荒精神的成熟成就。我真的很敬佩北大荒的老农垦、老军垦，他们不愧为北大荒的魂、黑土地的神。在特定历史条件和极其艰苦的环境下，他们用青春与汗水、鲜血和生命，把人生道路上的句号划在了那片曾经荒芜人烟的土地上；他们以"艰苦奋斗、勇于开拓、顾全大局、无私奉献"的北大荒精神，献了青春献终身，献了终身献子孙；他们为中国的粮仓事业做出了不可磨灭的功勋，在中国农垦史上写上浓墨重彩的一笔。我赞美拓荒者，也为之感动；我歌颂拓荒牛，也为之骄傲。

我几次重返北大荒，最关心的就是老垦荒这个群体，最想见的就是曾朝夕相处的老职工。他们付出的太多太多，得到的太少太少。我为他们过去做出的无私奉献而感动，也为他们至今生活条件改善不大而忧虑。尤其连队里的老职工，走的还是那条沙土路，住的还是那座老房子，吃的穿的也没有大的变化。我多次邀请他们派代表到南方来，打开相对封闭的眼界，看看外面精彩的世界。这些几十年连老家都没回去过的老职工，有机会来到了五彩缤纷的江南。江南改革开放的变化使他们惊讶，江南的市容市貌使他们赞叹。

我理解老军垦不追求名利的无私奉献精神，理解老农垦不讲究享受的艰苦奋斗精神。这使我想起了那句诗："春蚕到死丝方尽，蜡炬成灰泪始干。"这就是北大荒人的品质，老垦荒的情怀。1993年我回访北大荒时，有幸被农垦总局授予"北大荒人"称号，被佳木斯市授予"荣誉市民"称号，被江滨农场党委授予"荣誉江滨人"称号，感到无上的光荣。令人欣喜地听说，农场要进行城市化的规划，逐渐撤并一些偏远的生产队，合并到农场场部附近，以改善偏远生产队的生活条件，我希望能得以实现，祝愿江滨的明天更美好。

北大荒精神，塑造了吃苦、耐劳、奉献、创业的老垦荒队，也在那个年代里伴随着知青度过下乡的岁月，激励我要在艰难困苦中奋斗。没有吃不了的苦，没有受不了的罪，危地险关都闯过，连生死也考验过。这种精气神，扎根在我心里，一直延续到今天。返城后创业，每当我碰到困难、挫折时，就会激励支撑我，直面相对，冷静思考，勇于挑战。1995 年，领导安排我到丽水去工作，丽水地区贫穷，人称"浙江的西藏"，是全国 17 个连片的贫困地区之一，不少人劝我别去，说那里太艰苦了。我想，再苦也没有北大荒的艰苦，再难也没有北大荒的困难，有北大荒这碗酒垫底，再苦再难我也能挺过去。于是打定主意，我毅然到新岗位上任去了。经过一段日子的努力，工作打开了局面，完成了上级交办的任务。

几十年的时间过去了，我们这些曾经风华正茂的温州知青，现在已经是两鬓斑白，甚至满头白发。当年我们从北大荒千方百计地回到江南温州，但是返城之后，却带着总想说清楚又说不清楚的情感，一次又一次地回访北大荒。温州，北大荒，都是我们曾经出发的地方。

我们从十几岁开始一同踏上去往北大荒的路，就注定了我们有共同的经历，共同的悲喜，共同的命运。我们的人生脚步，情感起伏，让我们成为永远的温州知青，同时也成为永远的北大荒人。

为了难以忘却的纪念

2009 年四五月份，注定是温州老知青值得纪念的日子，他们将迎来赴黑龙江生产建设兵团支边 40 周年。去年初夏的一天，我们下乡江滨农场（原兵团 2 师 10 团）的一群温州籍老知青，相聚景山茶室，遥忆当年的情景，心情难以平静。为了难以忘却的纪念，在热议中大家形成两个共同愿望：一是在 2008 年组织一次回访活动，重返江滨那片黑土地，去寻觅几十年来渐渐远去的记忆，走访曾经留下我们青春梦想的故园。二是在 2009 年 5 月份举行一个支边 40 周年的纪念活动。

为此，我们成立了回访筹备小组。经过近两个月的筹备工作，确认回访团成员 18 人；时间定于 8 月 26 日至 31 日，这是北大荒天气最适宜的季节；为了留下永久的纪念，我们特意邀请了一位电视台记者随行；为了感谢乡亲的厚爱，我们特意准备了温州土特产、瓯绣等礼品。一切安排就绪，只待出发了。

一波三折

这是一次难忘之旅。俗话说，天有不测风云。就在即将启程的前几天，我突然收到一封邀请书，温州"美特斯·邦威"要在 8 月 28 日深圳证券交易所上市，请我务必参加上市典礼。这家集团公司是我所在工商银行的顶级大客户，其老总周成建又是我多年的老朋友，于公于私我都难以推辞。但作为这次北上回访团的发起人之一，我又不能不去东北。无奈之下，只恨没有分身术，难以两全其美，唯有自己辛苦一点，尽量做到两头兼顾。于是下决心，回访团按原计划进行，我 26 日随团到哈尔滨（因晚上农垦总局领导接见），27 日赶到深圳，28 日再回到哈尔滨，这样就赶上 29 日的重头戏——在江滨农场的回访活动。计划一定，当即我就把自己的机票进行了改程处理。

谁知一波刚平，一波又起，机票改程的当晚，杭州省行办公室主任给我打来电话，说北京总行主要领导 26 日至 28 日来温工作调研，要我行做好汇报和接待准备工作。别无任何选择，我只能取消参加回访团的计划，但我又不想因为我而使整个回访团计划取消。因此我一方面立即通知办公室退掉我所有机票，立马着手汇报材料和接待计划；另一方面，我告诉回访团负责后勤的人员，要求绝对保密，待 26 日早上我送回访团成员到机场后再告诉实情。说句心里话，虽是无奈之举，却也深感内疚。

也许是我们的诚心感动了上帝，就在回访团启程的前一天，省行又急电我分行，总行领导因参加一个重要会议，临时决定取消温州之行。真是喜从天降，而且令人惊喜的是我所退的机票居然还都没售出，叫人着实兴奋不已，在半空中悬着的心终于踏实地放下了。在接下来的 3 天里我创造了个人非国际旅行公里数记录，整整 32 个小时都在路上折腾，其中 26 小时 5 次在空中飞行，另外 6 小时汽车在连夜奔驰，总里程达到 6000 多公里，总算在 29 日凌晨 1 时赶到江滨农场，顺利参加上午的回访活动。目的达到了，虽然人很疲倦，但心情还是十分愉悦的。

一路欢歌

这是一次圆梦之旅。从温州飞机启航的那一刻起，回访团的 18 位成员怎也按捺不住心中的兴奋，这些将要"奔六"的人们，将要回到离别 30 多年我们生活过的黑土地，那个令我们魂系梦绕的第二故乡。凝望舷窗外，阳光明媚，温州的山河显得格外妖娆。但我的心情难以平静，陷入深深的沉思中，30 年前、40 年前的往事一幕幕从眼前掠过：

我还依稀记得，1969 年 4 月 29 日那个上午，温州首批赴黑龙江支边的知青在市人民广场集合，参加完市里组织的欢送大会，大喇叭传来悠扬的《草原晨曲》的歌声，我们登上汽车，在人民广场门口两旁亲人扶拍车厢的哭喊中缓缓驶向梅岙渡口离开温州。那时的我们，谁也不知道北去的目的和目标，也不知道什么是屯垦戍边，但作为红卫兵，响应最高指示是驱动我们支边的唯一信念。

我哪能忘记，在黑土地的多少个日日夜夜，我们这些知青曾经梦想用青春的热血把祖国的北大荒建设成北大仓，在那里，我们奋斗过、挣扎过、甚至绝望过，黑土地见证了我们流下的血、泪、汗，留下了多少令人心酸的记忆和令人终身难忘的故事，结交了我们的北大荒岁月。

随着知青返城的浪潮，我们虽然先后离开了北大荒，但始终难以割舍和北大荒结下的情和缘。这些历经沧桑、命运坎坷在磨难中成长的人最懂感恩，是黑土地养育了这一代人，是北大荒艰苦环境锻炼了这样一个自立、坚强、成熟、有作为的知青群体。为此多少知青回城后都有一个愿望，有生之年，再去一次连梦里都记挂的第二故乡——北大荒。

在回访团启程时刻，我总在思考一个问题，作为领队，一定要让这次回访团的圆梦之旅有一个圆满的结果。因为这次北上成行太不容易了。回访团成员都是怀着满腔的热情，克服种种困难参加的。比如，有的家境一般，硬是从退休金中挤出数千元来报名的；有的身体有恙，不顾家人的极力反对抱病随行的；有的家务缠身，想方设法安排家中老小照料前来的。大家都有一个共同的心愿：一定要到北大荒走一走、看一看。我想也许是他们第一次，也许是最后一次重返北大荒。

一路上，给我留下最深刻的印象是这些老知青心情舒畅，一路欢歌。不论在飞机上、在汽车中、在宾馆里、在荒友的炕上、在联欢晚会上，都会放开歌喉，纵情歌唱。别看他们年已花甲，两鬓斑白，此时此刻，似乎忘记了年龄，仿佛穿越了时空。他们又重新回到了那个青春年华朝气蓬勃的年代，唱起了《兵团战士胸有朝阳》；他们又回到了第二故乡的怀抱，看到了滚滚龙江清清旱河，唱起了《走上这高高的兴安岭》；他们在怀念青春恋爱季节，唱起苏联老歌《莫斯科郊外的晚上》、怀旧情歌《牧羊姑娘》……

在短短的5个晚上，竟组织了4场晚会。回访团临时排演了5个节

宝泉岭管理局为温州回访团安排的文艺演出

目献给第二故乡的亲人们。岁月虽然彻底掩埋了他们的青春年华，也许他们的歌声不再美丽动听，也许他们跳舞的腰身略显僵硬，但他们是在用歌声、用舞姿去寻觅过去的青春岁月、去回顾过去酸甜苦辣的知青生活，去表达过去曾经有过的美好向往和理想。

在我们拍摄制作的光碟中，几乎留下了每一个回访团成员亲切和谐的笑容和发自内心的歌声。每每回想这些动人的情形，真的深深震撼了我的心灵。我静静地听着荒友如痴如醉在歌唱、在跳舞，眼睛无数次感到湿润。我在想，如果他们的子孙在场会作何感想呢?! 他们也许难以置信，这些平日只是买菜、吃饭、带小孩、上公园晨练，过着平淡平常生活的老人、他们眼里的爸爸妈妈、爷爷奶奶，今天怎么这样开心，变成老顽童了! 这绝不是他们平常看到的孤言寡语、行动迟缓的老人啊! 也许小辈还不理解，这些年近花甲的老人，怎么还有说不完的话、唱不完的歌，怎么还有持久的梦想、坚定的信念，怎么还有忧国忧民的情怀，怎么还有对美好生活的追求啊!

一堂教育

这是一次学习之旅。回访第一天到达哈尔滨，于农垦宾馆住下后，下午 4 时许，经农垦总局有关部门破例同意后（按照惯例必须预约），我们回访团一行人有幸参观北大荒博物馆。

这里珍藏着北大荒历史文化的记忆。北大荒博物馆坐落在哈尔滨市红旗大街，由黑龙江农垦总局 2002 年 5 月动工兴建，2005 年 9 月落成开馆。这是一座展示垦区半个多世纪历史的现代化综合博物馆。馆内展示面积上万平方米，展品数千件，其中不乏国家级珍贵文物，有党和国家领导人关怀和视察北大荒的文献资料；有著名作家、艺术家在北大荒时生活的用品和由他们创作的歌颂北大荒的作品，真实再现历史的同时，使北大荒特有的有形资产与无形资产得到了及时保护。

馆内展厅采用了多种展示手段，除了大量实物展以外，还有历史照片、微缩景观、大型沙盘、铜雕、室内浮雕，展示内容丰富、主题鲜明、形式新颖，集教育性和观赏性于一体。

大家怀着崇敬的心情，仔细聆听讲解。博物馆共设"垦前史略""开发历程""英雄群体""文化事业和文学艺术""现代化大农业""社会事业与龙头企业"等六个展厅，向人们展示了三代北大荒人艰苦创业的历史画卷，是对北大荒这一中国乃至世界垦殖史上堪称奇迹的开发建设经验的总结。北大荒博物馆将几代北大荒人用汗水、泪水、血水创造的历史，以及50多年取得的物质文明和精神文明的丰硕成果凝固、浓缩于其中，传承北大荒珍贵精神文化遗产，以激励今人和鼓舞鞭策来者。

这里铭刻了北大荒精神的画卷。有人说，博物馆文化的力量、情怀与智慧反映了文化自觉与文化自信。北大荒文化具有中国特色，是来自五湖四海的几代北大荒人，在艰苦创业、开拓创新、争先创优的伟大实践中，创造的中华民族历久弥新的宝贵精神财富。北大荒文化具有多元文化特征，是在举国体制下，由复转官兵、支边青年、知识青年和当地干部，在开发建设北大荒过程中，融合军旅文化、知青文化、闯关东文化和黑土文化升华而成的优秀文明成果。北大荒文化具有现代化大农业特质，是北大荒人根植于现代化大农业生产实践，在探索和创新现代化大农业发展模式，统筹推进农业现代化、农垦工业化和农场城镇化中，所形成的集体智慧的结晶。

我们一行人参观北大荒博物馆，感受北大荒文化所具有的中国特色、多元文化特征和现代化大农业特质。一迈进博物馆，首先映入眼帘的是"纪念10万转业官兵开发北大荒50周年""纪念54万知识青年到北大荒支边40周年"的大幅标语，以及一幅写有"北大荒精神万岁"的巨幅红旗。红旗上密密麻麻地写满了前来参观者的名字。当我们也想签下自己的名字时，却觉得无处下笔。

这里记录了中国农业现代化的历程。在第二展厅，有一把旧犁杖占据着展厅最显眼的位置。这就是 61 年前北大荒人使用过的"第一犁"。它来自"松江省第一农场"（现名宁安农场）。我和荒友曾参观过这家农场，据说始建于 1947 年 6 月 13 日，是全国最早的国有农场。当年从延安来的老干部李在人，受松江省人民政府派遣，带人先是在尚志县一面坡的荒原上开荒建农场，后来搬迁到延寿县，又迁到宁安县开荒建场。这个农场当年三年两次迁移、三次开荒建场的曲折道路，反映了建设第一批农场的艰难历程。

北大荒开发建设的历史，是一部不断追求和探索农业现代化道路的历史。在这里，我们看到了许多当年下乡时用过的农机具，记得 20 世纪 60 年代末，随着农机的国产化进程加快，北大荒的机械动力主要是以东方红系列为主的链轨式拖拉机和垦区自行研制的农机具。尤其吸引我们视线的是反映北大荒人开垦者春夏秋冬劳作、生活的微型景观，我们对此十分熟悉。比如，住的帐篷、睡的火炕、握的锄头、开的拖拉机、把的收割机、吃的窝窝头和亲自经历挖水利、麦收大会战的场景。

改革开放后，垦区友谊农场五分场二队首先引进了美国约翰·迪尔公司的世界先进水平的农业机械。如今，垦区现有 7 种类型的农用飞机 32 架，农业机械化程度高达 96.5%，机械总动力拥有种子加工厂 81 个，粮食处理中心 228 座，生产粮食的总量比兵团时期增长了 10 倍，当今无愧地成为"中国最大粮仓"。

这里是表现北大荒魅力的艺术平台。北大荒人在唤醒这片神奇土地的同时，也培育了富有黑土地特色的北大荒文学艺术。开发建设半个多世纪以来，垦荒者创作了数以万计的文学、美术、摄影、书法、电影、电视、音乐、舞蹈、戏剧、曲艺等艺术作品，涌现出电影《老兵新传》等一大批文学艺术精品。同时，也造就了一大批文化名人，为北大荒留下了一笔永恒的财富。

1958 年，一批转业的美术工作者拿起手中的刻刀将惊心动魄的拓荒岁月刻制出来，造就了一个美术学派——北大荒版画。展墙上第一幅版画是著名版画家晁楣创作的"第一道脚印"，表现了第一批转业官兵来到北大荒，在莽莽荒原上踏出的第一道脚印。

尤其令人叫好的，是一幅目前全国最大的室内浮雕壁画，名叫"北大荒人颂"，面积有 220 平方米，它以时间为经、以事情为纬、以人为骨、以心为魂，以恢弘的气势展示了北大荒开发建设的故事。画面中 32 个故事精彩纷呈、138 个人物栩栩如生，令人肃然起敬。作者是曾经下乡在山河农场的北京知青、现中央美术学院雕塑系教授杜飞。作品被称为"北大荒的'清明上河图'"，获得了第 10 届全国美展银奖。

博物馆还专门设一面人名纪念墙，上书"北大荒永远不会忘记"，这里刻着 12426 位长眠在北大荒土地上的开垦者的姓名，其中就有 2486 名知青。特别是这里就有 2 位曾与我朝夕相处的知青战友，他们的音容面貌，慢慢地浮现在我的眼前，看到此处，我心情格外沉重，更多的是为他们感到痛惜，默默祝福他们在天国快乐。

一件件珍贵的文物，一张张感人的历史图片，一个个震撼人心的故事，一个个鲜活的人物，无一不使我们对北大荒人那"艰苦奋斗、勇于开拓、顾全大局、无私奉献"的精神所感动。难怪有人说：北大荒博物馆是个学习的大课堂，是净化心灵的神圣大地，以后再遇到不顺心的事，就来北大荒博物馆参观学习，到了这里什么烦心事都不会有了。

在我看来，这里是一部北大荒的史书，也可谓一座拓荒者的丰碑。走出北大荒博物馆，心里久久不能平静。从了解北大荒的过去，到关注黑土地的现在，又展望大粮仓的明天，更加敬仰那些为之做出贡献的垦荒者们。而任永祥代表回访者写在留言簿上的那句"祝第二故乡北大荒繁荣昌盛"，道出了我们的心声，久久在我脑海里回旋。

一往情深

这是一次感恩之旅。汽车沿鹤（岗）绥（滨）公路一路向北，经宝泉岭农场、共青农场，到名山农场转向东行驶，我们终于走近最终目的地——江滨农场，当年我们支边的所在地。

当我们进入江滨农场地界时，忽然天上下起了一场大雨。前来迎接我们的张场长、王主任却告诉我们：这里已有一个多月没下雨了，农田干旱渴得厉害，你们的到来，带来了大雨，真可谓"及时雨"，有了这场雨，今年农场的丰收有望啊！拿我们温州人的俗语说，这是"风水雨"，好雨。也有人戏言：这老天爷很有灵性，也很给面子，知青乡情浓似酒，天若有情忙送雨。

农场的领导及闻讯而来的当年老职工、老领导，早已把我们入住的宾馆挤得满满的。看到日夜思念的亲人，大家都激励万分，紧紧拥抱在一起，流下了欣喜的泪水。现任江滨农场的张场长，也迫不及待找到他当年的老师，当年师生 30 年后又重新相聚，重述旧情，但见喜极而泣，此情此景十分感人。当天晚上，回访团在宾馆设宴招待了昔日连队的父老乡亲。当年一起干活的老职工、曾经朝夕相伴的荒友炕友、往昔子弟学校教过的学生，久别重逢的亲人相聚在一起，重叙当年友情，畅谈返城经历，感到格外亲切。有不少老职工从十几里甚至几十里外的老连队赶来场部，还带来了许多自家产的香瓜、玉米、西红柿、鸭蛋等。原先的宴会渐渐地变成聚会、联欢会，一直延伸到了半夜，大家还是手拉着手，有说不完的话，唠不完的嗑，仍舍不得告别。

农场领导以最高规格接待了我们，始终陪伴我们进行各项回访活动，使我们深深体会到第二故乡的领导和亲人们对我们的挚爱之情。

在次日上午举行的座谈会上，农场领导简要介绍了农场的现状和发展前景，一些应邀来参加的老职工纷纷发言，讲述过去和知青结下的深厚感情。有一位当地女职工叫杨占茹，她足足用了20分钟的时间，追忆自己当年与知青相处的往事。其丈夫黄帮臣是连队连长，与回访团成员姜亮原是搭档（姜亮是指导员）。她回顾往昔，知青生活遇到困难，都会倾力相助；知青想家痛苦时，总以亲人般的体贴来安慰；后来知青返城的惜别情形仍历历在目。杨占茹最后喃喃地说："你们来迟了，老黄去年因病去世，临死还挂念着你们呢。"与会者听后无不为之动容，姜亮更是异常激动，发言不禁哽咽，泪水夺眶而出。

是啊，回首往事，谁不感谢这些耿直、善良的老职工。他们是真正的北大荒人，我们的上帝！在我们痛苦、孤独无助、寂寞的日子里，是这些老职工把我们请到他们家，当作自己的亲人一样坐在炕上，端上热腾腾的饺子，拿出他们自己也舍不得吃的鸡子，热上辣辣的北大荒酒，唠上朴素的家常话儿，解去我们埋在心头的乡愁。这种特殊的环境下结下的特殊感情，是难以用语言来表达的，感激感恩的心，自然是不容置疑的。

这次回访时间安排十分紧凑，尤其是晚到一天的我在农场总的时间不过30小时，但我还是执意去老连队看一下，和老职工见见面，唠唠磕，觉得心里踏实些。我到了连队就去老班长家，去慰问一下他的老伴。因为老班长前几年得病离世，留下孤独的老太，身体也不大好。这次看到她感到心情还不错，临走还一定要我带些咸鸭蛋回去。我理解她的心是真诚的，这些鸭蛋对她家来说，过去、现在，或许将来，都算高档礼品。我能不收下这片心吗？

说实话，我的老连队变化不大，路还是原来的路，房还是原来的房，只是看到当年栽下的树长高了，看到的人变老了，而且服饰衣装也很朴素。相比改革开放人们生活大大提高的今天，老职工的生存条件还是比较艰苦的，这使我心里感到有些痛楚。听说今后农场要实施城镇化建设，要大面积削减生产队（即连队），所以目前不会加大生产队建设投入。我从心里祝愿老职工的生活环境尽快得到改善。因为我已数次来过连队，大家也比较熟悉，我从内心敬佩这些老垦荒队员乐观的生活态度，这正是北大荒人精神的真实写照，使我深受感染。

我邀请几名老职工代表在秋天来我们温州作客，他们十分高兴。因为这些老垦荒队员至今除了回老家外，都还没有出过远门啊！夜幕中连队的老职工一起站在泥路上，频频向我招手，跟着汽车向前走了好一段路。我的眼睛模糊了，从车窗伸出头，向他们挥手告别，默默地说：我会再来的！

一生难忘

这是一次欢乐之旅。回访团一路受到垦区各级领导无微不至的关心，使我们深感他们的真挚和热情。从农场总局、宝泉岭管理局，到江滨农场、老连队，对我们这些远方来的客人，专门抽时间会见我们，派专车迎送，安排了参观、座谈、走访和联欢。还有回访之行十分有幸遇到农场总局国资委主任、温州知青陈金培这个热心人，从吃住到活动，从迎接到送行，他是一路陪同，照顾甚是周到，真是用心良苦。"待人诚恳热情、办事负责周到。"是我们对他的一致评价，这种乡情也是十分珍贵的。"初始感触良多，过程印象深刻，结果难以忘怀。"是大家对这次回访活动的一致评价。

在临回温州的前夕，原江滨农场的哈尔滨知青在哈市一高校里组织了一个盛大的哈温知青联谊活动。会场进行了精心的布置，回归了当年知青的生活环境，叫人赞叹不已。主席台两侧挂着一副对联："厚厚黑土，孕育博大胸怀，磨砺坚强意志；悠悠岁月，沉淀深挚友情，丰富精彩人生。"是知青生涯的真实写照。两地知青共同合唱了改编后的《江滨之歌》《兵团战士胸有朝阳》《北大荒人之歌》。晚会在高潮中又发起了在一面红旗上签名活动，发起人说要将这面红旗送北大荒博物馆收藏。温州知青表演了自己的保留节目，高唱《长江之歌》、舞蹈《今夜无眠》，获得满堂喝彩。这次联谊活动为我见到分别 30 年的哈市同连知青创造了机会，大家几十年后重相逢，难免喜极而泣，回首往昔岁月，可谓感慨万分。晚会一直到很晚才结束，哈温知青相互祝福，相约2009 温州再见。

让我想不到的是，在这次回访活动期间，我在第二故乡度过了一个终身难忘的生日。

那是 8 月 29 日，江滨农场团委特意安排了一场文艺演出，欢迎老知青回访团。但下午农场领导无意中听说当天是我的生日，又特意做了精心安排。当文艺演出正在进行之中，突然全场灯光熄灭，我吃了一惊，以为停电或是线路故障。紧接着打开了一束聚光灯，照在从门口缓缓推进来的小车上，上面放着江滨人自己特制的多层大蛋糕。小推车一直推到台中央。"生日蛋糕！""谁的生日？"全场议论纷纷。张场长站了起来说："今天是温州知青应国光同志的生日！大家共同向他祝贺！"哗！全场掌声雷动。专程从宝泉岭管理局赶来的局长、副局长给我献了一束鲜花，然后全场 100 多人共唱生日歌。

这是一个美好得无法形容的场景。此时的我真是百感交集、热泪盈眶。我在这里度过了有特殊意义的生日。那天晚上，我无疑是全场最幸福的人。我记得 50 岁生日时，女儿和她的小伙伴们为我安排了一个非常别致的生日晚会，让我至今记忆深刻。而那天是第二故乡的亲人为我举行这样隆重的祝贺生日仪式，绝对是我生命中有纪念意义的大事情，将深深刻印在我的心中。在大家热烈的掌声中，我上台给大家深深地鞠躬致礼，并和中组部一同志合唱了一首自己喜欢的歌《北国之春》。

那天晚上，我失眠了……

深夜里，我站在窗前，遥望星空，不觉得轻轻地吟唱着那首北大荒知青最喜爱的歌《北大荒人的歌》：

　　第一眼看到了你，爱的热流就涌进心底，站在莽原上呼喊，北大荒啊我爱你。爱你那广袤的沃野，爱你那豪放的风姿；

　　几十年风风雨雨，我们同甘共苦在一起，一起分享春光的爱抚，一起经受风雪的洗礼。你为我的命运焦虑，我为你的收获欢喜。

　　啊，北大荒，我的北大荒，我把一切都献给了你，你的果实里有我的生命，你的江河里有我的血液，即使明朝我逝去也要长眠在你的怀抱里！

回访第二故乡——江滨农场（2008 年）

亲历跪拜北大荒

  1993 年 6 月 16 日，黑龙江省《农垦日报》头版发表了记者少峰、周维一篇标题为《黑土地收获的深情》的文章，其中记录了 6 月 10 日晚上发生在垦区宝泉岭管理局欢迎返城知青回访第二故乡联欢会上动人的一幕：

  16 名温州知青（加上 1 名上海知青共 17 人）上台合唱《北大荒人的歌》结束后，团长孙宏杰走出队列，满腔热情地说："第二故乡的父老乡亲们，当年，他们以父母之情养育了我们；今天，你们又用温暖的胸怀拥抱着我们。这些，我们都无以回报。请接受我们的敬意！"话音

参观北大荒博物馆

未落，17 名知青在第二故乡亲人面前跪成一排……时间突然凝固在这一刻！全场北大荒人刷地站起来，双手举过头，鼓起了阵阵掌声，人们脸上挂满泪水。北大荒收下了这一传统的跪拜大礼！

整整 20 年过去了，作为亲历者的我，终身难忘这次黑土地之行。那天夜晚情动的三江平原的一幕，仿佛就在昨天，难以挥去，永远留在生命的记忆中。

初次回访北大荒

时间回到 1993 年的春夏之交，我离开北大荒江滨农场回温州已是第 15 个年头了。工歇之余，夜半梦醒，思绪会常常带我回到魂牵梦绕的第二故乡，无奈公务多缠身，多次想去难成行。真是天赐良机，忽然有一天，一位老知青好友来电话告知："佳木斯市今年 6 月上旬举办'第二届经贸洽谈会暨三江国际旅游节'，黑龙江农垦总局和佳木斯市委特意邀请部分知青代表回访北大荒，我们俩都在受邀之列。"喜讯传来，颇感荣幸，很快就收到温州市委办转来的来自北大荒的正式邀请函。温州知青回访团共 15 人，陈笑华（原名山农场温州知青，时任鹿城区委副书记）任团长，孙宏杰（原梧桐河农场温州知青，时任温州日报社第一副总编）任副团长。后因陈笑华因公务临时请假，又补了其他两人，组成 16 人的温州知青回访团，孙宏杰任团长。

我们做梦也没有想到的是，这趟北上回访之行会受到如此隆重、如此盛情的礼遇。6 月 7 日下午，当我们刚刚抵达佳木斯市农垦大厦，就受到门口手捧鲜花热情的人们所簇拥，就被大厦精心布置的热烈环境所陶醉，就被这里无微不至的安排所感动。刚刚入住，总局副局长孙勇才就代表总局党委和垦区 156 万人民来看望我们。他说，知青朋友们，欢迎你们回家！你们在北大荒发展史上留下了不可磨灭的功绩，你们返城后，垦区人们无时无刻不在想念你们。他还透露，为做好你们回访的接待工作，总局党委做了专门研究，并成立了以他为总指挥的专门班子，下设联络、宣传、项目洽谈、接待、文艺演出、安全保障6个组。他再三说，你们有什么话只管说，有什么要求只管提，我们的目的就是让你们体验到回家的感觉。一席话，说得我们这些已过不惑之年多年未见到第二故乡亲人的知青，眼里湿湿的、心里暖暖的。

6月9日上午8时整，佳木斯市委、市政府在农垦大厦召开"欢迎知青回返第二故乡大会"。我们早早就聚集在会场等候，佳木斯市委书记徐发和刘宝元（时任佳木斯市委常委、秘书长，原共青农场天津知青，2012年我们又在温州相聚过），他们对当年的知青很有感情，刚到会场，一下子就挤进知青群里和大家一一握手，谈笑风生、无话不唠、特有亲切感，一下子拉近了我们的距离。欢迎大会开始，徐发书记发表了热情洋溢的欢迎词，他代表市委、市政府和232万佳木斯人民感谢广大知青当年用自己的双手和青春在三江平原上开发建设北大荒。他说，佳木斯取得今天的辉煌成就和历史巨变，也蕴含和凝聚着我们艰苦创业的心血！不论现在和将来，我们都不会忘记你们这些曾经在这块土地上工作和生活过的开拓者！最后他满怀深情地说，相知无远近，万里尚为邻，愿我们的情感如松花江水源远流长；愿我们的友谊如日月星辰地久天长。大会上，我们还收到了意外的惊喜，经市人大常委会批准，参加这次活动的知青被授予了佳木斯市"荣誉市民"。当我们接过红红的"荣誉市民"证书时，十分兴奋，感动不已。

晚上，市委、市政府设宴14桌，款待远方来的客人，市四套班子15位领导出席。宴会上，满场欢声笑语，不论旧友新交，频频举杯相碰，氛围十分融洽。这些来自祖国四面八方的知青，今晚在第二故乡的土地上，在浓浓的乡情氛围中，喝上浓烈的北大荒老白干，真是感慨万千。有的知青好像忘了北大荒老白干的厉害，激情难控，盅盅入肚，终因不胜酒量，酩酊大醉，彻底不醉不还。那夜除了醉酒者，人人难以入眠。

"完达山伸出手臂，兴安岭领首列队，松花江绽开笑纹，万倾麦苗舞起绿色的绸纱。欢迎你们，当年下乡的知青！欢迎你们，情系北大荒的知青回访团！踏着佳木斯的第二届经贸洽谈会暨三江国际旅游节搭起的长桥，我们重逢在北国佳城。莫说分别多少秋，莫言相逢见白头。垦区的父老乡亲，没齿难忘您！在那'战天斗地'的艰苦岁月，禾苗记着你脸上的汗滴，水渠记着你腿上的污泥，场院记着你肩上的血印，茅屋记着您孩子般的顽皮！你们用青春点染了垦区，用文明驱走了愚昧，你们是北大荒人的骄傲！你们的每一分进步都使垦区人欣慰……"读着垦区人民写给全体知青这封充满深情的信，叫人无不热泪盈眶。是啊，这是亲人向我们掏出了一颗滚热的心！总局领导为我们此行安排周到，可谓用心良苦。

6月11日上午，总局领导亲自陪同我们参观了垦区科学院、三江食品公司和肉联厂，这里展示的垦区飞速发展的历史和高科技带来的丰硕成果，真使我们耳目一新（可以说，改革初期，垦区的农业和主干工业的发展，不论从哪个方面，在国内确是一流的），对垦区的巨大变迁感到十分自豪，对垦区明天的发展蓝图满怀信心。

下午，我们又分成党政、经贸、新闻三个组开展讨论，总局王锡禄书记、刘文举局长等9位领导分头参加了座谈，围绕共商北大荒发展大计这个主题，畅所欲言。大家纷纷表示，我们都是北大荒人，支持北大荒的建设和发展责无旁贷，今后我们要积极为北大荒的建设出谋划策、牵线搭桥，为第二故乡的腾飞做出新的历史贡献。时任《温州日报》副总编辑孙宏杰、《文汇报》驻北京记者站副主任陈可雄等知青代表，向领导介绍了"温州模式"，并借鉴温州经济发展的经验提出了不少加快农场深化改革的建议……他们的话题集中到一点：愿农场尽快发展，盼第二故乡的父老乡亲日子过得更好。

晚上，总局俱乐部灯火辉煌，一片花的海洋。总局在这里隆重举行北大荒知青联谊活动。在鲜花和红领巾的簇拥下，回访垦区的知青把礼品献给总局领导。刘文举局长说，我的战友、朋友、同志们，我以激动的心情，欢迎你们回到故乡来！当年一批又一批有志气、有抱负的热血青年，响应党的召唤，从祖国的大江南北、长城内外，奔赴这块黑土地，开发建设北大荒，为垦区的经济和社会发展做出了永垂青史的贡献，你们以一颗赤诚的心把最宝贵的年华献给了这块黑土地，你们用血汗滋润了它，你用自己可歌可泣的壮举在北大荒的土地上立起了一块支边青年的丰碑！你们的功绩将和北大荒永存，与黑土地永在！

继佳木斯市授予部分知青"荣誉市民"称号之后，6月11日晚，省农场总局又授予石肖岩等90名青年"北大荒人"的光荣称号，希望广大知青继续为垦区的经济腾飞与社会发展做出更大的贡献！回访知青又收到一份第二故乡的厚礼和至高无上的荣誉！当知青们接过金字大红的荣誉证书时，双手高举过头，长时间地挥动，笑呵、乐呵！任凭热泪横流。知青代表石肖岩提议：全体知青向后转向父老乡亲鞠躬致敬！第二故乡的亲人以雷鸣般的掌声予以回报。晚上气氛达到了沸点。

说实在的，过去，我们这些老知青们，无论走到哪里，都以曾经作为北大荒人而自豪过、夸耀过。今天，真的被授予"北大荒人"的荣誉称号时，却感到沉甸甸的，甚至有点不自在了。

会上，天津知青代表、时任天津市大港区委副书记的王伟庄抑制不住内心的激动，声声动情："今天，我们被授予'北大荒人'的光荣称号，是感到有愧的。在我们身前有10万转业官兵，在我们身后有3万留守知青。他们才是真正的北大荒人！"天津知青代表杨挚颖举杯："让我们把这第一杯酒，献给上千名长眠在北大荒黑土地上的下乡知青，我们不会忘记他们！"北京知青代表于怀举杯："让我们把这第二杯酒，献给3万名依然留守在北大荒的各地知青，祝他们幸福，事业有成！"温州知青代表姜嘉锋以浓厚的男高音大声讲道："北大荒是我们的第二故乡，是北大荒把我们从十几岁的孩子领向了成熟。今天，我们都是40多岁的人了。我们一定对得起'北大荒人'的光荣称号，活着，心系北大荒；死了，魂系北大荒！"

此刻，人们的感情是何等复杂，历史与现实，怀念与感恩，追思与感慨，全都交织其中了。

接着北大荒文工团为我们演出了一台精致的文艺节目，一曲曲悠扬的歌声，宛如一幕幕昔日的情景，勾起了我们对黑土地的无限眷恋，仿佛又把我们带进了当年难忘的岁月。是啊，北大荒哺育了一代知青，我们和这块黑土地永远结下了不解之缘！

正如电视剧《破天荒》主题歌《说不清这黑土地》唱的：

　　　　说不清这黑土地

　　　　为什么这么有魅力

　　　　引得多少好儿女

　　　　千里万里来找你

　　　　流汗也愿意

　　　　流血也愿意

　　　　冻不走难不走

　　　　甘愿溶化在你怀里

　　　　啊

　　　　说不清这黑土地

　　　　怎么能这样神奇

　　　　说不清这黑土地

　　　　为什么这样有魅力

　　　　害得多少好儿女

　　　　海角天涯也想你

　　　　命运给过你

　　　　青春你拿去

为你苦为你累
反倒感觉欠着你
啊

说不清这黑土地
怎么能这样神奇
盛情点染宝泉岭
……

　　我相信，1993 年 6 月 10 日的宝泉岭，创造了多项空前绝后的历史
记录：最高的欢迎规格、最隆重的欢迎场面、人数最多的欢迎队伍。但
那一天并没有重要领导来管理局视察，也并不是什么重大的节日，只不
过是迎接前来"探亲"的不足百人的知青回访团。

　　这天一大早，我们在总局孙勇才副局长、佳木斯市委常委秘书长
刘宝元等领导的陪同下，分乘多辆中巴向宝泉岭管理局奔驶而去。一过
鹤岗，宝泉岭渐行渐近，我们的心也开始越跳越快。在鹤岗和宝泉岭交
界处，宝泉岭管理局党委书记温伟杰、局长张克明、常务副书记、副局
长早早在那里迎候知青回访团。当我们一踏上宝泉大街时，整个宝泉岭
都沸腾了！一眼望去，整条大街已经被飘舞的彩旗、五彩缤纷的鲜花和
穿着节日盛装的人群所淹没。温州知青郑书洪和吴超尘捧出了一幅瓯
绣，上书"难忘当年情、携手绘新图"；北京知青代表抬上了一声镜匾，
题词"为故乡增光添彩，愿佳城展翅腾飞"……走在知青回访团队伍的
前面，迎着震耳的鞭炮声和喧天的鼓乐声徐徐前行，两旁 12000 多人夹
道欢迎，齐声欢呼：欢迎！欢迎！热烈欢迎！知青们抑制不住内心的激
动，举起双手高呼：第二故乡，我们回来了！一些知青遇到了从欢迎队
伍中挤出来的当年的老战友老朋友，感动得泪流满面，久久地紧紧地拥
抱在一起，场面十分感人。

在新建的宝泉岭宾馆大院里，举行了盛大的欢迎仪式。宾馆门口上面悬挂的横幅上写着"北大荒拥抱您！第二故乡想念您！宝泉岭欢迎您！"十分醒目。这是故乡亲人在向我们召唤。宝泉岭管理局党委书记温伟杰说："亲爱的知青战友们，在那些难忘的日子里，我们用青春年华和辛勤的汗水，为北大荒的开发建设做出了重大的贡献，与北大荒的亲人结下了深厚的情谊。所有这一切，历史没有忘记，北大荒没有忘记，北大荒永远想念你们！"

晚上，宝泉岭职工活动中心灯火辉煌，我们和垦区的父老乡亲举行联欢晚会。上海知青、上海东方电视台节目主持人袁超和宝泉岭电视台播音员共同主持晚会。这次我们不仅仅当观众也作表演，各地知青都上台表演了临时编排的节目。北京知青高唱《兵团战士胸有朝阳》，歌声震响全场，把人们带回那难忘的岁月。天津知青的快板书，博得大家满堂喝彩，使全场的气氛更加活跃。上海知青一曲《在希望的田野上》引起全场共鸣，把晚会推上了高潮。

温州知青上场了，是合唱一首《北大荒人的歌》。当时这首歌十分盛行，旋律悦耳，特别抒情，唱出了北大荒人的心声（有三位歌唱家都唱过这首歌，我们最喜欢陈俊华的歌声，声情并茂，极有感染力）。当我们刚入住佳木斯农垦大厦的那一刻起，这首歌就一直陪伴着我们。当天就让总局行政处副处长陈金培（温州知青）帮我们请来一位老师教我们唱这首歌。由于时间短，我们唱这首歌还远没达到熟练的程度，所以是带着歌词上台唱的。

当时说好，唱完歌之后，请团长孙宏杰代表大家向第二故乡亲人说几句心里话，特别是这几天所见所闻的感受，没想到孙宏杰的讲话太有穿透力了，句句落在我们的心坎上，说得我们眼圈里泪珠直打转。这时队列里有人（好像是姜嘉锋，时任温州市洞头县委副书记）说，我们跪下吧！随着一声"向第二故乡的父老乡亲们行大礼！"16位温州知青扑通一声齐刷刷地跪下去，用国人表达真情的特殊方式向第二故乡的亲人行大礼！全场顿时鸦雀无声，大家都被这突如其来的举动愣住了，继而清醒过来，于是全体起立、鼓掌，使劲地鼓掌。此时，跪着的流泪了，站着的也落泪了。这一跪，将台上台下众人的心紧紧地连在了一起。

这就是当时的真实情形，并没有事先商定。后来一直有人问及，为什么会出现这样动人的一幕呢？我认为很自然，不是温州知青什么惊天动地的壮举。从三个层面来看，一是这次回访团的温州知青都有比较长的"荒龄"（一般都在10个年头左右，最长的呆了23年），几多磨难、几多坎坷，不少在北大荒入党提干，和黑土地建立了深厚的感情；二来从踏上黑土地这几天里，受到垦区上下无微不至的关照和亲人般的厚爱，实在无法用语言来表达积蓄在心灵深处的感激之情、感恩之心，唯有大爱无言；三则凑巧，总局安排"探亲"的宝泉岭管理局，正是当年回访团温州知青支边的2师，我们都是从2师属下各团出来的，那天重逢的管理局领导和专程从各农场赶来的场长、书记都是昔日的老领导、老战友，相见百感交集，所以第二故乡的含义对我们来说更深一层。

总之，那跪拜之举，是情感的积累和释放。这一跪，才把我们几天来，不，应该说是十几年、二十几年来积压在内心的感情一下子发泄出来；这一跪，按照国人的传统习惯，不仅仅是感激和感恩，应该还包括敬畏和尊重；没有想到的是，这一跪，会使多少人荡起情感的涟漪，度过难眠的夜晚！

江滨旱河三间房

"不到长城非好汉。"此行对我来说，自然是"不到江滨不罢休"。6月16日一大早，宝泉岭管理局局长张克明为就要到各农场"探亲"的温州知青践行，他说："这次没时间请你们了，早上加几个菜，我们一起喝几口吧!"什么?早上喝酒?还是北大荒白酒!还要一连干五杯!生平没碰过这种事,但盛情难却,赶路心切,大伙儿二话没说,接连灌进去,从嗓子眼到肚子里都是滚烫滚烫的,亦如北大荒人的豪情。饭毕,我和温州知青任永祥(原江滨农场宣传干事,时任温州市财税局稽查支队副支队长)坐车离开宝泉岭管理局直奔江滨农场(原10团)。也许是心急,不过两小时的路程觉得很长很长。

当汽车进入江滨农场大地,看到一片片绿色的田野,一座座熟悉的村庄,一台台现代化的农业机械,感到特别亲切,心中不由发出强烈的感慨:江滨,我回来了!旱河,我来看你了!在江滨农场招待所门口,农场党委书记苏宗元、场长岳古阳、副场长王宽厚等迎上来,紧紧握着我们的手说,欢迎你们回家看看!少先队员向我们敬献了鲜花。我往旁边一看,顿时惊呆了!竟然还站着一群我所在的老连队——21连(当时已改为19队)的人。一张张曾经熟悉的脸庞。哦,认出来了!于喜江指导员、仇师傅(原机务副连长)、王振友(原连队司务长)、战广汉(原连队饮食班长)、刘凡云(我开拖拉机时的师傅),还有小徐子、小水子、小哈……我愣住了,竟说不出话来,眼泪一下子涌了出来,冲上去和他们一一拥抱。由于农场活动安排在晚上,放下行李我就执意要先去老连队看看。

我下乡10年,原分配在10团旱河北新建的4连,第二年旱河发大水,4连撤点,迁到南边老27庄的地界新建21连,从那以后到返城,除了1年在2师"五·七"大学学习外,一直没有离开过。1976年7月到1978年11月返城前,我就任21连连长一职。对那里的几号地、几条沟、老场院、老职工印象都很深刻。我路过当年的大食堂,站在当年连部的门口,沉思良久,当年知青"战天斗地"的情形又浮现在眼前:开春夜班把大犁开荒,后面不远处瞪着绿绿眼睛的狼一直缓缓跟着寻食,叫人心惊肉跳;夏天喝菜汤迎朝阳,起大早拿大草,累得满身汗湿透;秋天水利大会战,每人任务十几方,满手都是血泡,跳进冰冷水里压大麻，浑身上下直哆嗦；冬天进山抬大木，不懂知识，没有经验，险些丧命……北大荒的生活，有了经历，就有了体验，也就是这些经历，让我慢慢体味出了北大荒精神。黑土地的风雪，磨练了我，锻造了我，使我获取了丰硕的精神财富。

正像北大荒文工团演员们唱的：

> 有过辉煌
>
> 有过磨难
>
> 你付出了
>
> 你奉献了
>
> 你来了
>
> 你走了
>
> 但你也得到了报偿
>
> 北大荒锻造了你
>
> 坚毅的性格
>
> 钢铁的筋骨……

我向身旁的19队书记和队长提议，去看看三位老职工，即"二老一张"。"二老"就是当时在连队年长有威信的老孟头和老柳头，他们就是贫下中农的化身，是我们接受再教育的老师。可惜老柳头前些年已去世了。见到老孟头，他依旧身板硬朗、笑容满脸，这使我感到很安慰。"一张"叫张汉铎，是我在农工班的第一任班长。我来到张汉铎的家时，才知他在前几年已病逝，看到满脸沧桑的张师傅的老伴，握住她干燥粗糙的双手，心里难受极了，一时不知道说什么好。

我向连队的老职工赠送了家乡带来的礼品，还邀请他们来我的老家温州走走（后来有5位职工代表应邀来南方旅行，温州及上海的原21连知青热情接待了他们）。

头天故人重逢，次日故地重游。应我的要求，农场领导陪我去了旱河和三间房。青青旱河，我梦中那条世间最美丽的小河又展现在我眼前，我曾在这里留下了许多美好的遐想。河岸灌木葱葱、花儿争相斗艳，河水清澈见底，蒿草随风飘逸。初夏的旱河实在太美了，美得叫人不忍离去。我们又急匆匆来到黑龙江畔的三间房，这里当年曾是反苏反修最前线，有过兵团战士日夜巡逻的身影，有过几百人人工卸煤的宏大场面，白色的航标架仍然屹立在江畔，当年江边的堆煤场遗痕依然可见，两岸江景依然秀丽。现在的三间房已更具诱惑力，成了回访知青的必去之地。

短短两天"探亲"就这样结束了。6月18日一大早，我收拾行李，准备乘车离开时，看到门口站着一行人来送我。他们是清晨从十几里外赶来的原21连的老职工。据招待所服务员说，他们很早就到了，并叮嘱服务员不要叫醒我，说是让连长多休息会儿。看着这些可敬的父老乡亲，我只能选择沉默，走上前去，双手收下他们平时省吃俭用积攒的鸭蛋、鹅蛋、大豆、瓜子和山货，心里沉甸甸的，依依不舍地走上汽车。看到车后仍在不停挥手的送行人群，我无言流泪……

我坐在南归的飞机上，心情久久难以平静。"乍见疑是梦，恨别情未休。"北大荒啊！我永远魂牵梦绕的地方！

走出国门哈巴游

初次回访北大荒，承蒙佳木斯市、农垦总局领导的厚爱，我们应邀参加了三江国际旅游节上刚开通的佳木斯至俄罗斯哈巴罗夫斯克江上国际客运"四日游"。走出国门的哈巴之旅，为这次知青回访活动添上了浓墨重彩的一笔，我们感到受宠若惊，喜出望外，兴奋不已。

哈巴，即哈巴罗夫斯克，是俄罗斯远东地区仅次于符拉迪沃斯托克（海参崴）的第二大城市，位于黑龙江、乌苏里江会合口东岸。当年中国管它叫伯力，清前朝东北边疆军事重镇。1860年（清咸丰十年），沙俄强迫清政府签订不平等的《中俄北京条约》，伯力城及其乌苏里江以东至海的广大地区被沙俄割占。1893年改名为"哈巴罗夫斯克"。今已成为俄罗斯远东地区重要的工业中心、铁路枢纽、河港城市、航空要站，并设有一批高等院校。

佳木斯是我国沿边开放的中心城市，同俄罗斯有长达580公里的国境线，7个县市有6个沿江而设，有5个国家一类口岸。我们是从同江口岸出境的，也许是好事多磨，签证一事双方异议，使我们入境时间推迟了，我们在游轮上整整呆了一个晚上。

我们从同江走上最豪华的水翼艇，向下游的哈巴急驶而去。初夏时节，江水清澈，且又湍急，迎风而立，感觉略带着一丝凉意。秀丽的江面风光一览无余，让我们一饱眼福，顿觉美极了。这不，江面上俄罗斯的巡逻艇，我国岸边醒目的瞭望塔航标架，挂着不同国旗的渔船，两岸弯弯的长长的被翠绿装饰的大堤，构成一幅锦绣的江上风景画，让我们陶醉了。

虽然我在边境生活了10年，但却是第一次坐船游览黑龙江、乌苏里江，欣赏两岸美丽风光，心情是极为轻松的，可谓心旷神怡。如今两岸的那种剑拔弩张的互相敌对场面已荡然无存，显出了一派歌舞升平的景象。是啊，世界上谁不热爱和平，谁不想安安稳稳地过着舒心的日子呢？

第一次踏上俄罗斯国土，心情自然是复杂的。我们这一代人的记忆中，既有"哈巴"，也有"伯力"；既有"老大哥"，也有"新沙皇"；既有"加盟国"，也有"独联体"。虽然我支边务农而对黑龙江、乌苏里江并不陌生，但那个时期双方陈兵百万，剑拔弩张，对岸的一切，对我们来说都是神秘的，甚至是恐怖的。如今，正值东欧剧变、苏联解体以后不久，我们有幸走过俄罗斯，走进哈巴，除了观光游览之外，也关注政治经济转轨。

哈巴，整个城市给我们留下了很不错的印象。城市建设蛮大气的，建筑虽然没有几座高楼大厦，但充满浓郁的俄罗斯民族风情，青石铺面的大街很宽很直很平。水、电、气、交通、通讯等城市基础设施建设比较完善。城里有公园、街心公园和林荫式公园，市郊有自然保护区，其中有大片原始森林。航空、铁路、公路、水运把哈巴与我国东北的主要口岸城市连接起来，周边乡镇更为哈巴市场提供了充足的发展潜力。

哈巴的城市建设和地理位置十分优越，但1993年的俄罗斯经济"休克疗法"还在发酵，所以哈巴的市场也是处在阵痛之中。当时货币兑换，1元人民币可换100俄罗斯卢布。由此可见，经济十分萧条，物资十分匮乏，商店里基本没有什么商品。出行前我们就听说哈巴当地人很喜欢我国的万金油和泡泡糖，于是买了些备用。果然我们住进酒店后，一群小孩在门口嚷嚷：大大！大大！（大意就是泡泡糖、泡泡糖）当我们给每个小孩都分了几块，他们显得很快活，欢呼雀跃，连声谢谢，挥手而去。遇到需要酒店的服务员帮忙，我们主动送给她们几盒万金油，服务员彬彬有礼，双手接过，弯腰致谢，有的甚至直呼"乌拉"，办事自然就OK了。

据当地的导游介绍，哈巴的教育十分发达，几所大学在俄罗斯远东很有名气，比如铁道工程学院、农学院、医学院等高等院校及科研机构。当地人口的文化素质被认为普遍较高，政治和社会环境相对比较稳定。我们遇到一件小事，似乎对此作了诠释。那是在市中心的一个街口，有辆啤酒车在卖散啤（生啤酒），顾客排起了很长的队伍。可能是啤酒供应量有限，每人每次排队只能限量购买。我们在一边看热闹，见到几个中年人买到后当场一饮而尽过把瘾，而后又自觉排到队伍最后，整个场面秩序井然，没看见一个人不遵守。由此想起计划经济物资匮乏时，我们曾经排队购物的情景：挤队、插队、争执、吵架，甚至打得头破血流。人的教养，多半跟文化素质有关吧。

在哈巴旅游，大家感到人民币的值钱。在当地是有钱花不出去，面对空空如也的商店，唯一能勾起我们购买欲的是那个望远镜和艺术套娃，但也花不了几元人民币。哈巴扼守两江江口，自然水产丰富，以盛产大马哈鱼、鳇皇等特产而闻名。我们在哈巴吃到了珍贵的大马哈鱼子酱，想当年咱们中国只吃大马哈鱼而舍弃鱼子，在如今看来简直是在扔钱，现在的鱼子酱堪比黄金一样的金贵。

走进哈巴，了解俄罗斯，我们真感到我国改革开放给人们带来改善生活条件和各种利益的好处而骄傲。也许是有了对比，令人惊讶也感慨。想不到俄罗斯今天会这么穷困，日用品如此的缺乏；想不到俄罗斯经济下滑，卢布竟然贬值到这种地步；想不到俄罗斯民众工资低，比中国人挣得少；想不到俄罗斯市民依然有着良好的素质，社会环境依然正常平稳。

哈巴和整个俄罗斯一样，在政治、经济转轨前期，国民经济下滑，生活水平下降。但是，我们有理由想信，哈巴凭借着有利的地理位置、丰富的自然资源和相对稳定的社会环境，与中国、日本、韩国等国家广泛开展各种经贸活动，有望迅速恢复和发展经济，让百姓走出贫困，过上好日子。都说发展是硬道理，其实民生更是硬道理。

佳木斯市松花江畔的知青广场

追逐后知青时代的幸福时光

　　温州知青的返城起始于 1973 年，其实，早在 1971 年开始享受第一次探亲假时，就有个别的知青利用假期回温而与农场不辞而别了，甚至是放弃一切空手而归。以后，几乎每次的回家探亲都有不回来的。到知青大返城时，在场的温州知青已经为数不多了。温州知青所以能在城里呆住而不回农场，原因是温州是个江南小城市，手工业发达，只要肯干，干什么都行，都能混口饭吃。因此，大批的温州知青返城后，陆陆续续都找到事情做。1979 年的国有单位大招工，为这些返城知青提供了绝好的机遇，一大批知青通过考试进入了国有企业、事业单位甚至行政机关，命运发生了根本性的改变。当然，还有相当部分的人从事各种个体事业。值此，原来同吃同住同睡一条炕，相互关心相互帮助的战友，变成了为生活而各自奋斗各奔前程的社会人。在以后的几年里，我接触了许多知青战友，看到和听到了他们的许多故事，有的工作生活稳定，有的提干提职，有的自我奋斗出人头地，也有的仍碌碌无为地奔波着；令人感到不安的是，部分知青因为在北大荒的辛勤劳作而落下的各种病因损害了他们的身体，影响了他们的生活，使他们生活过得很艰辛，更有几位甚至因病而英年早逝。

　　返城知青、当年战友的不同命运使我陷入了深深的思索。北大荒虽然生活艰苦，工作劳累，但大家热情抱团，互相关心互相爱护，一人

筹备组合影

有难大家帮，有吃有喝大家尝，充满了友爱、互信和奉献精神。为什么不让这种人间难得的、特殊时代独有的好风气继续在返城知青中发扬呢？这种知青战友中经过流血流汗考验过的北大荒情结一定要在后知青时代得以继承。我似乎在绵绵思索中得到了答案。

2008年春天，一个阳光明媚的日子，我召集了7位接触较多的知青战友，一起来到景山公园茶室，将自己思绪已久的想法和盘托出。谁知，大家听后一拍即合。从1969年支边到北大荒至2008年已经整整39年了，我提议来年支边40周年的时候，组织一次隆重的纪念活动。

温州赴10团支边的知青有261名，其中，男性132名，女性129名，1969年4月29日第一批136名，5月16日第二批124名。要把这些人重新组织到一起不是一件简单的事，很多人已经多年没有联系了，没有电话号码，没有家庭地址，旁人也没有信息。为了组织好这么一次大型的集体活动必须有一个周密的计划，一套细致可行的方案。以景山茶室的 7 个人为核心，以原连队为单位，首先在每个连队确定一名联络人员，用蜘蛛网式的方法广泛散发通知。6 月初，我们首先在《温州日报》上刊登了通知，接着成立了由 29 人组成的纪念支边 40 周年活动筹备组，由我担任组长。筹备组下设秘书、联络、后勤三个小组，并确定了各自的工作职责。筹备工作时间近 1 年，为了掌握进度，落到实处，由秘书组负责定期出简报，1 月 1 期。筹备组会议不定期召开，随时研究解决遇到的问题。整个筹备期间，我参加主持了每一次会议，拟发了关于举办纪念活动的通知、关于做好各项准备工作的通知、关于筹集纪念活动经费和经费预算的通知、关于活动议程的通知、关于纪念活动邀请嘉宾的通知等，出了 10 期简报。这一年里，我工作之余在思考，休息睡觉在思考，走路在思考，可以说时时刻刻在思考着纪念活动的每一个环节。功夫不负有心人，付出得到了回报，在筹备组全体战友的努力下，参加纪念活动的知青战友达到了 200 多人，我们还邀请了第二故乡的领导，兄弟团的战友代表与我们共同参加纪念活动。隆重的纪念活动唤醒了知青战友心底的青春激情，北大荒情结又一次把战友们团结起来了。在纪念活动中，战友们用笔记录了自己亲历北大荒艰苦奋斗、战天斗地的记忆，43 篇回忆文章 12 万字汇编成了《黑土地的情缘》这本知青自己撰写的书；300 多张北大荒战斗生活的珍贵照片凝聚成《唤醒青春的记忆》画册。纪念活动还有一个重要内容，由 40 多名战友组成的重返第二故乡北大荒回返团更把战友们魂牵梦绕的黑土地情缘激发出来。

纪念活动成功了，看到战友们喜气的面容，饱满的精神，我在想，40 年前，一群朝气蓬勃的小青年，打起背包告别了家乡和亲人，满怀一腔热血与青春激情奔赴北大荒，他们用自己的热血和青春浇灌着亘古荒原，一手拿枪，一手拿锄，战天斗地屯垦戍边。40 年后，他们大都已霜染鬓发，脸上留下了岁月的沧桑，但在他们的心中依然存在着激情，依然会泛起青春的涟漪，眼前的情景难道不是吗？兴奋、信心在我心里升腾，知青家园的亲切感油然而生，而这种知青间的情愫源于北大荒黑土地，是黑土地孕育出的最纯洁最真挚最珍贵的情感。当年，他们刚出校门，还没来得及与老师同学叙述同窗友谊，他们刚刚初中毕业，虽已成人，但从小至今还没离开过父母的襁褓，就乘坐硬板櫈的绿皮车几天几夜来到了只有在自然课里知道的那个北大荒，并置身于千年亘古荒原，继而为它付出了常人难以承受的付出。在这种艰难困苦中结成的人与人之间的情谊是任何关系都无法比拟的，她不需要打扮，不需要伪装，直通通的，赤裸裸的。尽管随着时光的推移，人生年轮的增大，貌似模糊以往，而一旦有一颗火星点燃，那埋藏在心底的青春火焰会顿刻燃起。所以，我和我的知青战友们要感谢铸就了知青情缘的北大荒、黑土地。

40 年重聚给了我启示，思绪在告诉我，序幕已经打开，后知青时代的精彩剧目靠我们自己去彩排。

纪念活动结束后，我一直在思考，如何把知青战友们这种难能可贵的友谊和热情继续下去，如何让知青战友们在所谓的后知青时代过得体面，过得潇洒，过得幸福？这成了我的一个心结。我与筹备组的战友们进行了探讨。从全国各地的知青活动动态分析，基本都是小规模的同连队或者原同学校友、街坊邻居层面的。我觉得，知青的人数这么多，方方面面都有知青的存在，40 年的沧桑，尽管每个人的奋斗之路不同，成就各有差异，有辉煌的，有平凡的，有富裕的，也有拮据的，但这些都不重要，都无所谓，重要的是我们这一代人经历了特殊的历史时期，是这一特殊历史时期的产物，"知青"就是这一特殊时代赋予我们的名字，"知青"是指一代人，是一个整体。而这一代人又是共和国历史中"另类的一代"，是绝无仅有。他们亲历了共和国的艰难，分享了共和国的艰难，把自己人生最美好最宝贵的青春年华奉献给了共和国。如今，已被岁月染白了青丝，脸庞上刻满了岁月的痕迹，并开始陆续退出社会舞台，步入老年人的队伍。难道就此让孤独困惑，情无所托围绕着，默默地悄无声息地湮灭吗？当然不能！既然我们是共和国的一代人，在共和国的历史上曾经有我们用人生涂上的浓重的一笔，就要让这一笔继续发挥光彩。我们都叫知青，知青就是一个大家庭，在这个大家庭里，我们可以互相帮助，问寒嘘暖，回忆往事，畅谈未来。

成立"知青联谊会"，我的想法得到了大家的一致赞同，我们可以在原团的范围内把知青战友们组织起来。于是，我们支边40周年纪念活动筹备组又承担起成立知青联谊会的筹备工作，首先起草了成立知青联谊会的倡议书，很快倡议书就得到了绝大部分战友的赞成和拥护；我又主持起草了联谊会章程，把成立联谊会的目的、意义，活动、经费、要求等在章程里予以阐明。联谊会的宗旨是"追忆当年黑土情结，再现今日战友情缘，沟通信息，联络感情，互相帮助，奉献爱心"。2009年金秋，"十团温州知青联谊会"成立，大家一致推选我为联谊会会长，筹备组的核心成员都为副会长、秘书长，形成了联谊会的领导层，原各连队的联络员自然成为联谊会理事。至此，一个具有完整机构，有组织有章程，并拥有近200名会员（包括旅居海外和在外地工作的战友）的温州知青联谊会开始了她的活动征程。组织成立了，还要完善各种制度，我们又建立了会费交纳和使用制度，会长办公会议制度，理事会议制度，制订年度活动计划，活动总结。为了互通信息，沟通活动情况，每月编辑1期《联谊会动态》。

2009年是联谊会成立的第一年，我们编辑的第一期《联谊会动态》公布了"联谊会章程"，目的是让大家明白参加联谊会要做的事和怎么做，联谊会的活动要按照章程来进行。经过大家的讨论，联谊会的工作主要是：每年的年初要制定当年的活动计划，一年中大型的联谊活动4次，3—5月份，要组织一次以春游为主题的户外踏青活动，让大家在山清水秀、百花盛开的季节，领略大自然的美好。4月29日和5月16日是温州知青分两批赴北大荒的纪念日，这是一个隆重的日子，要开展大型的纪念活动，我提出单数年份在4月29日活动，双数年份在5月

16日组织活动，每年就按照这一惯例开展纪念活动。9月份前后，要组织一次以秋游为主题的旅游活动，到周边的风景点或者到外地的旅游景点旅游。春节前，要组织全体会员参加的迎春晚会，相互祝酒，表演节目，并总结一年里的活动和工作，提出来年的工作活动计划。除了这4次大型活动外，端午节、中秋节、重阳节等民俗节日，我们也要组织大型的赏月、登山等活动。

从此，丰富多彩的联谊活动使战友们开阔了胸襟，振奋了精神，增进了友谊。联谊会的凝聚力也因此一年比一年增强，原来有部分观望的战友也积极地加入到联谊会里来。联谊活动的效果使我认识到，成立联谊会不光是开展活动热闹热闹，还要发挥她的潜在作用，这就是战友之间的互相帮助和奉献精神。我在每一次会长办公会议和理事会上都强调这一点，在全体会员缴纳会费的基础上，理事以上的联谊会成员更要多做奉献，而我自己要起绝对的带头作用，每年我要交最高的会费，每次活动我要出更多的捐助，在我的带动下，理事、副秘书长以上的联谊会骨干都较多地交纳会费和出资捐助，从而保证了联谊活动必要的经费支出，而会费使用原则取之于会员用之于会员，用于集体活动的经费补充。在我们的战友中，有个别战友由于在北大荒的辛勤劳累而落下各种病痛，他们生活拮据，身体欠佳，有的不能参加联谊活动，对于他们的困难，联谊会不能坐视不管排除在外，要发挥献爱心作用，尽力动员他们参加联谊会。每年春节前后，我和几位副会长秘书长一起到这些战友家慰问，送上心意红包，表达全体会员的爱心，使这些战友十分感动，他们说，想不到几十年了，战友们还记着我。为了更加丰富联谊活动的内容，我建议大家充分发挥自己的活动才能，可以组织琴棋书画、体育活动等兴趣活动小组，建议得到了大家的支持，于是以扑克象棋为主的"荒友之家"成立了，以学太极拳锻炼身体为主的太极拳小组成立了，以唱歌跳舞为主的歌舞小组成立了。联谊活动形式的多样化使大家更加热爱联谊会，把联谊会当作知青战友的大家庭。以联谊会的名义与其他省市的知青战友加强联系和共同开展联谊活动是我的一个想法，经过协商联系，我们与北京、上海、哈尔滨、天津的战友开展了相互间的联谊活动。在北京的联谊活动上，我还建议北京、上海、哈尔滨、天津、鹤岗、温州6城市轮流主办10团知青战友联谊活动，建议得到了6个城市战友的一致赞同。至2015年，北京、哈尔滨、天津、温州、上海都已主办了6城市知青战友千人联谊活动，使知青战友的友谊扩展到了6城市。

联谊会成立的几年里，组织了几十次大小联谊活动，通过这些活动，战友们原已经埋藏在心底的青春热情完全焕发出来了，大家把联谊会当作知青之家，不仅积极参与每一次活动，而且为联谊会的成长积极做出奉献，每一次大的活动，大家都出谋划策，出力出资。战友间互相关心互相帮助，团结犹兄弟姐妹，释放出来的正能量感染了每一次战友，更深深地感动了我，我把这种情景归纳为"甘于奉献，团结互助，健康向上"12个字。也许，这就是联谊会的一种精神，因为从联谊会成立的那一天起，我和我的这些战友们一直在这么做着，一直在践行着这一精神。当我诠释这12个字的含义时，得到了全体会员和战友的热烈鼓掌和一致认可。至此，"甘于奉献，团结互助，健康向上"即成为温州知青联谊会的精神和一面旗帜，引导着大家的思绪、生活、娱乐。

从2009年成立至今，联谊会已经走过了7个年头。

7年，在人的一生中只是短短的瞬间，在战友们的知青生涯中也只是那么一小段。然而，在每个人的心目中，这7年里过的却是丰富多彩，欢欣愉悦，开心快乐的每一天。我从大家的目光里，从大家的心底里得到了答案，这就是北大荒黑土地里孕育的知青情缘，还有大家对后知青时代生活的热爱。

7年来，在我和联谊会骨干们的努力下，温州知青的联谊活动搞得有声有色，丰富多彩，不但凝聚了本团战友，还吸引了兄弟团战友的青睐，而且作为最早成立的知青联谊会还赢得了其他省市知青战友和社会相关人士的赞许。

7年里，我们组织了31次大型联谊活动，参加人数达2100人次。其中，迎新春晚会7次，参加人数1100余人次。辞旧迎新，新年贺岁是我们每年都要举行的重要活动。每年的春、秋季节还要组织踏青和秋游活动，我们游览了厦门、湄州岛、福建土楼、黑龙江乌苏里江黄金旅游线、杭州西子湖，参观了上海世博会、寻根瓯江源，还游览了永嘉龙湾潭、苍南玉苍山、瓯海仙岩景区，组织了景山登山比赛。

7年里，我们组织大家多次回访第二故乡，使大多数战友圆了重返第二故乡梦。我还为第二故乡的教育事业捐赠了10万元，被授予"荣誉江滨人"称号；我和几位副会长以上骨干还集资18万元以温州知青联谊会的名义在江滨黑龙江边三间房设计捐建了一座"知青亭"，以永久纪念那段难忘的历史和体现温州知青对第二故乡的殷殷情怀。

7年里，我们与兄弟省市战友的联谊活动不断加强。我们参加了北京、上海、哈尔滨、天津等地举办的联谊活动，也邀请了兄弟省市的战友们来温州参加联谊活动。我们还数次热情接待了来自第二故乡的领导、乡亲来温欢聚，邀请他们参加我们的联谊活动。

7年里，我们联谊会成立了太极拳、器乐、舞蹈、合唱团、棋牌等6个兴趣小组，充分展现了大家的兴趣爱好。特别是太极拳、棋牌小组活动经常，组织健全，既锻炼了身体又增进了友情，获得大家的赞誉。在每年的新春联谊会上，各个兴趣小组都为晚会提供了精彩的文艺节目。

7年里，我们大力弘扬了知青文化，鼓励大家撰写回忆文章，编辑回忆录，其中，许多文章还被其他的知青书籍刊用；我们收集了大量历史照片和资料，以及战友们返城后工作生活的照片，联谊活动的照片等，编印了三本反映温州知青在北大荒及返城后工作、生活、活动状况的画册；录制了7盘反映联谊活动、回访北大荒、战友相聚情景的光盘；每年印制反映联谊活动的挂历。不少战友还在"宝泉岭论坛"及有关知青网站上发表大量文章和图片。我们还出了 18 期《联谊会动态》简报，并将编印的书籍、画册作为知青文史资料送给温州市档案馆存档。

7 年里，我们发扬了团结互助的精神，把战友之间的团结关爱作为践行知青情缘的实际行动。大家自愿捐助爱心款，每年对身体欠佳、有病痛及有突发事件的战友进行慰问，温州"7.23 动车事件"后，我们还对兄弟团遇难和受伤的战友进行了慰问。7 年来共慰问了 80 余人次，使这些战友体会了知青大家庭的温暖和关爱。

7 年里，我们涌现出一批联谊活动积极分子。他（她）们积极参加每一次活动，认真细致地为大家做好各次活动的准备工作，大事小事勇于担当，不辞辛劳，不怕麻烦，热心为大家服务，获得了大家的公认和赞誉。还有许多战友默默无闻，出智出力出钱。他们的目的只有一个：为了知青情谊，为了战友开心，甘于奉献，尽心尽力为大家服务。

7 年里，我们不断加强联谊会的组织建设和制度建设，健全、完善工作方法、活动形式。为了使联谊活动更规范更有秩序，我们充实加强了联谊会的组织力量，副秘书长以上人员增加到 12 人，理事 56 人，会员发展到近 200 余人。我们不定期召开会长办公会议和理事会议，每年年初会长办公会议都要研究确定全年活动计划，并召开理事会落实各项活动内容，及时把有关事宜通过简报或会议形式传达给会员。我们建立了经费管理制度，把交纳、使用会费定期公布，规定会费使用范围。为了更好地落实各项工作，副秘书长以上还确定了工作分工。

为了迎接 2014 年全国 6 城市知青战友联谊活动在温州举办，我们提前一年就开始筹备工作。首先让大家明确举办 6 城市联谊活动的意义，如何当好东道主；其次，捐资筹集活动必需的经费。由于目的明确，大家热情高涨，积极捐资，使活动经费有了保障。大家还积极出谋划策提建议，一定要组织好这次联谊活动，为兄弟省市战友服好务，为温州战友争光。我牵头建立了活动领导小组，确定了具体分工，大家各司其责，完成自己的工作，同时相互配合共同完成相关工作。我们还组织了60名志愿者，对志愿者进行了工作范围和工作职责培训。每个人都以主人翁的姿态，全力投入，办好了这场具有温州特色的千人联谊活动，获得了兄弟省市战友的赞誉。

7年里的联谊活动丰富多彩，7年里凝聚的知青情谊更暖人心。回眸7年，我感慨万千。人们常说，老乡、同学、邻居是情感的纽带，而比这些情感更深的，是源于北大荒黑土地，曾经为共和国屯垦戍边的一代知青的情感。我可以自豪地说，10团温州知青联谊会走过的7年，诠释了这一切。

甘于奉献是联谊会精神的核心。鲜花要靠绿叶扶，联谊会的成长要靠每个人细心的呵护，并为她甘于奉献。7年来，我和联谊会的骨干们尽心尽力，认真谋划，出资出力，会员们同心协力，积极参与，正是这种甘于奉献的精神换来了大家的欢乐时光。

团结互助是联谊会成立的目的。当年的艰苦和付出，返城后不同

黑龙江生产建设兵团2师10团温州知青联谊会会标

的生活轨迹，使部分战友的身体、生活状况不尽相同，要让大家共同快乐，开心过好每一天，为需要的战友提供帮助，表达心意，这不仅是人之常情，更是知青情缘的深刻含义。

健康向上是联谊活动的内容和要求，不但激发了战友们埋藏心底的激情，焕发出了青春活力，而且健康了每个人的体魄和精神世界。发挥兴趣爱好、揽胜自然美景、品味美酒佳肴，带给大家的是无限开怀的幸福感。

7年过去了，接下去的时间还很长，然而"甘于奉献、团结互助、健康向上"的10团温州知青联谊会精神，还将继续发扬光大，展现她更加绚丽的光彩。

情牵梦系北大荒

——温州返城知青应国光访谈录

访谈对象：应国光，返城知青。1952 年 8 月 29 日出生于浙江温州。1968 年毕业于温州第五中学。1969 年 4 月赴黑龙江生产建设兵团 2 师 10 团 4 连支边。1976 年 8 月至 1978 年 10 月任 10 团（江滨农场）21 连连长。1995 年 2 月起历任中国工商银行丽水分行、温州分行副行长、行长。2009 年 1 月起任中国工商银行浙江省分行高级专家。

主访人：鲁锐（时任黑龙江省社会科学院社会学研究所副所长）

背景简介：黑龙江屯垦史系列研究是黑龙江省委和中国社会科学院共同设立的重大科研项目，由黑龙江省社会科学院和黑龙江省农垦总局等单位共同承担实施，重点研究、宣传黑龙江农垦的发展历程、宝贵经验和建设成果。其中，黑龙江屯垦史之知青口述史根据科学抽样，主要采访到北京市、天津市、上海市、哈尔滨市和浙江省的部分返城知识青年的工作、学习、生活经历，从参与者的视角反映农垦发展历史。课题项目组于 2016 年 6 月采访了浙江温州知青应国光。口述人所说的江滨农场现属于宝泉岭农管局。1956 年四五月间，山东青年垦荒队到达萝北县东北部开荒建点，分设开封、新升两个乡。1958 年 9 月，10 万转业官兵组建的预备 1 师、7 师在开封、新升乡的基础上组建江滨农场，场部设在"肇兴"，下设 4 个分场，即肇兴为一分场，开封为二分场，新升为三分场，三马架为四分场。1958 年 10 月，萝北县境内农场全部合并成立萝北农场。1963 年 3 月，萝北农场改为萝北农垦分局，将十一、十二分场合并为江滨农场，隶属东北农垦总局领导。1968 年 6 月，组建中国人民解放军沈阳军区黑龙江生产建设兵团，编为第 2 师第 10 团。1976 年 2 月，撤销生产建设兵团，恢复江滨农场，是黑龙江农垦系统国营农场，隶属于黑龙江宝泉岭国营农场管理局。

一、结缘北大荒

那时候到东北，我记得很清楚，那是在人民广场走的嘛，先在人民广场开个宣誓大会，听领导讲完了，知青代表上台宣誓，然后就上车。汽车从广场开出去，听到人群中哭声一片了。到了五马街口，我就看见在转弯的地方我那个妹妹在不停地招手（比划），我妹妹实际上那时候才八九岁，好像她在跟着汽车跑，在叫哥哥哥哥，我的眼睛湿了。我们那批走的还是顺的。到第二年走的时候，也就是 1970 年 5 月 16 日……

那时候那个路很差的，到了金华然后坐火车，我记得就是到了哈尔滨三棵树还倒一次，再到鹤岗，然后是汽车把我们拉到团部。4 月 29 日温州出发，大概 5 月 4 号吧，前后走了 6 天。在团部一下车当时我就傻了，5 月份了，天气还蛮冷的。团部那时候也没几栋房子的，人不多，很荒凉的样子。接着，拖拉机拉着我们到新建连。实际上刚开始我们到东北的时候，我们当时都不足 20 岁嘛，我实际上 18 岁都没到，我出来的时候，家里正好我爷爷去世了，家境很困难。那时候我准备出发的时候没带什么东西，一人一条军被，一个帆布的绿色的箱包，就这么打起包袱走了。走之前家里再给我添了两身衣服，我记得很清楚，一身就是劳动布的衣服，一身是我爷爷去世后留下来的，衣服还是大裤腰的，只好把裤子中间多出来的剪掉，从中间把它缝上去，就是一条裤子了。我们就带到东北去了，我到东北还带了一样特殊的东西呢，当时我父亲做鞋，我还带了修鞋的那些工具，那些另头皮啊，一起去了东北。

去了以后第一个感觉就是茫然，脑子里就是不断地在想，怎么会是这么一个地方？那时候5月份的东北还很冷的，我们住的是帐篷，觉得这里完全是另外一个世界。那时候离开家也不知道有多远，都傻了，有的小女孩就坐在那儿哭。我前后去了两个新建连，第一个我们刚到了以后把我分配进4连，当时我直觉那里很地域广阔但很荒凉。那时候还穿着棉袄的，说来一件趣事：有天有个人穿个棉袄弯着腰走进帐篷，我以为那是老大爷，便上前问好，谁知攀谈了几句才得知那人实际上才26岁，是山东过来的，我当时非常吃惊，因为他看起来很老很老的，戴着一顶帽子，胡子非常长，实在与他的年龄不符。

二、留在北大荒上的青春印记

我们刚来的时候四处就是大草甸子，房子也没有，可以说就是创业。我们刚开始去的时候，因为是新建连，所以相对来说是比较艰苦。记得去了以后，没有水井，所以生活用水的来源就是冰、雪，把它们化掉就是喝的水。当时我们住在帐篷里面，中间支起来两个炉子，给我印象很深的两个是什么？一个是那个盖的被子是在大帐篷里，大帐篷外面很冷里面很热，在被子的边缘和帐篷的接触处，被子都被冰粘上了。第二个就是帐篷里柴火烧起来的时候，第二天早上睡醒后，鼻子里有两块都是黑的，烟熏的，吃的就是窝窝头、咸菜疙瘩。在东北支边10年，我是纯粹做了10年的农工，全部在基层。

到了冬天有什么菜吃？就是冻的大白菜、大萝卜。因为冻的，切菜实际上是剁菜，然后放大锅里煮，放点盐，有一点点油星，有时候也放点很咸的海带，所以我戏说当时"汤汤汤，几片海带漂中央，刹时间就捞光"，吃饭都是站着吃，还得不停跺脚，因为冷。为了开个小灶，大家也动足了心思。当时有个典型的例子就是，一个是装病，装病可以吃病号饭，可以吃碗面条。连队医生来了，就把自己吃进去的吐出来，医生很同情就开张病号饭的单子，这是一个。还有一个抢做夜班，那时候说人家愿意做夜班，夜班的时候有吃小菜，就是菜有点油嘛，我们那时候一个月才4两油，95%是粗粮，5%是细粮。有时上夜班里去食堂偷点油，然后拿到宿舍里，那个窝窝头用油一煎也好的嘛。那时候开玩笑讲，拉出来大便都是散的，没有油嘛，确实过得很艰辛。

当时，感觉实在是物质太贫乏了。不单单是吃粗粮，初夏开化时，睡在那个帐篷里面，下面都是有水的，很潮湿，因此不少人得了风湿病、关节炎。一个连队只有一个小锅炉，热水供应不上。男知青体谅女知青在上班前打盆冷水放在太阳底下晒，下午收工了水有点温度了，不凉了，就这么洗嘛。有件事我当时想不通，自己连队那个圈里都是猪，没有团部批准就不能杀，大豆有的是，就不能换豆油。连队有时一个月

10团温州知青联谊会第三届理事会合影（2005年7月22日）

都没有杀一头猪，几个月吃不上一顿包子。连队有个职工一次在三间房卸煤时一口气吃十几个包子，因此他得了菜包子的雅号。吃后撑得肚痛起来，吃的太多了，因为平时没得吃。所以家里邮寄食品成了知青解馋的重要途径，每当家里要带一点东西来，知青们就挤在一起抢着吃，也有的知青家里带过来东西舍不得吃，后来放在箱子里坏了，霉了又舍不得扔，洗一洗煮起来吃。那时候家里带的最多的好比说是咸鱼、牛肉干、酱肉等。

三、难以忘记的农工艰苦岁月

我记得实际上我当农工时间不长，然后我们直接就上机务了，"五·七"大学毕业回来当农业技术员，然后就是连长。那个时期，在困难的这种环境下面，艰苦是绝对的，但我个人觉得在逆境中还是比较顺利的。我反正从到东北1969年，到1978年底回来，我没有轻松过。最大的收获是，在这种环境里面得到磨炼，留下受用一辈子的精神财富，就是意志坚强，不畏困难，坦然面对。当连长的时候也是很苦，连长就是什么？我们当连长就是整天在地里跑的，春耕时每天至少跑30里地。当连长的时候，不过我们那时候一下子还有5个副连长，200多垧地，也是一个不小的摊子。反正我这个人说句实在的，从小就受苦，一直受到回来。所以在东北碰到什么困难，从来没有难倒过我，都挺过来了。因为没有在很顺的情况下面，都是在这种艰苦环境中，10年就是这么呆过来的，反正在东北的地里，四种累的活我们都干过，做连长劲头更大。早上两点半，地里三顿饭，地里回来以后稀里糊涂，脸洗了一把就躺那儿睡，第二天早上又起来，还是起来要吹哨。还要多点脑子，给大家的任务要布置一下，说一说。那时的连长没有不下地的，没有不实干的，指导员有时候可能还稍微呆一下办公室，但连队的连长没有呆过办公室的，都是在地里。所以说你们说我们在那里，每天都是这个样子。砖房烟囱也盖过，压麻要跳到冰冷的水泡子，人全身都麻木了。进山伐木抬木头，差一点给木头压死。当年在机务开拖拉机开荒，晚上做夜班的时候，后面真有狼跟着，绿眼睛嘛，你一直走它也在后面跟，就是这样的。有不少的知青，头两年撑不住的都跑回来。到了过年的时候，想家想父母，乡愁上来，年三十不少知青都坐起来哭嘛。平时知青没什么吃的，到地里拔点农作物烧起来吃，或到菜园里偷点瓜果吃是有的。当时连队没什么文化活动，知青生活太无聊了，生活太贫乏了，太枯燥了。一个连队就是一份报纸，《参考报》（手指比1），一部红灯收音机，我记得1969年国庆节大家围在收音机旁听天安门广场国庆游行实况。当年下雪还来得早，9月26号就下雪了，第一场雪，给我印象很深。

那时候我们都愿意去三间房卸煤，一个人一次去了要背总量两吨左右的煤。是怎么回事呢？就是上下跳，下三节就是从船上要背下来嘛，完了上三节，背到煤山上，卸煤嘛。你说几千吨的煤全部用人，用麻袋从船上扛下来，再上跳背到煤堆上，不少女孩子肩膀痛得直哭，男同志要再垫上衣服叫人家看了笑话，就直接光膀子，回来以后这里都是血，当时也不能哭，兵团战士，怎么哭？哭了就不是战士了，但能吃上一顿包子，就值了。大会战，人海战术，那时候就讲这个精神，对不对？还有紧急集合、战备，背着行李跑，瞎跑一顿，后来衣服都穿反了，谁穿谁的都不知道，黑灯瞎火，回来一看都笑了，你穿他的，他穿你的，也不知道怎么搞的。

四、艰辛的第一次探亲之旅

第一次探亲我是1971年的1月份，是到北大荒不到两年，我还是算比较迟的。我第一次回来印象非常深刻。现在讲起来好像有点难为情，当时来说真是，也不知道是怎么回事。东北人是非常好客的，每回回温探亲的时候一定要经过鹤岗，前几年我写了一篇散文《好人姚姐》，她人现在走了，人家还以为我写了这个文章，认定姚姐是我初恋呢，但确实不是。我把姚姐比作母亲一样，她比我们大几岁，生活上总是照料我们，帮我们缝衣服、做被子。她家近，所以一个月都回去一次。常给我们带自己做的肉酱给我们吃，我们探亲也就住在她家里。东北人家里就一铺炕的嘛，客人睡炕头，他们家里人挨个睡过来，我们当时也觉得很难为情的，她们的妹妹什么的都睡炕梢，就这么排起来睡。

第二天还是没买到坐票，回家心切我们坚决买了站票上车了，一直站到沈阳才抢到位置，两只脚都肿了。我记得很清楚，每两排之间应该是 10 个人的位置，却挤了 18 个人，行李架上有人，坐位下面有人，过道有人，厕所门口有人，车厢里什么味都有。临时停车时人根本挤不出去，我记得到了四平的时候，肚子很饿，只好从窗户爬出来，然后下来买了一只鸡，大家分了吃。我还有一次坐过货车，没有位置，就是那个车厢打开叫人都上去随地而坐，它叫临时车，想回家也没办法，也要坐嘛。

第一次回家，带的东西也是够受罪的。我们往回家带什么东西？带土豆、带搓板（自己刻的洗衣板）、带面糖、香菇木耳还有葵花子，带这些东西，行李多达 4 个，每个兜都很重。路上至少要倒 4 次车、船，所以说那时候在我们回来的路上太艰辛了。经过三次折腾，总算坐上三棵树到上海的火车，路上没吃上一顿正餐，腿脚肿胀，嘴唇干裂，咣当咣当经过三天时间迷迷糊糊进入上海北站。上海知青的家属带来黄鱼车接我们，实际上就是运货的三轮车。到了上海，不管旅途多累，当天晚上必须排一夜买船票，因上海到温州是坐轮船的，后半夜有人来给我们背上画上序号，从 1 开始……第二天一早买到票，高兴死了。还不敢买三等以上的，因为我们那个时候可以报销三等以下，票价八块七，我记得很清楚。若买不到三等，只好买通铺，就是舱底的，票价五块五，坐 24 个小时。票买到后，也无法告诉家里。那时候哪里有电话？没有，家里人也不知道你什么时候到的，大概有数，因为我们写信了，我大概是下月初走，老母亲就在家里数了，大概是几号到几号之间会回来。第一次回来的时候，刚开始拿到假期单的时候，那个心情真的，眼泪都哗哗掉出来，终于要回家了，看到母亲了。家乡的一幕幕景象、一个个亲人都浮现在眼前，真的好几天没睡好觉。第二天就到团部邮局发了个电报给家里，因为电报是论字数付费的，记得当时再三斟酌简炼字数发了封电报。

到了温州很滑稽，到家了，心情很复杂，自觉很狼狈，不敢进家门，我那天真的就不敢进家门。第一感到自己脏兮兮的，身上都是泥，脸上都是灰，行李乱糟糟，好像逃难回来。另外一点就是自己有一个自卑感，人家在温州的，我们有的同学是在这里上班的，他们比较自豪，而我是"黑龙江货"，意思是说黑龙江回来的，自然也不是很荣光。

没办法，怎么办？就在码头那里呆了半个小时，跟我一起回来那个温州知青就建议我先去他家，他住在大南门，然后我们把东西背到那儿去，到他家里后，他妈烧了鱼丸粉干，两年没吃到粉干，真好吃。然后等到晚上天黑的时候，我说你帮我一起送我回家。他家到我们家是不远的，但感觉好像很远。到家推门的那一刹间，我见到了母亲那慈祥的脸庞，见到了日夜思念的兄弟、妹妹，一股暖流顿时在全身流动，我掉下了幸福的泪水，我终于回家了，到家了！

我们是守规矩的人，我在那里 10 年回来 5 次（手指比 5），每一次都是 1 个月，没有超期的，没有一次超期的。最后一次，我记得很清楚，就是 1976 年，最后一次，正好是毛主席逝世的时候，我正好那一天到了北京，在那里还留个影，反正我一共是 5 次，10 年，很准的，两年 1 次。

五、最痛苦时刻的温暖陪伴

　　我是回来结婚的，我现在家属也不是知青。我第一次回来，我家旁边那个摆小人书摊的老太婆说，你怎么不带一个过来？我说现在还没找到呢。她说你这个傻子，怎么也能带过来一个。我感觉世界上恋爱最神圣，这个力量也是最大的。可以说，年轻时代，世上姑娘有我爱的，也有爱我的。后来当连长了，对待恋爱也会更加谨慎一些，后来重返北大荒时我们指导员说过一句话，他说应连长个人问题处理很好。

　　我感觉现在回过头来看，我最痛苦的时候，也是遇到那个女孩子的时候。那时我要上大学，1974年，已经团部入围了，就等报到师部批准了，而且学校也知道了，一个是北京外国语学院，还有一个就是中国科技大学。但关键时刻政审遇到问题，因为我父亲是公安局的线人，大家知道温州跟台湾很近，新中国成立前夕因各种原因去台湾的人很多，其中也有我父亲的朋友，新中国成立以后也有保持联系的。他们通过其他渠道回到温州也有的，公安局就叫我父亲跟他们保持联系，就是做线人。后来"文化大革命"，我父亲是厂里的头头，线人被变成特务了。我父亲去世以后，我把他的档案都拿出来看了，实际上这个东西是没有的，没有这回事儿，他什么特务？台湾来人确实策反过我父亲，但没成功。我父亲确实就是共产党的线人，这个问题，档案里有。但为什么政审没通过呢？因为这是公安部门内部掌握的事。

　　我们那时候的知青，想返城的机会，一个是病退，一个就是通过上学，曲线再返城。上大学政审没通过，上大学泡汤了，对我打击太大了。前几年说句实话，每年拼命的去干，就是在跟命运去做奋斗，使自己命运有个转变，这一天终于到了，你不知道那一天有多高兴！但瞬间就消失了。那天我记得很清楚，是团部一个人来了找指导员连长，他们俩把我叫到连部去，告诉我，你上学政审通不过，要正确对待，同时也告诉我，你政审通不过可能是因为你父亲那个事儿。当时我脑子一片空白，顿觉天昏地暗，不知怎么走出连部的。

不知怎么的跑到团部，不知道打了几个小时的长途电话，后来打通了，温州市公安局革命委员会发了封电报过来，大概意思就是说，这个人是我们掌握的一个线人（比划），他历史上没问题的。后来团部也向师部做了说明，但师部说一句，电报不能当文件用，不行的。师部要求团部通过正式外调搞清楚。你说外调，那时候上学名额不是说等你多长时间在那儿，不可能的，后面都有候补在等，就补过去了。实际上我的上学计划彻底失去了机会。那一天实际上我想到自杀的，这是绝对的，后来我就躺在草甸上想，我的命怎么这么苦？当时两条路又把我堵死了，那时候不有退休的吗？我父亲退了给我妹妹了，我母亲退了给我嫂子了，现在唯一上学的路也堵死了，那么我就没有回头路了，今后也不会有什么好的出路，但是还是想起母亲，母亲过的太苦，我要走了以后一时她肯定也受不了。夜深人静时，我踏着惨淡的月光，从南大壕往连队缓缓走去，看见老远处一个人影向我走来，原来是她？也许她已知这个事，拎着水果和煮熟的鸡蛋一直在路口等我，按现在的话说，她用了洪荒之力劝导我，温暖我这一颗破碎的心。我们在路边坐了很长时间，直到她判断我能闯过这个难关时才松手回连队。在那后来一段我最痛苦的日子里，是她时刻关注爱护我、温暖我，使我永生不忘。

第二年，2师成立一所"五·七"大学，然后团里政治部主任找我，说这个是对你最大的考验，我们自己办的大学，一定要挑最好的人去上，这个嘴给堵住了。而且我们当时写的，都要扎根边疆自不移的，入党申请书刚写完，怎么能够这样？

父亲的事后来就调查清楚了，实际上到了1975年的年底他有个正式函过来，就是清楚了就好了。

六、返城后的主要工作经历

我回来，第一个工作就是受益于东北。我入党了，这里党员很少，还没等我回到温州，我母亲是在居委会当主任，就催我"快回来，街道缺了一个团委书记"。我还没到，他们已经把这个位置给我排起来了。我1978年12月份回来，就到街道去工作了，就是当团委书记。虽然不是正式在编，起码不在家吃闲饭。

到了第二年（1979年），上面有政策，要安置好返城的知青，然后腾出了很多的职位，而且单位不错，财政、银行、公安等等。我们就去考试，也是东北给我们的受益。为什么呢？东北那时候要说比较讲政治，考语文的作文题目就是写张志新，若不关心政治的，都不知道张志新是哪个朝代，是男的是女的都不知道，但我们都很清楚，张志新是辽宁的，反对"四人帮"的烈士。果然作文得分数较高。数学我考不好，虽然在东北说要自学考试，我也学一点数理化，但基础不好，实际上我考的比他们差得多，那一年招工录取分数，男的69分、女的74分。不少熟悉的人考的都超100分，我大概80多分。选择单位时我有两个单位可选，一个银行，一个是景山宾馆。劳动局的人说，你是党员，到景山宾馆可做人事工作。那时候人事干部很吃香的，后来我去了解了一下，银行很快就有分房子的，我说那不去景山宾馆，我家里没房子，后来我1979年进去银行，1982年就分了房子了。两年后我分配到银行做人事干部，并作为后备干部推选去上学。

我去的浙江银行学校，正规的高中中专学校，脱产两年带薪，这个多好。1984年银校毕业后，赶上机构改革，也就是干部四化，我这个中专毕业出来算知识分子，被任命为刚组建不久的瓯海人民银行主持工作的副行长。

在瓯海人行、工行整整做了 10 年的行长。1995 年 2 月，我的工作经历就发生了重大变化，被省分行任命为丽水分行副书记、副行长，主持全面工作。仅过了 1 年，就转为党组书记、行长。1997 年到 1998 年，省行几次要我到杭州省行部门工作，我说我已经离家 16 年了，我不想再到杭州，坚持要到温州老家工作。2002 年至 2009 年，我就在温州分行当了 7 年行长，到 57 岁。按照规定，58 岁的时候，像我们这个就要退二线，但是，总行、省行十分重视我、关爱我，又提拔我为浙江省分行高级专家，一直到 2012 年下半年，批准我退休，定级为省分行副行级。

七、北大荒生活给予的生命能量

从各方面来看，在东北做农工 10 年，炼我筋骨，坚我意志；在东北的人生经历，使我从一个无知的少年变成一个成熟的男人，在"五·七"大学上学 1 年，使我初涉哲学。特别是唯心论、唯物论、方法论，就是哲学这一块，对工作很有帮助的，辩证的分析，特别是你的分析能力，和你想的方法、方法论，很有用处。对我整个的政治价值观，对我整个今后的人生目标都有非常大的影响。

还有在那里待的艰苦的环境，回来以后我觉得我们在那样的困难情况下都坚持下来了，我们现在碰到的这些困难算什么？

我现在在写一本书，我要把 28 年行长任职的理论和实践相结合的启示写出来。可以说我在做行长时，在北大荒积累的经验和体会对我的工作帮助极大。如北大荒积累的理论基础、北大荒的创业精神、北大荒给我个人塑造的智慧，北大荒为我定制的工作态度。可以说，北大荒给我创造的这种精神财富享受了一生，态度决定一切。

我对北大荒的感情还是非常深刻的，不要脱离当时的历史条件，不要扭曲历史背景，我不看这个，我就从我这种经历，从我这种磨难给我带来什么，使我成长了什么，不去讨论那个政治方向的东西，知青运动什么的，它本身就是一个特殊历史嘛，对不对？或者就是我们现在这种环境，实践一个人的锻炼，对一个人的成长，我个人认为是一样的，我们讲这些话，我女儿刚开始也不喜欢听，现在慢慢也理解了。我说这是老爸为什么一辈子老是跟你讲东北的事，老是跟东北扯不断的情缘，因为东北经历给了我教育和成长。

八、知青对垦区建设贡献的客观评价

百万知青支边应该讲是个比较特殊的历史时期，知青对垦区的贡献，我个人认为肯定有的，没有十万官兵，没有百万知青，垦区今天不可能有这样的发展现状。在那个阶段，垦区的面积很小的，到处都是荒芜。我感觉知青对整个垦区的建设，应该是有很大的推动作用，明显加大建设的步伐确实是加快了，那是肯定的，对吧？北大荒变成北大仓应该记上知青的一功。我们去的那时候，整个当时萝北大地只有3万人，是吧？萝北就3万人，那么大的垦区，总要有建设者，我现在没有去考证，到底垦区知青这个时期比过去开垦的土地增加多少倍，垦区给大家提供的商品粮增加了多少倍？像我们去的两个连队，几百垧地，都是我们手里垦出来的，这个是事实。

另外，我感觉知青去了以后，对那里的文化建设、社会发展有一个很大的进步。别的不说，教育事业应该发生很大变化，哪里有每个连队有学校的？没有的，知青去了以后，每一个连队都有学校，就是说老职工的子女上学有保证了，上学率明显升高，尽管它那时候分班还没这么细，有几个段一个班的，如二年、三年、四年是一个班的，尽管这样但是有书读，不然读书可能要跑团部，而且那时师资很缺。而且还有一种，文化生活、生活习性，当时对垦区传统观念的冲击很大，知青很多来自大城市，必然受到城市的生活影响。

生活方式上，衣食住行上影响肯定是相当大了。过去他们穿的衣服、衣着对他们的进步影响很大，然后他们叫知青回家给我带一点，什么东西带一点来，这个就有交往了，就融入了。比如衣着对他们的变化应该是比较大的，有的时候就照着知青的衣服去比照，去效仿，有好看的毛衣叫知青去城市买毛线过来织起来，不像过去他们还穿着那个对襟衣服，城市的文化无形当中对他们造成了一些影响。

九、不同际遇的知青群体

1. 返城知青的普遍境遇

我们要实事求是说，知青整体来说，应该讲最后的着落大多不太好。

他们把青春献给北大荒了，他们回来没有像我这么幸运，回来马上就上班，有的很长时间找不到工作，最后找到了也是下岗快，然后又碰到计划生育，到现在退休后工资都是很低的，大概三千左右，有的还不到，所以说他们现在住的房子还是过去那种，70 年代、80 年代的那个宿舍，现在都变成了棚户区了。我去过不少知青家，他们家的面积都是四五十平方的。不少人过去支边落下不少病，所以生活质量比较差。

形成这种状态，主观因素和客观因素都有。但是总体来说这帮知青，因为他们左右不了，应该也是他们无可奈何，就跟着这种形势走。回来以后，他们当时都是没工作嘛，有的是工作顶替的没几年，上海可能退的还早，有的 50 岁就退了，回来了以后计划生育是硬杠子，都是生 1 个，养老也是个负担。

返城以后他们这种社会的环境，对他们很不适应，由于他们学历低，所以他的就业、迁升和经济都是受到限制，都是对他们不利的。所以就是在企业一辈子的，上有老、下有小，加上有的人身体也不好，所以现在知青的死亡率有 8%，应该是比较高的。

如我们 10 团知青，现在每年都死几个，而且这种死也不是意外的死，都是身体不好，生病死的。多年累积的，我呼吁他们，我说你们要把自己 60 岁的第二春过好，但没办法。为了生存，现在有的知青退休后有去给人家看门的，打零工的也有，来增加点家贴，就是说他们现在居住条件、医疗条件、生活环境，相当一部分的知青现在是没办法改变。这不是他们不努力，多半是历史造成的。

2. 留守知青的生存际遇

留守知青是特殊情况下的特殊，一般的人都回来了。我听说佳木斯的那个养护中心，叫什么？安养中心。安养中心里面都是什么人？大都是知青中落下精神病的患者。实际上这批人平常没人照顾，家里人也往外推。家里人把他送去了，常年也不去看的，所以说农垦总局是为这批弱势知青做的好事。我看过凤凰台拍的纪实《永远走不出的北大荒》，就是记录这批人的生活纪实，看后让人十分心酸。

还有的留守知青，就是和当地人结婚，或者一对知青结婚，不想回来或者没有条件回来。……

有的说娶了当地的知青难以返城，实际上娶当地青年的也有不少返城的。这主要是看他们回来有没有这种经济来源，现在城市尤其大城市房价很贵，回来买不起房子就难以安家，所以只好留在农场生活。这批人从全垦区统计，应该也有不少人。所以有一部分人是回到城市没办法生活，又返回去。现在城市的消费很高的，你如果没房子你要租房子，各项支出入不敷出，又无奈回去了，我上次看了黑龙江的有、云南的有、新疆的也有。他们回去所在的农场是什么情况，可能也决定了他们的生存状态。

3. 城市留守的同辈人

还有一些人没下去的，这个就是我们同班同学能比较出来的。应该讲他们没下去的有几个条件，有的是去当兵了，有的是在这里安排工作了，有的就是到郊区去插队，然后过两年又回来了，也有的根本就没去。这些人有的不错，如出国成为华侨的，出国立业的，还有些读大学毕业事业就有的，但也有一部分普通人，现状和支边差不多。倒是支边回来的少数人，考试录取机关事业单位或自己创业的家境还不错。

十、一代人的"知青情结"

我们这一辈人都是和共和国一起成长，我们这一辈的人是什么苦都受过，我们这一辈子能够在那个艰苦的条件下面抱团生活，我们这种情谊是很纯的、很珍贵的，是没有血缘的血缘关系，天下知青是一家人。我觉得这种情谊应该从正面来看，这个没有存在什么争议的，当年我们在这么苦的条件下，谁病了，我们拉着板车把他拉到团部去，抬着去，谁家里出事了大家都围过来，大家在一起，你一哭了他帮你擦擦眼泪，这种互助精神，这种在艰苦环境下体现一种人间温暖，所以说这种感情是抹不掉的，这种情谊久久的，大家都没有什么私利可图的，都没有什么，所以我感觉后知青时代，这种情结对社会来说是一个正能量。我把它概括为12个字——"敢于奉献，健康向上，团结互助"。

而且这帮人到了这个年龄，对过去受过这么大的委屈，但是真正对政府也没什么抱怨，都忍受了，他们只不过现在有个要求，就是退休工资稍微高一点，医保不要叫我们再交，这些我觉得很正常，很合理的。所以我感觉这种黑土地结下的情和缘是很纯粹的，不像现在的社会关系太虚伪了，我们看不惯。说句心里话，对家庭对社会来说，我们这一辈都是承担起很大的责任的，正如一首歌所唱：酸甜苦辣酿的酒，不知喝了多少杯。

十一、对于如何关照知青的一些想法

返城以后说句实话，应该讲在 30 年前，返城的 20 年内，基本上大家没多大联系的。大家都还是在创业，都还是在为自己生存奔波，都还是很忙的，还是和命运在抗争的。到了下乡 30 年，也就是 1999 年，我们就感觉那一段留下来的记忆，应该重新把它拾起来了，就慢慢有联系了，我们就搞了两百多人的一个纪念活动。2009 年，我们隆重举行了支边 40 周年纪念活动。为了搞好这次活动，我们从 2008 年开始筹备。由于筹备工作充分，40 周年纪念活动取得圆满成功。

联谊会活动给后知青时代生活增添了乐趣，增进了友情。但我们发现，有近三分之一的知青始终不愿参加活动，经我们了解，其中一个重要的原因是他们至今生活窘迫，碍于面子不想参加，有的身体很差，有的现在基本生活难以保证。现在我们联谊会活动常态化，每年除了春晚联欢外，春夏秋冬都举行联谊活动，并组织了 7 个兴趣小组，大家都对联谊寄托了很大的情缘。知青联谊会有没有在困难知青上有一些资助？说句实话，也都是象征性的，因为我们没有来源，像我们现在这个会费也只有十几万块钱，都是什么？一是大家搞活动的时候捐助的，一是靠会费，会费有多少？一年大概两万多。所以联谊能做到的，有的知青生病了，我们去看一下，过年的时候买点慰问品去看看困难知青。像温州那个动车事故你知道吧？"7·23"事故有别的团知青伤亡，我们也捐款上医院去慰问一下，感觉天下知青是一家人嘛。现在感觉如果可以的话，政府也应该对知青的联谊会有些补助。这个倒不是说联谊会要钱，如果有这种群体，因为它最了解的嘛，知道哪些知青需要帮助。当然也可以由联谊会把这个情况反映给民政部门，由民政部门来落实。因

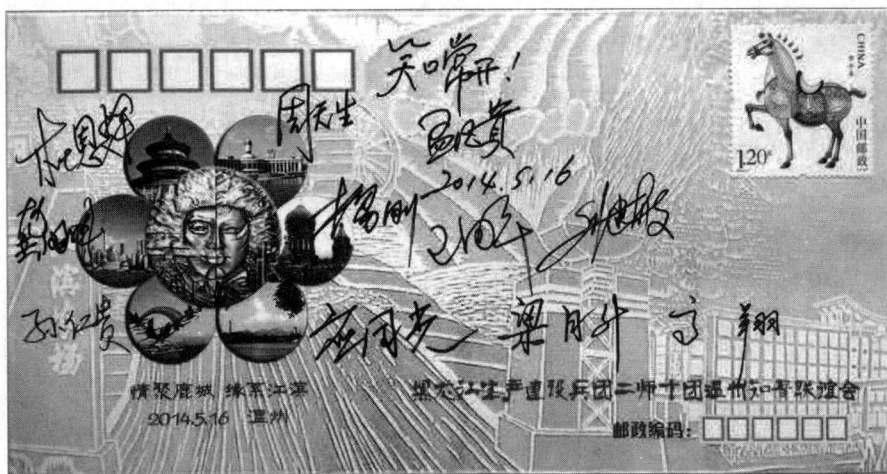

2014 年 10 团 6 城市知青在温州相聚时发行的纪念封

为我们可以知道每一个连队每一个人，他们的生活条件、生活近况，我们联谊会反映的情况应该是比较准的，比较确切的。现在不是过年慰问困难老党员、贫困户吗？可以不可以慰问慰问困难老知青，也可以的嘛，我是这么想的。

上次在北大荒聚会时，北京一个知青因在支边时身体落下残疾，要求农场解决经济问题，农场感到有些为难。这种情况在各地都有，我们连队就有一个知青在连队时五个手指被锯切走了三个半，现在生活一直很艰辛。这些遗留问题及如何补贴困难老知青，到底是政府管还是农垦管，应该分清楚。

知青里面的社会地位、经济地位相差很大。现在省委书记、部级干部以上的，有知青背景的不少。但生活在社会较低层的，知青背景的人也不少。我想如果政府重视的话，知青问题也是能够解决的。这部分如果作为社会问题的话，他们生活很困难，理应也是需要国家解决的问题。听说上海就搞得比较好。知青困难的，就到社区反映，由社区负责统计，特别在医疗补助上政策到位。像我认识上海的一个知青，他原来在温州工作，退休以后回到上海去了，回到上海去他的医保在温州，但是到社区一说，也能给他一个什么上海规定的医疗补助。

现在垦区对知青整体都是充分肯定的，但是现在知青到了这把年龄了，会碰到一些新的困难和问题。我在想，特别困难的知青毕竟还是少数，希望垦区能更多地关心这些老知青的生活困难。

致 光 阴

　　黑土地美丽的田野，是 16 岁少年耕耘 10 年的北大荒。多少个清晨黄昏，农忙之余，父亲徘徊在青青的旱河边，望南思乡。如今，这里却成了他心底最留恋的地方。黑白变彩色，苦涩变甘甜。时代啊，再难也可以渡过，回首已是放假心，沉淀满是辛劳果！曾思乡，在最远的北方。今跪拜，向最深的土壤。希望，留给岁月中不畏风雨的青年！

　　2002 年冬，我曾与同学结伴北上，兴奋地开启火车之旅，到达哈尔滨，感受了零下 30 度的严寒，笨重地行走在冰天雪地里，呼吸与欣赏那份银装素裹的新鲜景象。那唯一的一次体验，至今难忘。15 年，弹指一挥间。当下阅读父亲的回忆录，穿梭字里行间，仿佛驰骋在更加久远而陌生的时光里，记忆如阳光涌淌进心房。

　　北大荒的广袤、兴安岭的巍峨、大森林的神秘、垦荒人的艰辛，织成一幅动人的画卷，铺展于今人的眼前。往日无法复制，却可以回味，甚至警示。两次与死神擦肩的经历，令他一辈子谨记安全与生命至上的道理；荡气回肠的抬木头号子，响彻在他心灵深处，提醒着他团队精神何其重要；驱寒壮胆解乏的白酒下肚，五湖四海的好弟兄神侃，就此结下与荒友们的不解之缘。

　　当我读到这句话时，沉思了："哪怕在大批知识分子沦为惊弓之鸟的时代，知识仍被很多人暗暗地惦记和尊敬。"如今，在改革开放后成长的人群，似乎不再缺乏知识的滋养，这曾经对于父辈们来说是多大的企盼。然而，有些常识、道理、准则，却大大地缺失了，比如正直、坚毅、勤勉、守恒、团结、热忱，那些比较永久、珍贵的精神品质。

父亲的性格，亦如那对剑眉，果敢锋利。细微之处，却也能顾虑周全。应该是北大荒那十年独特的生命体验和生活阅历磨练了他，在最青涩迷茫的年华锻造了他，逆水行舟依然锲而不舍。上山下乡，忆苦思甜，执着踌躇，梦碎梦圆，思考觉悟，无愧无悔。他敬佩老农垦、老军垦，视其为北大荒的魂、黑土地的神。每个人都有属于自己的幸福。现如今，退休多年的他，兴致盎然的就是与荒友共聚叙旧，一往情深的还是那十年的点点滴滴。

有时，等待才能见证开花结果。如今，丰富多元的信息时代，我们想完成一件事，或者达成一种愿望，可能是轻而易举的事。然而在物质与精神生活双匮乏的时代，能吃一顿像样的美食、听一段美妙的音乐，就能令人眼里放光彩、内心乐开花！

陈毅元帅在《冬夜杂咏》中有诗云："大雪压青松，青松挺且直。要知松高洁，待到雪化时。"大约一千六百万的知青前辈，为共和国不同程度地奉献了生命的春、夏、秋、冬，就像其他战线上恪尽职守的公民一样。青青旱河，源远流长。历史星空，几多璀璨。风雨洗礼，得见阳光。十年记忆，一生珍藏。

应晓闻

鸣　谢

　　《青青旱河》终于脱稿了。她记载了我人生中最难忘最值得记忆的一幕。旱河是江滨的母亲河，清清的河水像母亲的乳汁哺育了我 10 年，使我从不懂事到懂事，从懦弱到坚强，从啥也不会做到能把握自己的人生轨迹。这 10 年奠定的基础可以享用一生。

　　当然，10 年中那些与我曾经同甘共苦过的战友，返城后又一起为后知青时代共创美好生活的战友，他（她）们也都是《青青旱河》中的主人翁。

　　在我撰写《青青旱河》期间，过去的老领导，现任的领导给了我极大的帮助和指导，我的战友们也给了我热情的鼓励和支持。值此《青青旱河》出版之际，我衷心地感谢指导、帮助、支持我的领导、同人和战友们，特别对吕维锋副省长在百忙之中为《青青旱河》作序，王立荣、胡玉森、陶飚、陈京培、任永祥、符加嵘、颜逸卿、周向东、潘跃红等热情的帮助支持再次致以诚挚的谢意！

应国光

2017 年 7 月 11 日

262

责任编辑:宫　共

封面设计:徐　晖

图书在版编目(CIP)数据

青青旱河/应国光 著. —北京:人民出版社,2017.9(2017 年 10 月重印)

ISBN 978-7-01-018024-3

Ⅰ.①青…　Ⅱ.①应…　Ⅲ.①散文集–中国–当代　Ⅳ.①I267

中国版本图书馆 CIP 数据核字(2017)第 191099 号

青青旱河

QINGQING HANHE

应国光　著

人民出版社 出版发行

(100706　北京市东城区隆福寺街 99 号)

北京墨阁印刷有限公司印刷　新华书店经销

2017 年 9 月第 1 版　2017 年 10 月北京第 2 次印刷

开本:710 毫米×1000 毫米 1/16　印张:17　字数:236 千字　插页:4

ISBN 978-7-01-018024-3　定价:49.00 元

邮购地址 100706　北京市东城区隆福寺街 99 号

人民东方图书销售中心　电话 (010)65250042　65289539